초
한
지
3

초한지

3

이문열 지음

칼과 영광

楚漢志

RHK
알에이치코리아

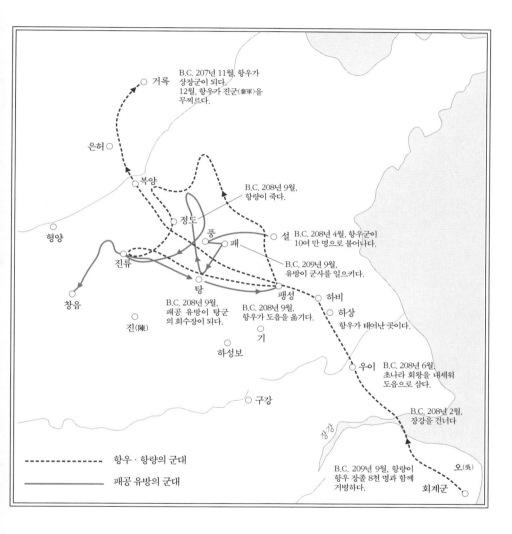

거록  B.C. 207년 11월, 항우가
      상장군이 되다.
      12월, 항우가 진군(秦軍)을
      무찌르다.

은허

복양

형양

정도

진류      풍   패   설   B.C. 208년 4월, 항우군이
                           10여 만 명으로 불어나다.

창읍                          B.C. 208년 9월,
                              항량이 죽다.

          탕   팽성        B.C. 209년 9월,
                          유방이 군사를 일으키다.

B.C. 208년 9월,          하비
패공 유방이 탕군
의 회수장이 되다.        하상
                        항우가 태어난 곳이다.

진(陳)    기    B.C. 208년 9월,
              항우가 도읍을 옮기다.

하성보          우이   B.C. 208년 6월,
                      초나라 회왕을 내세워
                      도읍으로 삼다.

구강                  B.C. 208년 2월,
                      장강을 건너다

장강

- - - - -  항우 · 항량의 군대          B.C. 209년 9월, 항우가      오(吳)
                                     항우 장졸 8천 명과 함께
──────  패공 유방의 군대            거병하다.            회계군

**유방 · 항우의 진격로**

楚漢志

# 그들의 만남

항량이 설현에 군사를 머무르게 한 지 한 보름쯤 되던 어느 날 아침이었다. 그날도 양성의 항우에게서 좋은 소식이 오기만을 기다리고 있는데, 한 중년 장수가 백여 명의 기병을 거느리고 항량을 만나러 왔다. 사인(舍人)에게 넣어 보낸 이름을 보니 유방이라고 적혀 있었다.

"유방이라……. 누가 이 사람을 아시오?"

항량이 좌우를 돌아보며 묻자 마침 가까운 곳에 있던 패현 사람 하나가 아는 대로 대답했다.

"유방은 원래 유계란 이름으로 풍읍과 패현 저잣거리를 휘젓고 다니며 젊은 날을 보낸 건달이었습니다. 나이 서른이 넘어 벼슬살이를 한다는 게 겨우 정장(亭長) 노릇이었는데, 그나마 중년 들어 진나라에 죄를 짓고 달아나 숨는 바람에 끝장나고 말았습니다. 재작년인가? 역도(役徒)들을 데리고 함양으로 가다가 중간에 모두를 놓아주고 망산과 탕산 사이에 1년 넘게 숨어 산 게 바로 그 일이지요. 그러다가 장초 진왕께서 군사를 일으키자, 덩달아 들고일어난 패현 사람들 덕분에 유계도 팔자를 고치게 되었습니다. 진나라가 보낸 현령을 죽인 패현의 부로와 젊은이들이 그를 패공으로 세운 것입니다. 유방이란 이름은 그 뒤부터 쓰게 되었는데, 얼마 전까지도 진가와 함께 경구를 초왕으로 섬겼던 자입니다."

"세력은 어느 정도인가?"

"한때는 풍읍과 패현을 차지하고 인근 고을을 휩쓸어 제법 위세를 떨쳤습니다. 하지만 풍읍이 위나라로 넘어간 뒤에는 많이 수그러들었습니다. 그러다가 근래 경구를 섬겨 적지 아니 세력을 회복했지요. 장함의 부장 사마니를 내쫓고 탕현과 하읍을 차지해 지금은 만 명 가깝게 거느리고 있다고 합니다."

"경구를 섬기던 자⋯⋯. 그런 자가 왜 나를 찾아왔을까?"

항량이 그러면서 고개를 갸웃거리다가 패공을 불러들이게 했다. 하지만 그때만 해도 항량의 표정은 차갑게 굳어 있었다.

오래잖아 한 멀쑥한 장수가 항량의 군막으로 들어왔다. 콧날이 높고 이마가 튀어나온 데다 길게 수염을 기르고 있어 어딘가 용을 떠올리게 하는 얼굴이었다. 하지만 사람을 겁주거나 불편하게 만드는 생김은 아니었다. 오히려 왠지 편안하고 만만한 기분이 드는 그런 중년 사내였다.

"그대는 역적 진가와 더불어 경구를 초왕으로 섬겼다고 들었다. 그런데 무슨 일로 나를 찾아왔는가?"

목소리는 차가웠으나 그때 이미 항량의 마음은 반이 넘게 풀려 있었다. 패공 유방이 조금도 움츠러드는 기색 없이 태연하게 받았다.

"그때는 진가와 경구가 있음을 알았을 뿐, 상주국께서 계신 줄을 몰랐기 때문입니다. 또 이 유방은 경구를 왕으로 섬기러 간 것이 아니라 그 힘을 빌리려 했을 뿐입니다."

"그러면 그대는 누구든 힘만 있으면 따르겠단 말인가?"

"반드시 그런 것은 아니지만 대세라면 어쩔 수 없겠지요. 더군다나 지금의 제 심경으로는 맺힌 한을 풀고 잃은 것을 되찾을 힘을 빌려 주는 이라면 누구에게라도 머리를 숙일 수 있을 것 같습니다."

패공이 그렇게 숨김없이 속을 털어놓자 항량도 조금씩 경계를 풀었다. 빙그레 웃으며 패공에게 물었다.

"공의 맺힌 한은 어떤 것이며, 그토록 간절히 되찾고자 하는 것은 무엇이오?"

"믿고 맡긴 사람에게 저버림을 받아, 나고 자란 땅과 가깝게 지내던 사람들을 한꺼번에 잃은 일입니다. 풍읍을 찾을 수 있다면 무엇이라도 하겠습니다."

패공이 벌겋게 달아오른 얼굴로 그렇게 말했다. 옹치(雍齒)에게 품고 있는 원한이 그대로 얼굴에 타오르고 있는 듯했다. 항량이 이제는 진정으로 궁금해서 물었다.

"믿고 맡긴 사람이 누구며, 풍읍은 어찌하여 잃게 되었소?"

그러자 패공은 더욱 달아오른 얼굴로 욕설 반, 저주 반 섞어 옹치가 위나라에 투항한 일을 일러바치듯 늘어놓았다. 그러고는 다 큰 아이처럼 항량에게 졸라 댔다.

"제게 군사 만 명만 빌려 주십시오. 반드시 옹치의 목과 풍읍성을 상주국께 바치겠습니다. 그리고 저도 상주국의 깃발 아래 들어 진나라를 쳐 없애는 일에 앞장서겠습니다!"

그런데 참으로 알 수 없는 것은 그런 패공을 보는 항량의 눈길이었다. 조금 걱정스러워하면서도 다정하게 바라보는 게 철이 덜 든 아우 보살피듯 했다. 평소 무엇이든 차분하게 따져 보고 살피는 습성과는 달리, 벌써 패공을 다 알아보았다는 자신감까지 항량의 눈빛에 깃들어 있었다.

'약간 모자라 보이기는 하지만 씩씩하고 시원스러운 호걸이다. 거두어 두면 쓸모가 있겠다.'

항량은 속으로는 그렇게 중얼거리면서도 겉으로는 무언가를 깊이 헤아리는 듯하다가 크게 인심 쓰듯 말했다.

"좋소! 공에게 오대부(五大夫)의 작위를 가진 장수 열 명과 군사 5천 명을 빌려 주겠소. 당장 풍읍으로 가서 그토록 가슴속에 응어리진 욕됨과 분함을 씻으시오. 다만 뜻을 이룬 뒤에는 바로 돌아와 공의 다짐대로 내 깃발 아래서 싸워 주어야 하오."

뒷날 사랑하는 조카 항우가 그 패공을 상대로 분통 터지는 싸움을 벌이다가 마침내는 패망해 죽게 되는 것을 미리 떠올리지 않더라도, 참으로 알 수 없는 항량의 호감이었다. 그때까지만 해도 보잘것없는 지역 세력의 우두머리에 지나지 않던 유방은 그렇게 항량의 그늘에 들면서부터 천하를 다툴 만한 세력의 주공으로 자라 가게 된다. 하지만 뉘 알았으랴. 그와 같은 그들의 만남에 이미 하늘의 뜻이 담겨 있었는지를.

그런데 사람의 헤아림으로는 미치기 어려운 하늘의 뜻은 같은 날 항량에게 또 다른 만남을 마련해 놓고 있었다. 방향을 달리하기는 하지만, 패공 유방에 못지않게 항량에게는 뜻 깊은 사람이 되는 범증(范增)과의 만남이었다.

그날 해 질 무렵 뜻밖으로 쉽게 군사를 얻어 크게 세력을 부풀린 패공이 서둘러 풍읍으로 달려간 뒤 얼마 되지 않은 때였다. 계포가 뛰듯이 항량의 군막으로 달려와 알렸다.

"범증 선생이 찾아오셨습니다!"

"범증 선생이 누구요?"

평소 몸가짐이 가볍지 않은 계포가 전에 없이 허둥대는 게 이상해 항량이 물었다. 계포가 약간 들뜬 목소리로 대답했다.

"범증 선생은 거소에서 나고 자란 분인데, 젊어서부터 뛰어난 재주와 학식으로 사람들의 우러름을 받았다고 합니다. 젊어 한때는 초나라를 위해 일한 적도 있었습니다. 그러나 초나라가 망해 버린 뒤에는 어디서 불러도 마다하고 여항(閭巷)에 섞여 살며 홀로 학문을 익히고 식견을 넓히셨습니다. 특히 병가와 종횡술에 밝으며, 나이 들어서는 그것을 세상일에 맞춰 풀어 기묘한 계책을 짜내기 좋아했습니다.

지금은 거소 시정에 숨어 살고 있으며, 어느덧 나이 일흔에 가까울 것입니다. 하지만 젊은이 못지않게 기력이 좋고 품은 뜻이 커서, 옛적 태공망(太公望, 강태공. 여든 살에 출사하여 다시 여든 살을 더 살았다는 말이 있다.)의 풍도가 있다고 합니다. 진작 폐백을 갖추어 우리가 먼저 찾아 뵈었어야 할 분입니다. 그런데 선생께서 되레 이렇게 우리를 찾아오셨으니 하늘이 우리를 돕고 있음에 틀림없습니다.

상주국께서는 먼저 의관을 정제하시고 공손히 선생을 맞아들이십시오. 선생께서 하시는 말씀은 무엇이든 들어주시고, 되도록 우리 장하(帳下)에 남으시도록 붙들어 보십시오. 천 명의 호랑이 같은 장수보다 범증 선생을 군사(軍師)로 모시는 것이 우리가 진나라를 쳐부수는 데 훨씬 큰 도움이 될 것입니다."

"거소에 그토록 대단한 분이 계신 줄 몰랐소이다. 공의 가르침을 따르겠소."

항량은 그러면서 세수를 하고 옷을 갈아입은 뒤에 범증을 들이게 했다. 그리고 어른을 뵙는 예로 범증을 맞은 뒤 윗자리를 권하면서 공손하게 물었다.

"선생께서는 어떤 가르침을 내리시려고 저를 찾으셨습니까?"

별로 사양하는 기색 없이 윗자리에 앉은 범증이 한동안 항량을 살펴보다가 불쑥 물었다.

"장군께서는 왜 진승이 패망한지 아시오?"

"불은 꺼지기 전에 반드시 한 번 크게 타오릅니다. 진왕께서 가장 먼저 일어나셨고……, 진나라는 아직 여력이 다하지 않아,

14

진왕께서는 바로 그 진나라의 마지막 불꽃에 그슬리신 것이나 아닐는지요?"

항량이 조심히 더듬거리며 대답하자 범증이 무겁게 고개를 가로저었다.

"아니오. 그 패망은 진승이 스스로 불러들인 것입니다. 진승은 망해 마땅한 사람이었소."

"그 무슨 연유이신지……."

"육국이 모두 진나라에게 망했으나 그 가운데서도 가장 억울하고 한 많은 나라는 초나라일 것이오. 회왕(懷王)께서 무도한 진나라의 속임수에 빠져 잡혀가신 뒤 끝내 초나라로 돌아오지 못하시고 함양에서 돌아가신 지 70년이 지났지만, 오늘에 이르기까지도 초나라 사람들은 그 일을 애통하고 분하게 여기고 있소이다. 그 까닭에 일찍이 저 이름난 음양가 남공(南公)은 '초나라에 설령 석 집밖에 남아 있지 않다 해도, 진나라를 멸망시킬 나라는 반드시 초나라일 것이다.'라고 말하기까지 했소. 비록 진승이 가장 먼저 군사를 일으켜 진나라에 맞선 공이 있다 하나, 초나라 땅에서 일어났으면서 초나라 사람들의 한을 저버린 것은 큰 잘못이오. 초나라 왕실의 후예를 세우지 아니하고 스스로 왕이 되었으니, 어찌 그 세력이 오래가기를 바랄 수 있겠소?"

"듣고 보니 선생의 말씀이 옳은 듯합니다. 진왕께도 허물이 없다 하지 못할 것입니다."

"장군도 다르지 않소이다. 장군이 강동(江東)에서 군사를 일으키자 초나라 땅에 벌 떼같이 일었던 장수들이 모두 다투어 장군의 깃발 아래로 몰려드는 것은 바로 장군이 망국의 한을 풀어 주리라 믿어서였소이다. 곧 장군의 가문은 대대로 초나라의 장수가 되어 초나라를 위해 싸웠으니, 장군도 조선(祖先)의 뜻을 이어 그리할 것이라 여겼기 때문이오. 반드시 옛 왕실의 후예를 찾아 초나라를 되살려 주리라는 게 그들의 믿음이요 바람이니, 그걸 저버리면 장군 또한 진승의 전철을 밟게 될 뿐이오!"

"미욱하나 선생께서 무엇을 제게 일깨워 주려 하시는지는 알겠습니다. 반드시 말씀하신 대로 받들겠습니다. 그 밖에 제가 마음에 새겨 두어야 할 일은 무엇인지요?"

그때만 해도 항량에게는 오중 시절의 차분함과 빈틈없는 헤아림이 살아 있었다. 겉으로는 한없이 겸손하게 대꾸하면서도 속으로는 끊임없이 범증을 살폈다. 강동에서 온 새로운 강자가 흔연히 자신의 말을 받아들여 주자 신이 났는지 범증은 이번에는 거침없이 병법의 요체를 쏟아 놓았다.

'이 사람은 흔해 빠진 유세가들처럼 자신의 재주를 팔려고 나를 찾아온 것 같지는 않다. 내가 진승의 실패를 되풀이하지 않도록 몇 마디 깨우쳐 주러 왔을 뿐 써 주기를 바라는 눈치는 전혀 없다. 아마도 나에게 빌 것이 없기 때문에 저렇게 당당할 수 있을 것이다. 내 군막에 붙들어 두려면 지금 매달려야 한다. 상대가 뜻하지 않은 곳을 치고 나가면 쉽게 뜻을 이룰 수 있다고 하지 않던가……'

이윽고 그렇게 헤아린 항량은 갑자기 범증 앞으로 다가와 무릎까지 꿇었다. 그리고 조금도 과장하는 기색 없이 간곡하게 말했다.

"선생의 크신 가르침은 한 마디 한 마디가 죽백(竹帛)에 써서 남겨 둬야 할 만큼 값집니다. 이제 제가 이렇게 엎드려 염치없이 비는 바는 오늘부터 저희들의 군사가 되어 주십사 하는 것입니다. 부디 저희 군막에 머무시어 삼군의 스승으로 저희를 가르치고 이끌어 주십시오. 선생의 크신 이름을 흠모하여 폐백을 갖추고 예를 다해 모셔 오려 하던 차에 선생께서 몸소 이렇게 와 주셨으니, 이 또한 하늘의 뜻인가 합니다."

그러자 계포도 얼른 항량의 속셈을 알아차리고 그 곁에 나란히 무릎을 꿇었다.

"모든 게 제 불찰입니다. 상주국께서는 진작에 예물을 마련하고 수레를 내어 선생님을 모셔 오라 하셨으나 제가 게을러 하루 이틀 미루다 보니 일이 이렇게 되고 말았습니다. 제 게으름을 너그러이 용서하시고 상주국의 간절한 뜻을 받아 주십시오. 저희를 가르치고 이끄시어 진나라 멸망의 날을 앞당겨 주십시오."

그러면서 공손하게 머리까지 조아렸다.

두 사람이 갑작스레 졸라 대자 범증은 놀라고 당황해하면서도 한편으로는 감동의 표정을 감추지 못했다. 몇 번 사양하다가 마침내 그들의 청을 받아들였다.

"좋소이다. 초나라 왕실을 되일으켜 세워 주신다면 초나라의 유신치고 누가 감히 장군을 거역할 수 있겠소? 내 비록 늙고 어리석으나 힘을 다해 장군의 큰 뜻이 세상에 펼쳐질 수 있도록 하겠소. 다만 오늘은 이만 돌아갔다가 가솔과 작별한 뒤에 이리로 와서 장군을 따르겠소이다."

범증의 그와 같은 말에 항량은 크게 기뻐하며 계포를 범증에
게 딸려 거소로 보냈다. 계포는 수레 가득 금과 비단을 싣고 범
증의 집으로 가서 그 가솔을 위로하는 한편, 범증이 그들과 작별
하고 집을 나서기를 기다렸다. 그 길로 범증을 곧장 항량의 군중
으로 모셔 가기 위함이었다.


범증은 거소의 집으로 돌아간 뒤에야 퍼뜩 천명이라는 데 생
각이 미쳤다. 계포가 수레에서 부린 귀한 폐백을 집 안으로 들여
놓자, 범증에게 딸려 한평생을 헐벗고 굶주리며 살아온 가솔들이
놀라고 기뻐하는 모습을 보면서였다. 비로소 자신이 오랜 세월
깎고 다듬으며 비싸게 사 줄 사람을 기다려 온 보옥이 팔린 것을
실감했기 때문이었다. 그러자 범증의 귓전에 대여섯 해 전 귀곡
에서 만난 남공이 한 말이 갑자기 쟁쟁하게 울렸다.

"지금까지 해 온 것처럼 기다리게. 그럼 그쪽에서 찾아올 날이
있을 걸세."

자신이 어디서 주인을 찾을 수 있는가를 묻자 남공은 그렇게
일러 주었다.

사실 범증도 그런 남공의 말을 잊고 있었던 것은 아니었다. 그
전에 남공이 한 말들이 너무도 어김없이 맞아 들어 가고 있었기
때문이었다.

"신묘에 조룡(祖龍)이 죽고, 임진에 대풍(大風)이 일며, 갑오에
는 패상(覇上)에 진인(眞人)이 들어 진나라의 명수(命數)를 거둘

걸세."

그와 같은 남공의 말 중에 둘은 이미 이루어졌다. 재작년 신묘년에는 시황제가 죽어 조룡이 누구를 가리키는가를 밝혀 주었고, 작년 임진년에는 진승과 오광이 대택에서 일어나 진나라 천하를 뿌리부터 흔들어 놓았다. 진승이 세운 장초로부터 제, 위, 조, 연 다섯 나라가 그 몇 달 동안에 되세워졌으니 실로 큰바람[大風]이 아닐 수 없었다. 시황제가 천하를 하나로 아우른 경진년부터 꼭 한 지지(地支) 열두 해 만인 그해, 만세(萬世)를 호언하던 진 제국은 이미 무너져 내리고 있다고 할 수도 있었다.

남공의 나머지 한마디도 반드시 허황된 참위(讖緯) 같지만은 않았다. 갑오년은 내년이 되고 패상은 진나라 도성 함양의 턱밑이 된다. 지금의 형세로 보아서는 누군가 내년에는 함곡관을 깨고 패상에 이르러 진나라의 명줄을 온전히 끊어 놓는 것도 반드시 안 될 일은 아닌 듯 보였다.

하지만 진승과 오광의 봉기 이래 아홉 달 남짓, 기다리는 범증의 마음은 그렇게 남공의 말이 맞아 들어 가는 것 때문에 오히려 더 급해졌다. 그 몇 년 범증은 거소에 눌러앉아 누군가가 자신을 찾아와 맞아 가기를 목을 빼고 기다렸다. 먼저 진승과 오광의 무리가 지나갔고, 더 많은 크고 작은 풍운아들이 거소를 거쳐 중원으로 몰려갔으나 아무도 범증의 쓸쓸한 거처를 찾아 주지 않았다.

그러다가 근래에 이르러 범증은 다시 항량의 대군이 강수와 회수를 건너 중원으로 올라오고 있다는 말을 들었다. 강동에서

왔고, 항연의 아들과 손자가 이끌고 있으며, 오초(吳楚) 땅의 양가 자제들로 이루어진 정병이 그 세력의 핵심을 이루고 있다는 소문에 범증은 그 어느 때보다 마음 설레며 그들을 기다렸다. 단석 집이 남아도 진나라를 망하게 할 나라는 초나라일 것이라는 남공의 말을 믿어서였다. 그렇게 된다면 진나라를 이은 다음 천하의 주인은 초나라가 되며, 자신을 찾아 써 줄 주인은 그 초나라의 주인이 될 수밖에 없었다.

하지만 항량도 끝내 범증이 기다리고 있는 거소로는 오지 않았다. 그대로 군사를 이끌고 산동으로 올라가더니 설현에 멈추어 움직일 줄 몰랐다. 그러자 옛 초나라 왕실의 적통을 내세우지 않고 스스로 장초를 세워 왕위에 올랐다가 끝내 패사(敗死)하고 만 진승을 보면서 느낀 위기감이 범증을 더 참고 기다릴 수 없게 했다.

'좋다. 누가 나의 주인이 될지는 상관이 없다. 강동에서 자란, 이 순정(純正)한 초나라 세력이 대계를 잘못 세워 또다시 장초처럼 모든 게 허사로 돌아가게 할 수는 없다. 내가 가서 항량에게 무엇을 먼저 해야 할지를 알려 주겠다.'

범증은 다만 그 뜻으로 거소의 집을 나서 설현에 있는 항량의 군막을 찾아갔다. 그런데 때마침 항량 곁에 범증을 알아본 계포가 있어 뜻밖으로 일이 풀렸을 뿐이었다. 곧 범증이 항량과 항우가 이끄는 세력의 군사가 되기로 함으로써 오래 기다리던 범증의 주인까지 그들 숙질로 정해지고 만 꼴이 됐다.

'남공은 기다리면 찾아올 것이라고 했다. 그런데 나는 스스로 찾아갔다. 내 주인이 되어 나를 써 달라고 찾아간 것은 결코 아니었다. 하지만 그렇다고 해서 이렇게 쓰이게 된 것을 두고 그들이 찾아와서 나를 맞아 간 것이라고 말할 수는 없을 것이다. 뭔가 남공의 당부와는 잘 맞지 않는다……'

그러자 이웃 사람들이 몰려와 경하해 줄 때만 해도 하늘 높이 치솟던 범증의 호기가 가라앉으며 슬며시 후회와 불안 같은 것이 마음 깊은 곳에서 고개를 들었다.

이에 범증은 그날 밤 계포가 사랑에서 잠들기를 기다려 가만히 서죽(筮竹, 점치는 데 쓰는 댓개비)을 갈라 보았다. 정성 들여 대서(大筮) 십팔변(十八變)을 펼쳐 보니 역시 좋지 않았다. 원괘(原卦) 수산건(水山蹇)에서 초구에 변효(變爻)가 들어 지괘(之卦) 수뢰둔(水雷屯)이 나왔다. 원괘와 지괘가 모두 사대난괘(四大難卦, 주역에서 가장 힘들다는 네 가지 점괘) 가운데 하나였다.

남공은 하대(夏代)의 역(易)인 연산(連山)이나 상대(商代)의 역인 귀장(歸藏)을 모두 펼칠 줄 알았으나 범증은 주역밖에 몰랐다. 같은 일을 두 번 물을 수 없어 이번에는 시초(蓍草, 점괘 뽑는데 쓰는 톱풀)로 항량과 항우의 신수를 보았다. 항량에게는 아예 군왕의 운세가 없고, 항우에게는 있어도 굵고 짧았다. 오래 주인으로 섬길 만한 신수들이 아니었다.

'어쩌면 내가 경솔하였는지도 모르겠다. 자잘한 인정에 넘어가 큰일을 너무 가볍게 결정해 버린 것은 아닌가……'

범증은 은근한 뉘우침까지 섞어 그렇게 자문해 보았으나 때늦은 일이었다. 그는 이미 항량에게 가기로 약조하였고, 계포는 그런 그를 맞이하는 사자의 예를 갖추기 위해 하룻밤 묵어 가며 기다리고 있었다. 거기다가 항량이 보낸 폐백을 이미 집 안에 거두어들였으며, 거기에 정성으로 얹어 온 술과 고기는 가솔들과 이웃이 나눠 먹은 뒤였다.

'산가지와 점치는 풀이 저 아득한 하늘의 뜻을 드러낸다 한들 얼마이겠는가. 정성이 지극하면 하늘도 감동하는 법. 역(易)의 오묘함은 태서(泰筮)의 유상(有常)함에 있지 않다. 오히려 사람의 지성(至誠)에 감응해 바뀌고 달라지는 무상(無常)함에 있다. 그럴수록 저들을 애써 보살피고 잘 이끌어 세상을 바로잡도록 해 보자.'

남은 밤이 다 새도록 뒤척이던 범증은 새벽녘에야 그런 중얼거림으로 자신을 달래며 겨우 눈을 붙였다.

다음 날 일찍 계포와 함께 거소를 떠난 범증은 수레를 급하게 몰아 설현으로 달려갔다. 범증이 항량의 군막에 드니, 그새 뜨악해진 범증의 심사를 헤아리기라도 한 듯 항량은 벌써 초나라 왕실을 되세우는 일에 정성을 다하고 있었다. 널리 사람을 풀어 민간 어딘가에 숨어 있을 회왕의 후예를 찾는 한편 옛 초나라 조정의 버슬아치들까지 불러 모았다. 그런 항량의 신속하고도 명쾌한 처사가 다시 마냥 밝지만은 않은 범증의 심기를 적지 아니 달래 주었다.

그런데 항량의 군막에 든 지 열흘도 안 돼 범증은 다시 항량의 운세와는 다른 방향으로 묘하게 불길한 예감을 건드리는 인물을 만나게 되었다. 그날 점심나절 항량과 함께 양성 싸움을 의논하고 있는데 군관 하나가 들어와 알렸다.

"패공 유방이 돌아와 뵙기를 청합니다."

그리고 항량의 입에서 데려오라는 말이 떨어지기도 전에 한 장수가 들어오는데 그를 본 범증은 자신도 모르게 얼굴이 굳어졌다.

'기이한 상이다. 모든 것이 넘치는 듯하면서도 텅 비었구나. 텅 비어서 오히려 천지 만물을 다 담아 내는 우주처럼……. 눈여겨 봐 두어야 할 인물이다.'

그런데 알 수 없는 것은 유방을 맞는 항량의 태도였다. 유방을 바라보는 눈길이 그 누구에게보다 부드럽고 은근했다.

"패공이구려. 풍읍을 되찾았다는 반가운 소문은 들었소만 어찌 되었소? 공에게 들은 바로 미루어 보면 쉽지 않은 싸움이었을 텐데……."

항량이 그렇게 묻자 유방이 시원시원한 목소리로 대답했다.

"옹치 그 악물(惡物)이 사생결단으로 나왔으나 상주국께서 빌려 주신 장수와 군사들의 용맹에 힘입어 풍읍을 되찾을 수 있었습니다. 성이 사흘 만에 떨어졌는데도 이렇게 늦게 돌아오게 된 것은 오래 저에게서 떠나 있던 풍읍의 민심을 다시 거두어들이느라 분주했던 까닭입니다."

"그럼, 이제 맺힌 한은 다 푸셨소?"

항량이 약간 장난기 어린 말투로 물었다. 그러자 유방이 난데 없다는 눈빛으로 되물었다.

"맺힌 한이라니요?"

"지난번에 나를 찾았을 때는 이를 갈더니……. 그때 패공의 성난 기세로 보아서는 풍읍성이 떨어지면 끔찍한 일이 날 것 같았소. 공을 저버리고 맞서기까지 했던 군민은 말할 것도 없고 짐승한 마리, 풀 한 포기 남겨 두지 않을 듯하였소이다."

그러자 유방이 슬쩍 얼굴을 붉히며 히죽 웃었다.

"실은…… 그때만 해도 풍읍만 떠올리면 울화가 치밀어 잠도 제대로 이룰 수가 없었습니다. 하지만 옹치는 위(魏)나라로 달아나고 풍읍은 되찾았으며 군민은 이미 제게 항복했는데 또 무슨 풀어야 할 한이 더 남았겠습니까? 이 며칠 오히려 풍읍 사람들의 겁먹고 놀란 가슴을 달래기에 바빴습니다."

너그러운 건지 속이 없는 건지 모를 대답이었는데, 그것도 범증에게는 유방이 가진 어떤 괴력처럼 느껴졌다. 수렁처럼 무르고 부드러워 사람을 빨아들이고 놓아주지 않는 힘, 그러나 항량과는 방향을 달리하는 힘이었다. 때에 따라서는 그 어떤 것보다 강력하게 맞설 수 있는 힘. 그러자 유방의 모습도 조금 전과 다르게 비쳤다.

'텅 비어 있는 것 같았는데 다시 보니 참으로 묘한 상이다. 텅 빈 것으로 오히려 꽉 차 있는 상. 지금은 한 별장(別將)으로 항량을 따르고 있는 모양이지만 끝내 작은 못에 가두어 놓을 수 있는 용 같지가 않구나…….'

그런 느낌에 범증은 다시 마음이 어두워졌다. 그러다가 범증이 애써 자신을 추슬러 스스로 왕자(王者)를 돕는 모사요, 일군의 군사로서 굳건히 자리 매김하게 되는 것은 항우를 만나 본 뒤가 된다.

항량의 군사가 된 범증이 패공 유방을 처음 보고 난 뒤 보름쯤 지났을 때였다. 어느 날 멀리 싸움을 나갔던 한 갈래의 군사가 항량의 본진으로 돌아왔다. 양성을 떨어뜨리고 돌아온 군사들로서, 우두머리 장수는 바로 그동안 여럿으로부터 귀가 따갑도록 그 이름을 들은 항우였다. 항량은 범증을 자신의 군막에 불러 놓고 항우를 맞아들였다.

"어려운 싸움이라고 들었다. 애썼다. 어디 상한 데는 없느냐?"

항우가 군례(軍禮)를 올리자 항량이 숙부라기보다는 자애로운 아비처럼 항우를 바라보며 물었다.

"저는 아무 탈 없습니다만 군사들이 좀 상했습니다. 특히 강동 자제들을 수십 명 잃었고, 장수로는 용저(龍且)와 여마동(呂馬童)이 다쳤습니다."

"여러 날 끄는 걸로 미루어 어려운 싸움인 줄은 알았지만 그토록 심할 줄은 몰랐구나. 양성은 어떻게 하였느냐?"

항량이 그렇게 묻자 항우는 잠시 주저함도 없이 받았다.

"성이 떨어지는 날로 군민을 가리지 않고 우리에게 맞선 것들은 모두 산 채로 땅에 묻어 버리고 왔습니다."

"산 채로 묻었다고? 그게 얼마나 되느냐?"

항량이 약간 어두워진 얼굴로 물었다. 그러나 항우는 태연하기만 했다.

"현령과 현리, 군관들에다 그들의 부추김에 놀아난 현군과 성 안 젊은 것들을 합쳐 5천 명 남짓이었습니다."

"진나라 관리들은 그렇다 쳐도 군사들과 백성들은 살려서 쓸

수도 있지 않았느냐? 거기다가 어차피 우리 손안에 들어온 성이
면 우리 땅으로 지켜야 할 터, 그때에는 더 많은 군사들이 있어
야 할 터인데……."

"양성 같은 곳을 지키려고 군사를 남긴다는 것은 우리 힘을 흩
는 일일 뿐입니다. 우리가 진나라를 쳐 없애고 함양을 차지하면
양성은 절로 우리 손에 들어올 것이요, 진나라에 져서 쫓기게 된
다면 설령 양성을 보존하고 있다 해도 크게 도움이 되지는 못할
것입니다. 거기다가 양성의 군민은 이미 진나라의 다스림에 길들
어 있어 쉽게 우리에게 항복하고 따라 줄 것 같지도 않았습니다.
언제 창칼을 거꾸로 들이댈지 모를 것들이라 차라리 땅에 묻어
버린 것입니다."

그때까지도 항량의 얼굴은 어두웠고 범증의 마음 또한 적지
아니 무거웠다.

"사람을 산 채로 땅에 묻는 짓은 여정(呂政) 같은 자들이나 하
는 폭거(暴擧)이다. 민심이 그 일을 어떻게 받아들이겠느냐?"

그렇게 나무라듯 조카의 말을 받는 항량 곁에서 범증은 가만
히 항우가 하는 양을 살폈다. 항우가 한바탕 크게 웃은 뒤에 말
했다.

"하지만 그래서 여정이 시황제가 될 수 있었다고 할 수도 있습
니다. 예로부터 이르기를 남의 임금 된 자에게는 부끄러워할 일
이 없으며[君王無恥], 군사를 부림에는 속임수를 마다하지 않고
[兵不厭詐], 영웅은 간사함과 흉악함과 계략과 독기[奸凶計毒]를
다 품어야 한다 했습니다. 모두 비상한 일을 하려는 이에게는 비

26

상한 방도가 있음을 말하는 것입니다. 어찌 세상 모든 일에 먹물들의 탁상공론만을 법으로 삼을 수 있겠습니까? 무도한 진나라를 쳐 없애고 도탄에 빠진 천하 만민을 구할 수만 있다면, 저는 5천 명이 아니라 50만 명이라도 땅에 묻을 것입니다.”

“그렇지 않다. 내 일찍이 사람의 목숨을 가볍게 여기고도 민심을 얻어 큰 뜻을 이룬 사람은 본 적이 없다.”

그렇게 받는 항량의 얼굴은 여전히 어두웠다. 그러나 곁에 있는 범증은 달랐다. 그 나이에 이르도록 범증이 배우고 익힌 것이 많았으나, 그중에서도 가장 힘들여 익힌 것은 병가(兵家)요, 높이 받들어 온 것은 형명학(刑名學)이었다. 그런 항우의 말을 듣자 항량의 장막에 든 후 처음으로 후련함과 함께 오히려 한 줄기 휘황한 가능성의 불꽃을 본 느낌이 들었다.

‘엄청난 힘과 기상이다. 인의(仁義)니 왕도(王道)니 하는 것들이나 무위(無爲)니 자연(自然)이니 하는 것들과는 다르지만, 저것 또한 천하를 다스릴 방도가 되지 못하리란 법은 없다. 시황제처럼 그걸 일관된 통치 원리로 삼지만 않는다면 난세를 헤쳐 가는 데는 오히려 간명하면서도 효능이 큰 방도가 될 수도 있다. 저만한 재목이라면 한번 여생을 걸어 왕재(王才)로 갈고 다듬어 볼 만하다.’

범증은 속으로 중얼거리면서 스스로 나서 항우를 발명해 주었다.

“목숨도 목숨 나름, 적은 목숨을 들여 많은 목숨을 살릴 수 있다면 가볍게 여겨 흠 될 것은 없습니다. 옛적 은나라를 세운 탕왕(湯王)은 걸(桀)을 칠 때 맞서는 자들을 모두 죽였을 뿐만 아니라 그 가솔들까지 잡아다 죽이거나 노비로 삼았고, 주나라를 일으킨 무왕(武王)은 목야(牧野)의 싸움에서 방패와 쇠몽둥이가 피에 떠다닐 만큼 많은 주(紂)의 군사를 죽이고 나서야 천하를 얻을 수 있었습니다. 무왕은 또 뒷날에 경계를 내리기 위해 죽은 주의 시신에 화살 세 발을 쏘고 그 목을 경여(輕몸, 보검 이름)로 잘랐으며, 목을 매어 죽은 그 애희(愛姬)들까지도 검은 도끼로 목을 베어 작은 백기에 매달게 했습니다. 탕무(湯武)의 밝고 어지심으로도 그리하셨으니, 이번 일도 반드시 젊은 장군만을 나무라실 일은 아닌 듯합니다."

범증의 그와 같은 말에 비로소 항량의 얼굴이 환하게 펴졌다. 먼저 두 손을 모아 범증에게 고마움부터 드러내고 말하였다.

"못난 조카를 좋게 보아 주시니 실로 몸 둘 바를 모르겠습니다. 저 아이는 돌아가신 가형(家兄)의 한 점 혈육일 뿐만 아니라 우리 하상(下相) 항가(項家)를 짊어지고 갈 종손이기도 합니다. 자식 못지않게 공들여 길렀으나 모자란 곳이 많으니 부디 선생께서 채우고 다듬어 주십시오."

그러고는 다시 항우를 보며 엄숙하게 말하였다.

"우(羽)야, 여기 범증 선생께 인사 올려라. 우리 삼군의 스승으로 모신 분이시다. 너는 범증 선생을 스승으로 모실 뿐만 아니라 더 나아가 아버님처럼 받들도록 해야 한다."

무엇에 끌렸는지 항우도 한번 망설이는 법조차 없이 범증에게 넙죽 절을 올리면서 시원스레 말하였다.

"항우가 군사께 절하며 뵙습니다. 이제부터 아부(亞父)라 부르겠습니다."

아부란 아버지에 버금가는 이를 말하니 곧 아버지 다음으로 우러러 모시겠다는 뜻이 된다. 평소 하늘 높은 줄 모르는 항우의 기개에 견주어 보면 엄청난 겸양이요, 공손이었다. 그런 항우의 태도가 인간적인 매력이 되어 다시 범증을 사로잡았다. 거기다가 며칠 안 돼 회왕의 손자 웅심(熊心)을 찾았다는 전갈이 들어오면서 그때까지 범증의 마음 한구석을 어둡게 하고 있던 의혹과 불안을 또 한차례 씻어 냈다.


"그래 공자를 어디서 찾았다고 하던가?"

항량은 웅심을 찾았다는 말에 진심으로 기뻐하며 그 일을 전하러 온 종리매에게 물었다. 종리매가 들은 대로 답했다.

"여음(汝陰) 북쪽의 한 산간 마을에서였다고 합니다. 황공스럽게도 공자께서는 양치기로 민간에 숨어 살고 계셨습니다."

"어떻게 찾았는가?"

"널리 사람을 풀어 초나라의 옛 땅 구석구석을 수소문하게 하였던 바, 여음 땅에 도무지 어울리지 않는 늙은 부부와 젊은 아들이 산다는 말이 들려왔습니다. 일흔도 넘어 뵈는 할미와 예순이 안 돼 보이는 영감이 서른 살에 못 미치는 아들과 함께 양을 기르며 사는데, 셋의 나이가 엇바뀌어 부부로도 이상하고 모자로도 맞지 않더라는 것입니다. 그래서 사람을 보내 몰래 살펴보게 하였더니 더욱 이상한 게 있었습니다. 겉으로는 그 젊은이가 양"

그들의 만남            29

치기를 하며 늙은 부모를 봉양하는 것처럼 보이지만 남의 눈이 없는 곳에서는 오히려 그 늙은 남녀가 젊은이를 모시는 형국이 었다는 것입니다.

이에 그들을 잡고 다그쳤더니 놀랍게도 그 젊은이는 애왕(哀王)의 원자(元子) 되시는 심(心)이라 했습니다. 곧 우리 초나라 사람들이라면 한결같이 그 죽음을 분하고 애통히 여기는 회왕의 적통이 되는 셈입니다. 또 할미는 애왕의 젖어미였던 궁녀였으며 영감은 궁궐의 젊은 시위였다고 합니다. 둘은 애왕의 배다른 형인 부추(負芻)가 애왕을 죽이고 초나라 왕위를 빼앗았을 때, 애왕의 한 점 혈육을 빼내 궁궐에서 달아났다는 것입니다. 그리고 뒷날을 기약하며 숨었으나……."

그 뒤의 참담한 망국사(亡國史)는 항량도 잘 알고 있었다.

애왕이라면 진나라의 속임수에 걸려 함양으로 끌려간 뒤 그곳에서 원통하게 죽어 간 회왕의 손자 효열왕(孝烈王)의 둘째 아들이 된다. 효열왕이 죽은 뒤 그 맏이인 한(悍)이 왕위를 이어 유왕(幽王)이 되었으나, 즉위한 지 10년 만에 후사 없이 죽자 동생인 유(猶)가 왕위를 이었는데 그가 바로 애왕이었다. 그러나 왕위에 오른 지 두 달도 안 돼 배다른 형 부추의 무리가 애왕을 죽이고 왕위를 빼앗았다. 초나라는 그 뒤 다섯 해를 버티지 못하고 진나라 장수 왕전과 몽무의 대군에게 망해 진나라의 삼군(三郡, 남군, 구강, 회계)이 되고 부추는 사로잡혀 함양으로 끌려가고 만다.

"하지만 회왕은 이미 70년 전에 돌아가신 분, 애왕의 참사도 벌써 스무 해가 다 되어 가는 옛날 일이다. 무엇으로 그 젊은이가 회왕의 적손(嫡孫)이라 믿을 수 있었다던가?"

"애초 상주국께서 회왕의 후사를 찾으라 명하셨을 때 저희는 먼저 옛 초나라 조정에서 일한 내시 몇을 찾아 두었습니다. 먼저 늙은 그들을 데려가 그 궁녀와 시위를 보였던 바, 모두 알아보았으며, 젊은이에게는 따로 초나라 왕실의 보물임이 분명한 몇 가지 신표가 있었습니다. 뿐만 아니라 옛 초나라 신하들 중에도 그들을 알고 몰래 연결을 꾀하는 이들이 있었다고 합니다. 개중에는 애왕 때 영윤(令尹, 초나라의 상경. 재상급)을 지낸 송의(宋義)란 이가 있는데, 머지않아 숨어 사는 초나라 유신들을 모아 이리로 오겠다고 스스로 전갈을 보내왔습니다."

그렇다면 더 의심할 일이 없을 것 같았다. 항량이 기쁜 듯 두 손을 비비며 범증을 돌아보고 말했다.

"참으로 잘되었습니다. 선생께서 가르치신 대로 이제 초나라를 다시 일으켜 세울 수 있을 듯합니다."

그러고는 다시 종리매에게 말했다.

"급히 파발을 놓아 이곳저곳에 흩어져 있는 여러 장군들을 모두 설현으로 불러 모으게 하라. 그들과 의논해 하루빨리 임금을 세워 초나라 왕실을 되살린 뒤에 서쪽으로 대군을 휘몰아 진나라를 쳐 없애야겠다."

그런 항량의 시원스러운 결정에는 터럭만 한 사심도 없어 보였다. 거기서 범증은 비로소 서죽(筮竹)과 시초(蓍草)로 읽은 불길한 점괘를 머릿속에서 깨끗이 지워 버렸다.

항량이 회왕의 적손인 웅심을 초나라 왕으로 세우기 위해 직접 거느리고 있는 장수들뿐만 아니라 자신의 세력 아래 든 모든 별장들까지 설현으로 불러 모으자, 패공 유방도 장량과 노관, 번쾌, 하후영 등을 데리고 설현으로 갔다. 옹치를 내쫓고 풍읍을 되찾느라 항량에게서 오대부 작위를 가진 장수 열 명과 군사 5천 명을 얻어 쓴 뒤로 패공은 항량의 별장처럼 되어 있었다.

패공 유방이 항량의 군막에 이르자 이미 많은 장수들이 모여 있었다. 그들과 함께 기다리고 있던 항량이 언제나 그랬듯 자리에서 일어나 반갑게 유방을 맞았다.

"패공, 참으로 잘 오셨소. 내 오늘 긴히 논의할 일이 있어 공을 불렀으나 논의에 들어가기 전에 먼저 하실 일이 있소."

그래 놓고는 다시 여러 장수들을 돌아보며 큰 소리로 말했다.

"그동안 한 깃발 아래 싸우면서도 서로 모르는 장군들이 많으니 될 법이나 한 일이겠소? 늦었지만 이제부터라도 서로 인사를 나누는 게 옳을 것이오. 여기 이 패공은 진나라가 보낸 현령을 죽인 패현 사람들이 새 현령으로 떠받든 호걸로서, 성은 유(劉)요 이름은 방(邦)이며 자는 계(季)라 하오. 지금은 패현과 풍읍뿐만 아니라 탕현, 하읍까지 휩쓸어 사수군을 진나라의 폭정으로부터 구해 낸 분이외다."

그러자 거기 모였던 여러 장수들이 모두 일어나 두 손을 모으며 패공에게 인사를 청했다. 항량은 패공을 이끌고 그들 사이를 돌며 경포와 진영, 여신, 포장군 같은 별장에서부터 계포, 종리매, 환초, 용저, 정공 등 휘하 장수들에 이르기까지 차례로 소개하며 서로 인사를 나누게 했다.

　그런데 그들 사이를 다 돈 패공이 저만치 상석에 앉아 있는 범증을 알아보고 예를 올리려 할 때였다. 범증 곁에 서 있는 낯선 젊은 장수를 본 패공은 갑자기 숨이 턱 막히고 천 근 무게가 어깨를 짓누르는 것 같은 느낌을 받았다. 여덟 자 키에 우람한 몸피나 그걸 둘러싼 전포(戰袍)와 갑주(甲冑)의 삼엄함뿐만이 아니었다. 불꽃이 이글거리는 듯한 두 눈과 불쑥 솟은 관자놀이, 그리고 잘 빗어 속발건(束髮巾)으로 묶어 놓아도 사자의 갈기처럼 굽이치는 머리칼 같은 것들이 어우러져 뿜어내는 힘과 기세는 멀리서도 사람을 압도하기에 넉넉했다. 마치 그 안에 태풍이나 벽력을 가둬 놓은 사람을 보는 듯했다.

　'저 사람이 누구인가? 어떻게 우리 중에 저런 사람이 났단 말인가. 천제(天帝)의 아들이나 교룡(蛟龍)의 씨란 어쩌면 바로 저런 사람을 두고 이르는 말일 것이다. 그대로 힘과 기개의 덩어리 같구나……'

　패공이 속으로 중얼거리며 질린 눈길로 항우를 보고 있는데, 항량이 그걸 알아보았는지 너털웃음과 함께 말했다.

　"못난 조카 적인데, 자를 우로 쓰고 있소이다. 방금 양성을 떨어뜨리고 돌아왔으나 아직은 비장의 반열이라 따로 공을 찾아보고 예를 올리게 하려던 참이었소. 하지만 이왕 자리를 함께하게 되었으니 저 아이의 인사도 받아 두시오."

　그러고는 무엇 때문인가 번들거리는 눈으로 유방을 마주 바라보고 서 있는 항우에게 큰 소리로 말했다.

"우야, 무얼 하느냐? 어서 패공께 예를 올려라. 장차 우리와 함께 서쪽으로 가서 진나라를 쳐 없앨 분이시니 받들어 모심에 소홀함이 있어서는 아니 된다."

그때 유방이 먼저 항우를 향해 두 손을 모으며 허리를 굽혀 예를 올렸다.

"작은 장군을 하관(下官)의 군례(軍禮)로 뵙습니다. 저는 패현 부형들의 뜻을 받든답시고 주제넘게 현령 자리를 맡았다가 속읍조차 제대로 지키지 못해 크게 세상의 웃음거리가 될 뻔했던 유 아무개입니다. 다행히 상주국께서 장졸을 빌려 주시어 잃은 땅은 되찾았으나 그 부끄러움은 아직 다 씻지 못했습니다. 이제 한 말장으로 상주국을 따르게 되었으니, 작은 장군께서도 마땅히 저의 상장이십니다. 어리석고 힘없다 물리치지 마시고 저를 수하로 거두어 부려 주십시오. 개나 말의 수고로움도 마다하지 않겠습니다."

유방이 그렇게 나온 것은 본능적인 감각에 따른 것이었다. '무엇 때문에 선뜻 나를 받아들여 주지 않는지 모르지만, 그렇다면 내가 먼저 굽히고 숙여 들어야 한다.', '저 엄청나고 터질 듯한 힘과 기세에 함부로 맞서서는 아니 된다.' 그런 판단이 그를 기꺼이 항우에게 굽히게 했다.

그런데 알 수 없는 것은 항우였다. 거의 거만하게 느껴질 만큼 뻣뻣하게 서서 유방을 건너보던 항우가 갑자기 공손하게 두 손을 모아 유방의 예를 받으며 말했다.

"항적이 패공께 문후 올립니다. 진작부터 장군의 우레 같은 이름을 들어 왔으나 양성을 우려빼고 오느라 이제야 뵙습니다."

　뒷날 그와 목숨을 걸고 천하를 다투게 될 일이 어떤 예감으로 닿아 온 것일까. 그날 유방을 처음 보았을 때 항우 또한 유방에게서 묘한 힘을 느꼈다. 후리후리한 키에 우뚝 솟은 코와 튀어나온 이마, 길고 멋진 수염 같은 것이 어우러져 뿜어내는 특이한 기품이나 유들유들하면서도 꼬이거나 맺힌 데 없는 언행에서 느끼게 되는 알 수 없는 친화력이 그러했다.

　항우가 잠시 경계로 굳어졌던 것은 자신이 가진 것과는 다르지만 결코 얕볼 수 없는 유방의 그 묘한 힘에 갑작스러운 호승심이 인 탓이었다. 하지만 유방이 한껏 머리를 숙이고 다가들자 그 호승심은 항우 일생의 강점이자 약점이었던 특이한 자부심에 가려져 눈 녹듯 스러졌다. 자신에게 맞서는 자에게는 무자비하기 짝이 없지만 엎드리고 따르는 자에게는 그지없이 자애로운 그의 특성이 발동한 것이었다.

　'너도 내게는 맞서지 못하는구나. 나를 알아보고 스스로 무릎을 꿇어 오는구나. 그렇다면 나도 얼마든지 너그럽고 겸손할 수 있다.'

　그런 마음으로 마주 머리를 숙일 수 있었다. 그러나 항우의 마음 한구석에는 미심쩍은 느낌도 전혀 없지 않았다.

　'저 무르고 맺힌 데 없어 보이는 것이 어쩌면 저 사내의 힘이 아닐까. 물처럼 부드러워 오히려 단단한 바위를 깎고, 활대처럼 많이 휘어질수록 더 멀리 화살을 날리는 그런 경우는 아닐까.'

　하지만 겉으로 내비친 항우의 겸양은 조카의 강한 성격을 늘 걱정해 오던 항량을 매우 기쁘게 만든 듯했다. 흡족해하는 눈길로 조카를 바라보다가 너털웃음과 함께 유방에게 말했다.

"지나치게 스스로를 낮추는 것도 예가 아니라[過恭非禮] 들었소. 패공은 자중하시오. 적아(籍兒) 나이 이제 스물다섯, 비록 어리지는 않다 하나 패공의 상장이라니 가당키나 하겠소? 오히려 패공께서 우리 적아를 많이 가르치고 이끌어 주시오."

말뿐만이 아니었다. 항량에게도 사랑하는 조카와 유방이 앞날에 벌일 처절한 쟁패가 끊임없이 어떤 예감으로 닿아 온 것일까? 그는 왠지 항우와 유방을 특별한 우의의 사슬로 묶어 두려 했다. 그날 여러 장수들과 웅심(熊心)을 왕으로 세워 초나라를 다시 일으키기로 논의를 마친 뒤의 일이었다. 한바탕 잔치로 모여든 장수들을 위로한 뒤 따로 항우와 유방을 자신의 군막으로 불러들인 항량이 먼저 항우를 보고 말했다.

"시절이 우리를 오중에서 불러내 멀리 여기까지 왔지만, 앞으로 갈 길은 더욱 멀고 험하다. 네 비록 재주가 빼어나고 용력이 남다르나 독불장군이라 혼자서는 큰일을 이룰 수가 없다. 또 내가 곁에 있어 돕는다 해도 이미 몸이 늙어 가거니와 사람의 앞일을 누가 알겠느냐. 어디까지 너를 따라다니며 돌볼 수 있을지는 하늘만이 아실 것이다. 범증 선생이나 계포, 종리매, 환초 등 이미 우리 막하에 든 이들도 있으나 그들만으로는 안 된다. 그들과는 달리 밖에서 너를 이끌고 보살펴 줄 이도 있어야 하는데, 여기 이 패공이 어떠냐? 두 사람이 형제가 되어 서로 손발처럼 도우며 어지러운 천하를 바로잡을 수 있다면 그 아니 아름다운 일이겠느냐?"

그런 다음 항우의 대답을 기다리지도 않고 유방에게 다시 말했다.

"공을 만난 지는 달포밖에 되지 않고 깊이 마음을 주고받을 겨를도 없었으나, 나는 공이 어떤 사람인지 알 듯하오. 공에게는 봉황의 기품이 있고 용의 기상이 있소. 하지만 가시덤불에 깃들이고 얕은 개울에 누운 형국이니 비웃고 얕보는 자들이 적지 않을 것이오. 어떻소? 저 아이와 형제가 되어 그 작은 가시덤불과 얕은 개울을 벗어나 보지 않겠소? 저 아이의 재기와 용력에 공의 지혜와 덕을 합쳐 무도한 진나라를 쳐 없애고 가여운 창생들을 구해 보시지 않겠소?"

그러자 유방이 길게 헤아려 볼 것도 없다는 듯 받았다.

"감히 청하지는 못했지만 실로 바라던 바입니다. 이제부터 이 유 아무개, 작은 장군을 형님으로 모시겠습니다."

그냥 두면 바로 엎드려 항우에게 큰절이라도 올릴 것처럼 두 손을 모으고 머리를 수그렸다. 항량이 놀라 크게 손을 내저으며 유방을 말렸다.

"패공, 잠깐 멈추시오. 내 듣기로 나이 어린 아재비는 있어도 나이 어린 형은 없다 하였소. 그런데 스무 살 가까이나 어린 저 아이를 형님 삼겠다니 이 무슨 해괴한 일이오?"

그래도 유방은 조금도 비굴하게 들리지 않는 목소리로 우겼다.

"주종과 군신 사이의 높고 낮음을 어찌 나이로 따질 수가 있겠습니까? 내 이미 항씨가를 주군으로 삼았으니, 작은 장군과 형제의 의를 맺는다면 마땅히 작은 장군이 형이 되어야지요.”

오히려 이래도 나와 형제하지 않겠느냐고 몰아세우는 것처럼 들렸다. 그러자 그때까지 머뭇거리고 있던 항우가 다시 나섰다.

“패공께서 이 적을 아우로 받기 싫다면 어쩔 수 없거니와, 형제가 된다면 마땅히 패공께서 형이 되어야 할 것입니다. 아니면 우리 숙질이 당장의 세력으로 형제의 차서(次序)를 바꾸었다고 세상이 크게 비웃을 것이오.”

그 일도 유방이 자신의 힘 앞에 엎드린 것으로 풀이한 항우가 크게 인정을 베풀듯 그렇게 말했다. 하지만 그래도 유방은 기어이 형 되기를 마다했다. 보다 못한 항량이 두 사람의 뜻을 절충했다.

“좋소이다, 좋아. 누가 형이고 누가 아우인가는 중요하지 않소. 중요한 일은 두 사람이 형제가 되어 서로 돕는다는 것이오. 오늘 일은 두 사람이 형제 됨을 맹세하는 것만으로도 뜻이 깊소이다. 나도 듬직한 조카 하나 더 얻은 것으로 기쁨을 삼겠소.”

그렇게 하여 유방과 항우는 형과 아우를 정하지 않은 기이한 형제로 맺어졌다. 항우에게는 아무런 도움이 되지 않았지만 유방에게는 고비마다 요긴하기 짝이 없게 활용된 형제의 의였다. 나중에 항우는 그 때문에 몇 번이고 유방의 숨통을 끊어 놓을 기회를 놓치게 되는데, 지하에서 그걸 보고 있어야 하는 항량의 심경은 그 어떠하였으랴.

# 함께 가는 길

그해, 그러니까 진 이세황제 2년 6월에 항량과 범증은 설현에서 초나라를 다시 일으키고 회왕의 핏줄로 양치기 노릇을 하던 웅심(熊心)을 맞아들여 왕위에 올렸다. 마지막 왕 부추가 진나라로 사로잡혀 감으로써 초나라가 망한 지 열여섯 해 만이었다.

새로 선 초나라 왕 웅심은 고조 되는 회왕의 시호를 빌려 다시 회왕이라 일컬었다. 자손이 되어 조상과 같은 왕호를 쓰는 것은 이른바 기휘(忌諱)에 걸리는 일이 되나, 항량과 범증은 그걸 따질 겨를이 없었다. 회왕의 일이 초나라 사람들에게는 워낙 가슴에 맺힌 한 같은 것이라, 다시 그 왕호를 빌려 초나라 사람들의 마음을 끌어모으려 함이었다.

그들은 설현 현청을 임시 왕궁으로 삼아 새 회왕을 들인 다음 옛 왕실의 적통이 왕위를 이었음과 초나라가 되살아났음을 세상에 널리 알렸다. 그리고 공공연하게 진나라에 대한 설한(雪恨)과 보수(報讐)를 내걸며, 흩어져 숨어 사는 옛 초나라 조정의 근왕 세력까지 불러 모았다.

그때 가장 먼저 찾아든 게 송의(宋義)가 이끄는 무리였다. 송의는 대대로 상경의 으뜸인 영윤(令尹)을 낸 초나라 문벌의 자손으로 그 자신도 유왕 말년에 영윤을 지낸 적이 있었다. 그 송의가 한 무리의 옛 초나라 벼슬아치들과 그 가솔을 이끌고 설현으로 찾아왔다. 송의 자신의 가솔을 합쳐 5백 명에 가까운 무리였다.

웅심이 회왕의 현손(玄孫)임을 증명하고, 그의 양치기 노릇은 진나라의 추적을 따돌리기 위함이었음을 밝혀 준 일로 송의는 처음 한동안 항량에게 매우 요긴한 사람이었다. 다 같이 쫓겨 숨어 사는 처지이면서도 송의는 일찍부터 웅심을 찾아내 몰래 오가며 지내 왔다. 거기다가 송의는 또 애왕이 참변을 당할 때도 초나라 조정에 있었던 터라, 누구보다 진상을 잘 알고 있는 그의 증언은 아무도 웅심의 혈통을 의심할 수 없게 하였다.

하지만 그 일을 빼면 송의는 항량에게 전혀 반가운 사람이 못 되었다. 우선 항량의 마음에 걸리는 것은 송의가 찾아온 대상이었다. 송의는 지금까지 모여든 사람이 그랬던 것처럼 항량을 따르러 온 것이 아니라, 새로운 초왕(楚王) 웅심을 찾아왔을 뿐이었다. 그를 따라온 옛 초나라 조정의 벼슬아치들도 그랬다. 그들도 항량의 실권을 굳이 무시하려 들지는 않았지만, 충성의 대상은 어디까지나 새로 초왕이 된 웅심이었다. 따라서 그들이 온 것은 달리 보면 항량의 진중에 작지만 전혀 성격을 달리하는 세력이 섞여 들었음을 뜻했다.

창칼을 잡고 싸우는 데도 쓸 수가 없고 계략을 짜는 데도 크게 도움이 안 되면서도 먹이는 데는 여느 병졸들보다 더 많은 곡식과 돈을 써야 하는 그 가솔들도 그랬다. 그들은 피붙이라고 하기 어려울 정도의 방계까지 싸안은 데다 노비까지 거느린 기이한 유민 집단으로 말 많고 탈 많아 다루기가 까다롭기 짝이 없었다. 게다가 아무 소용없게 된 옛 벼슬이나 가문은 서로 간 또 어찌 그리 깐깐하고 자잘하게 따져 대는지…….

'용케도 지금까지 살아남았구나. 골치 아픈 무리들이다…….'

항량은 그렇게 한탄했으나 초나라 왕실의 권위에 의탁하기로 한 이상 그들은 지고 갈 수밖에 없는 짐이었다.

송의를 시작으로 그 뒤로도 적지 않은 옛 초나라의 무장이나 귀족들이 항량의 진채로 찾아들었다. 크고 작게 무리 지어 찾아오는 그들 중에는 창칼을 잡고 싸우기를 원하는 자들도 적지 않았다. 항량은 그들의 뜻을 기특하게 여겨, 더러는 장수로 보태고 더러는 병졸에 들였지만, 나머지 대부분은 송의의 무리처럼 거느리기에 거추장스러우면서도 군량만 축내는 유민에 지나지 않았다.

한신이 칼을 차고 항량을 찾아온 것도 그 무렵이었다.

3년 전 몸과 마음이 아울러 만신창이가 되어 고향 회음(淮陰)을 떠난 한신은 처음 한동안 병들고 다친 짐승처럼 천하를 떠돌

왔다. 그가 비틀거리고 신음하면서도 찾아 헤맨 것은 무엇보다도 자신을 빈곤과 무명에서 건져 줄 지우(知遇)였다. 그는 자신을 알아보고 써 줄 사람이면 무너지는 진나라의 썩은 벼슬아치든 늪지나 산골짜기에 자리 잡은 좀도둑 떼의 우두머리든 가리지 않고 찾아갔다. 산판(算板)만 들여다보고 있는 장사치며 저잣거리를 끼고 번창하는 공장(工匠)에게까지 자신을 팔려고 한 적도 있었다. 그러나 비정한 회음 거리와 마찬가지로 세상은 그를 제값으로 사 주지 않았다.

그러다가 한신이 퍼뜩 정신이 든 것은 이태 뒤 대택에서 진승과 오광이 일어나 인근을 휩쓸고 있다는 소문을 듣고 나서였다. 법과 제도로부터의 일탈조차 두려워 끝내 불량배의 가랑이 사이를 기었던 그에게는 그들의 그런 적극적인 모반이 처음에는 그저 엄청난 충격으로만 다가왔다. 하지만 그 모반이 봉기를 거쳐 기의로 바뀌고 마침내는 장초라는 나라와 진왕이라는 임금까지 만들어 내자 한탄과도 같은 깨달음을 얻었다.

'아아, 자신을 그렇게 스스로 써 주는 길도 있었구나!'

그때 한신은 흐르고 흘러 연나라 북쪽을 헤매고 있었다. 차라리 멀리 동이(東夷)의 나라로 가서 이 한 몸 쓰일 곳을 찾아볼까 하며 요동 쪽을 바라보기까지 했던 그는 그 놀라운 소문을 듣자 거의 참담한 기분으로 그동안의 구차스럽고 헛된 골몰에서 깨어났다.

하지만 그 새로운 자기 활용의 방식도 그 무렵의 한신에게는 이미 걸어 보기에 무망해진 길이었다. 그는 자신을 그렇게 쓸 수 있도록 기르고 단련한 적이 없었기 때문이다. 다만 그 모반의 근거지가 자신이 나고 자란 땅에서 멀지 않은 곳이라는 게 본능처럼 그를 회음으로 불러들였다.

'무슨 일이 났는지 가서 보자. 내 스스로 시작할 수 없더라도, 이미 시작된 일을 내가 거들 수는 있을지도 모르지. 그들을 거들어 주고 비싼 품삯을 받거나 몫을 나누어 받는 것도 나를 쓰는 한 가지 방도가 될 수 있을 것이다.'

그런데 한신이 미처 회음에 이르기도 전에 장초가 도읍했던 진현은 장함이 거느린 진군에게 쑥밭이 나고 진승과 오광도 모두 죽었다는 소문이 들렸다. 허망하면서도 한신 같은 병가에게는 기이한 흥미를 일으키는 흥망의 일전(一轉)이었다. 이에 한신은 다시 그 몇 달을 진승과 오광의 세력이 이동한 경로와 장함의 진격로, 그리고 그들이 회전(會戰)한 지역을 살펴보는 것으로 보냈다. 그러면서 새로 일어나는 여러 갈래의 세력들을 아울러 살피게 되었는데, 마침내 항량이 이끈 세력이 세운 초나라에서 어떤 가능성을 보고 그리로 찾아들게 되었다.

한신이 항량의 군막을 찾아가자 항량은 그 훤칠한 용모에 반해 처음부터 무겁게 쓰고자 했다. 그러나 주변에 한신을 잘 아는 자가 있어 그를 헐뜯어 말하였다.

"저자는 회음 땅을 떠돌던 하찮은 건달입니다. 멀쩡한 생김에 큰 칼을 차고 다니며 왕손을 자처하지만, 그 뜻이 비루한 데다 몸을 함부로 굽혀 사람들의 비웃음을 사 온 자입니다. 하향 마을의 남창 정장(亭長)에게 밥을 얻어먹고 지내다가 그 아내가 구박

하자 성 밖 물가에서 남의 빨래를 해서 살아가는 여인[漂母]에게서 밥을 빌어먹기도 하였습니다. 또 한번은 저잣거리 불량배가 시비를 걸어 오자 그 바짓가랑이 사이를 기어 지나가 시비를 피한 겁쟁이이기도 합니다. 무슨 일인가로 회음을 떠나 한 몇 년 보이지 않는다더니, 꼴에 보는 눈은 있어 장군께로 찾아온 듯합니다.”

항량이 원래 귀가 얇은 사람이 아니었으나, 그 말을 듣자 한신을 무겁게 쓸 마음이 없어졌다. 한신을 한낱 병졸로 내치려 하는데 범증이 말렸다.

“저 사람의 생김이 웅장하니 가까이 두고 써 보시지요. 집극랑(執戟郎)을 삼으면 장군의 위의에도 크게 보탬이 될 것입니다.”

집극랑이라면 창을 들고 장수를 호위하는 하급 무관이었다. 곧 한신의 키가 크고 허우대가 멀쑥하니 곁에 두어 의장(儀仗)과 경호에 함께 쓰란 뜻이었다. 이에 항량은 한신을 집극랑으로 주변에 머물게 하였으나 그 재주를 유별나게 여기지는 않았다.


설현으로 몰려드는 것은 항량이 이끄는 세력에 편승하려는 무리와 새로 선 회왕을 바라고 몰려드는 옛 초나라 유신들뿐만이 아니었다. 명색이 한 나라를 세우는 일이라 항량과 범증은 여기저기 흩어져 있는 별장(別將)들을 설현으로 불러 모아 논의할 일이 많았다. 그 바람에 별장들이 설현으로 불려 가는 일이 잦아지면서 그들이 거느린 막빈과 장졸들도 설현으로 데리고 갔다.

패공 유방도 마찬가지였다. 항량에게 불려 설현으로 갈 때는 모든 막빈과 장수들을 데리고 갔다. 이에 항량의 장수들과 유방의 장수들이 얽히게 되면서 뒷날 항우와 유방의 쟁패(爭霸)에 영향을 미치는 여러 만남이 이루어졌다.

그 만남 중에서 무엇보다 뜻 깊은 것은 장량과 항백의 만남일 것이다. 무슨 일인가로 잠시 항량의 본진을 떠나 있다가 돌아온 항백은 어느 날 유방 뒤를 그림자처럼 따르며 진중을 가로지르는 장량을 보고 반가움을 이기지 못했다. 그대로 자리를 차고 일어나 장량에게로 달려갔다. 장량도 항백을 알아보고 그의 두 손을 맞잡으며 반가워 어쩔 줄 몰랐다.

"장량 선생!"

"항 대협!"

가만히 헤아려 보니 헤어진 지 3년 남짓. 그러나 참으로 긴 3년이었다. 헤어질 때만 해도 시황제의 시절이라 서로에게 모든 일이 그저 아득할 뿐이었으나, 그사이 세상은 뒤집히고 둘 모두 천하 풍운의 한가운데 끼어들게 되었으니 감회가 크지 않을 수 없었다.

"오중에 있다던 그 제씨(弟氏)와 조카가 바로 항량, 항우 두 분 장군이었구려. 넓고도 좁은 것이 세상이라더니 정말 그렇소이다."

이윽고 먼저 마음을 가라앉힌 장량이 그렇게 자신의 짐작을 털어놓았다. 항백도 저만치 앞서 가는 패공 유방 때문에 짐작 가는 바는 있었으나, 짐짓 물음으로 장량의 말을 받았다.

"인생하처불상봉(人生何處不相逢)이겠습니까만, 선생은 어떻게 이 설현으로 오시게 되었습니까?"

"3대에 걸친 은의를 갚고자 발바닥이 닳고 겨드랑이 털이 빠지도록 돌아다녔으나, 관동의 육국 가운데 되살아나지 못한 것은 오직 우리 한(韓)나라뿐이니 실로 부끄럽고 한스럽습니다. 지금은 패공을 도우며 한나라의 복국을 도모하고 있으나 모든 게 그저 아득할 뿐입니다……."

장량이 그러면서 지난 3년 동안 있었던 일과 유방을 만나게 된 경위를 간략하게 들려주었다. 듣고 난 항백도 감개에 젖은 얼굴로 하비를 떠난 뒤의 일을 털어놓기 시작했다.

"저는 그날 선생의 집을 떠났으나 아무리 동생이고 조카라도 빈손으로 찾아갈 수는 없었습니다. 그래서 몇 달 하상 부근을 뒤져 숨어 사는 항가(項家) 족당들을 모아 보았습니다. 종질 장아(壯兒, 항장)를 비롯해 당 내외로 여남은 명을 거두고 나서야 오중으로 찾아갈 낯이 생겼습니다……."

그러다가 갑자기 정색을 하며 장량을 자신의 거처로 청했다.

장량이 그 거처로 따라가 보니 상주국 항량의 형이라서 그런지 항백은 시중드는 병졸이 딸린 군막을 따로 쓰고 있었다. 항백이 푸짐한 술상을 차려 내게 하여 장량과 함께 마시면서 새삼 하비 시절에 보살펴 준 은덕에 감사했다.

"그때 저는 몇 년째 진나라 관병들에게 쫓기느라 몸은 고단하고 마음은 외롭기 짝이 없었습니다. 선생의 따뜻한 돌보심이 없었다면 오늘이 있기나 하겠습니까……."

그리고 거듭 지난 일을 되뇌면서 회포를 푸는데 오래 헤어져 있다 만난 형제라도 그보다 더 다정할 수 없었다. 장량도 정을

46

주고받는 데 인색한 사람이 아니었다. 이튿날 답례로 자리를 만들고 항백을 청하면서 그 뒤로는 서로의 진중을 오가는 사이가 되었다. 그 바람에 열흘 뒤 다시 헤어질 때까지 두 사람은 틈만 나면 한 장막에 마주 앉아 정을 더욱 두텁게 할 수 있었다.

항량이 장량을 별장인 패공 유방의 수하가 아니라 자신의 막빈처럼 대하게 된 것도 형 항백 덕분이었다. 항백이 따로 데려온 장량을 만나 보자마자 항량은 곧 그 비범함을 알아보았다. 장량이 비록 유방 밑에서 군마나 다스리는 구장(廐將)에 지나지 않지만, 항량은 그 뒤로 장량을 계포나 종리매 못지않게 정중히 대했다.

하후영과 한신의 만남도 그때 있었다. 나중에 등공(滕公)이 된 하후영은 대단찮은 죄로 목이 베이게 된 한신을 구해 주어 한(漢)나라에 크게 쓰일 수 있게 하는데, 『사기』에는 그게 한신의 허연 살결과 멀쑥한 허우대 때문이었다고 되어 있다. 그러나 실은 그때 태복(太僕)으로 유방의 수레를 몰고 다니던 하후영이 항량의 집극랑으로 있는 한신을 자주 보아 눈에 익은 인상 때문이었다고 보는 편이 옳다.

유방이 정공(丁公)을 만난 것도 그 무렵이었다. 정공은 설현 사람으로 계포의 외삼촌이었다. 그 이름은 고(固)였으나 어찌 된 셈인지 『사기』에는 정공으로만 나온다. 정공은 그때 항량의 장수로 있었는데, 솔직하고 쾌활한 유방의 인품에 반해 은근히 호감을 품었다. 뒷날 싸움터에서 유방에게 인정을 베풀었다가 항우를 낭패시켰을 뿐만 아니라, 끝내는 자신도 유방의 독특한 통치술에 걸려 목숨을 잃게 된다.

역시 뒷날의 일이지만 초한(楚漢) 쟁패가 길어지면서 많은 초나라 장수들이 패공 유방에게 투항하는데, 그것 또한 두 세력이 그렇게 전열을 함께하던 시절이 있었던 것과 무관하지 않을 듯하다. 그때 익힌 얼굴 때문에 그렇게 오고 감이 훨씬 수월했을 것이다.

한편 항량은 범증의 유세에 따라 웅심을 초나라 왕으로 세우기는 했으나 날이 갈수록 어떤 뻑뻑하고 깊은 수렁에 빠져드는 느낌이 들었다. 자신을 따르는 세력은 틀림없이 그 전보다 크게 부풀어 올랐다. 하지만 그만큼 번거롭고 성가신 일도 늘어났다.

그중에서도 특히 그를 괴롭힌 것은 옛 초나라의 왕족 부스러기와 귀족들, 그리고 옛적 벼슬아치들이었다. 송의가 이끌고 온 이들만 해도 넌더리가 날 지경인데 회왕이 서고 초나라가 되살아났다는 소문이 널리 퍼지자 그 몇 배가 모여들었다. 그리고 회왕이 임시로 머물고 있는 현청으로 몰려가 항량이 전혀 예상하지 못한 종류의 소란을 떨었다.

그들은 회왕 앞에 머리를 조아리고 그 기억에는 전혀 남아 있지 않은 옛 초나라 왕실의 영화와 권위를 끊임없이 되뇌었다. 그리하여 몇 달 전까지만 해도 양치기 노총각 속에 불안스레 웅크리고 있던 회왕의 권력욕을 끊임없이 들쑤시고 부추겼다. 쓸모없으면서도 번잡하기만 한 왕실의 격식과 의례를 되살려 항량의 장졸들을 헷갈리게 만드는 것도 그들이었으며, 때로는 항량에게

조차 자신들과 같은 수준의 복종과 충성을 강요하여 그를 맥 빠지고 어이없게 하였다.

하지만 무엇보다도 항량을 짜증나게 만드는 것은 그들이 몰려듦으로써 전에 없이 거센 관제(官制) 정비 요구에 내몰리게 된 일이었다. 하기야 나라를 세운 이상 그것을 유지할 제도를 갖춰야 하고, 제도가 갖춰지면 그걸 맡아 일할 백관을 두어야 마땅했다. 그러나 항량에게는 그 모든 게 겉치레요, 인력과 조직의 낭비로만 보였다.

'결국은 이 범증이라는 자도 싸움이 무엇인지 모르는 책상물림에 지나지 않는다. 이제 겨우 천하의 한 모퉁이를 차지한 처지에 주제넘은 일을 한 것은 아닐까. 늙은 책상물림의 공론에 넘어가 너무 일찍 초나라 복국(複國)의 짐을 떠맡아 버린 것은 아닐까……'

항량은 한때 그렇게 은근히 후회하는 마음까지 일었다. 그러나 범증은 태연하기만 했다.

"이름뿐인 나라의 부서를 정하고 백관을 세우는 것은 그리 어려운 일도 아니거니와, 오히려 장군을 위한 일이 될 수도 있습니다. 천하를 부리려면 실세를 움켜쥐는 것만큼이나 명목의 존귀도 중요합니다. 이참에 비록 명목뿐이나마 초나라 왕실의 위엄을 빌려 장군의 존귀를 더해 보는 것이 어떻겠습니까?"

그러고는 며칠 지나지 않아 사람의 이름과 관작이 가지런히 적힌 죽간(竹簡)을 한 두름[卷] 내밀었다.

"이게 무엇입니까?"

항량이 죽간을 읽어 보지도 않고 묻자 범증이 느긋하게 대답했다.

"우리 새로운 초나라의 내정과 외조(外朝)를 제 나름으로 대강 얽어 본 것입니다. 한번 훑어보아 주십시오."

그 말에 항량은 울컥 치미는 짜증을 억누르며 죽간을 펼쳐 보았다. 어차피 회왕을 세우고 초나라를 되살린 이상 언젠가는 받아들이지 않을 수 없는 절차였다.

그런데 죽간을 펼쳐 든 항량은 그 첫머리를 읽고 그대로 죽간 두름을 내팽개칠 뻔하였다. 맨 앞에 '영윤 송의'라고 적혀 있었기 때문이었다.

"송의 이자가 초나라를 되살리는 데 무슨 큰 공을 세웠기에 상경 중에서도 으뜸인 영윤으로 삼는다는 것이오?"

항량이 못마땅한 심사를 억지로 감추면서 그렇게 묻자 범증이 태평스레 받았다.

"지금은 왕도 융장(戎裝, 전투복)을 예복으로 삼는 전시입니다. 전시에, 그리고 전장에서의 영윤은 졸오보다 뒷줄이라 해도 지나친 말은 아닐 것입니다. 게다가 송의는 선왕 때도 이미 영윤이지 않았습니까?"

하지만 항량의 마음이 조금 가라앉은 것은 그 같은 범증의 대답 때문이 아니라 '상주국(上柱國) 진영(陳嬰)'이라 쓰인 다음 죽간을 읽은 까닭이었다. 진영은 2만의 동양(東陽) 군민을 이끌고 투항해 온 공이 있지만, 하찮은 시골 아전바치였고 검수 출신이었다. 그런 진영을 자신과 같은 상주국으로 삼았을 뿐만 아니라 다섯 현까지 내려 높이고 있는 조정이라면 송의를 영윤 자리에 앉혀 안 될 게 없었다.

"소평(召平)도 상대부에 앉혔습니다."

항량의 마음속을 읽었는지 범증이 다음 죽간에 쓰인 것을 이 죽거리는 듯한 말로 들려주었다. 소평이라면 이미 죽고 없는 진왕(陳王, 진승)의 명을 내세워 항량을 상주국으로 삼은 뒤, 강동의 대군을 이끌고 강수를 건너게 만든 자였다. 그사이 그가 한 거짓말이 모두 드러나 허풍쟁이가 되어 있는 그를 상대부로 앉힌 걸 보고서야 항량도 비로소 어렴풋하게나마 범증의 뜻을 알 것 같았다. 요컨대 옛날대로의 구색은 갖추되, 실제로는 별 힘도 권위도 없는 죽간 위의 조정과 백관이었다.

그 뒤로도 한동안 옛적에는 아득히 올려 본 문반(文班) 벼슬과 지금까지는 듣도 보도 못한 사람의 이름이 함께 적힌 죽간이 이어지더니, 무반이 시작되었다. 그런데 이번에는 앞서 문반 때와 전혀 달랐다. 범증 자신은 그때까지도 사람들이 별로 무겁게 여기지 않던 군사에 그대로 머물러 있었고, 계포, 종리매, 환초, 용저 같은 모사와 맹장들도 빈객이나 사마, 사인 같은 낮은 직위에 그쳤다. 항우가 상장군으로 된 게 별날 정도였다.

하지만 별장들은 또 달랐다. 낮아야 공(公)이나 군장(郡長, 군수)이요, 웬만하면 후(侯)나 군(君)이었다. 이를 테면 경포는 당양군(當陽君)이 되었고, 오예와 유방은 파군(番君)과 패공(沛公)을 지켰다. 패공 유방을 빼면 대개가 거느린 세력에 비해 지나친 봉작이었다.

"그런데…… 나는 무엇입니까?"

죽간 두름을 다 들춰도 자신의 이름이 없자 항량이 알 수 없다는 듯 물었다.

"군(君)이면 어떠하겠습니까? 무신군(武信君)쯤으로 해 두면 문신의 반열에도 들지 않고 무장의 품계에서도 약간 비껴 서 있으면서 존귀와 위엄을 함께 드러낼 수 있습니다. 제나라의 맹상군(孟嘗君)이나 조나라의 평원군(平原君)과 위나라의 신릉군(信陵君)을 떠올려 보시면 됩니다. 가깝게는 우리 초나라의 춘신군(春信君)도 있습니다."

처음 범증이 군을 들고 나올 때 항량은 울컥 화까지 치밀었다. 떠도는 무리 몇을 이끌고 작은 마을 하나를 차지해도 공(公)이요, 골짜기나 들판을 끼면 후나 군(君)을 자칭하던 시절이라 그럴 수도 있었다. 거기다가 장초 진왕의 부장으로 조나라를 평정한 무신(武信)도 한때 스스로 무신군이란 칭호를 쓴 적이 있었다. 그 무신군은 나중에 조왕에 오르기까지 하였으나, 오래잖아 막장 이양(李良)의 반역에 비참하게 죽어 결코 따라 쓸 만한 봉호가 아니었다.

하지만 뒤이어 범증이 이른바 '전국 말 사군(四君)'을 차례로 들먹이자 항량은 그 속 깊은 배려에 흔쾌히 고개를 끄덕였다. 때로는 제후를 뛰어넘는 명성과 세력으로 천하를 주무르던 그들, 백성들의 사랑을 받아 그들의 왕조차도 함부로 다루지 못하던 그들의 독특한 역할과 위치를 항량에게 제시하고 있는 셈이었다.

"좋습니다. 가르침을 따르겠습니다."

항량이 환하게 펴진 얼굴로 말하자 범증은 새 죽간 하나를 가져오게 해 '무신군 항량'이라고 써넣었다. 그리고 마음 써서 덤이라도 얹어 주듯 말했다.

"이곳 설현은 싸움터에 가까워 임금께서 머물러 계실 땅이 못됩니다. 남쪽 초나라 옛 땅 깊숙한 곳에 있는 우이(盱眙)를 도읍으로 삼아 우리 대왕을 그리로 옮기게 하는 게 어떻겠습니까? 그때 입만 살아 시끄러운 구닥다리 먹물들과 용케 살아남은 옛 조정의 벼슬아치들까지 함께 쓸어 보내고, 이곳에는 목숨 바쳐 무신군을 따를 장졸들만 남기면 모든 어지러움은 절로 사라질 것입니다."

그 말은 병권만 굳건히 장악하고 있으면 문신 관료의 병폐는 크게 걱정할 게 없다는 암시이기도 했다.

범증의 말을 옳게 여긴 항량은 그대로 따랐다. 범증이 죽간에 적은 대로 벼슬아치들을 세우고, 의논을 갖추어 새 초나라의 도읍을 남쪽으로 수백 리 떨어진 우이로 정했다. 그리고 새 회왕과 그 조정에 약간의 군사를 딸리어 우이로 내려 보낸 다음 자신은 진나라와의 결전을 위해 대군을 정비했다.

그러던 어느 날이었다. 아직 항량이 군사를 내기 전에 항백을 앞세운 장량이 찾아와 말했다.

"무신군께서는 초나라 후예를 찾아 왕으로 받드시어 망해 버린 초나라를 되세우셨습니다. 이는 초나라 유민들뿐만 아니라 천하가 감탄해 우러를 일입니다. 그런데 저희 한나라는 망한 지 가장 오래되었으나 옛 육국 가운데 유일하게 복국(復國)하지 못했습니다. 따라서 한나라 유민들이 나라를 되세우려는 마음은 초나라 사람들보다 몇 곱절 간절합니다. 지금 살아남은 왕족 중에는 횡양군(橫陽君) 성(成)이 가장 밝고 어진데, 그를 왕으로 세우고 한나라를 되살려 우리 편을 늘리는 것[益樹黨]이 어떻겠습니까?"

항량이 그 말을 들어 장량에게 횡양군 한성을 찾아오게 했다. 진작부터 한성이 있는 곳을 알아 두었던 장량이 다음 날로 한성을 항량 앞에 데려왔다. 항량은 한성을 한왕(韓王)으로 세우고 장량을 사도로 삼은 뒤 군사 천여 명을 주어 서쪽으로 한나라의 옛 땅을 되찾게 했다.

항량이 그렇게 장량의 말을 따라 준 데는 육국의 후예를 되세워 자신의 세력을 늘린다는 원래의 목적 이외에, 그렇게 함으로써 장량과 패공 유방을 갈라놓는다는 뜻도 숨어 있었다. 항량에게는 유방과 장량 모두 따로 떼어 놓고 보면 한없이 미덥고 정이 가는 사람들이었다. 그러나 그 둘이 물고기와 물처럼 함께 있는 걸 보면 까닭 모르게 마음이 어두워졌다. 뒷날의 예감이 벌써 어떤 견제 심리로 작동하고 있었는지도 모를 일이었다.

그런 항량과는 달리, 장량이 떠난다는 말을 듣자 유방은 쓸쓸하면서도 허전하기 그지없었다. 겉으로 보아서는 백수건달로 저 잣거리를 떠돌던 시절부터 유방의 주변에는 언제나 사람이 넘쳐났다. 하지만 대개는 장돌뱅이나 농투성이 같은 밑바닥 출신들이라, 손발로 부리거나 가슴과 배[心腹]로 삼을 수는 있어도 머리로 쓸 수 있는 사람은 없었다. 그러다가 장량을 만나자 이제 그 슬기와 꾀를 빌려 쓸 수 있는 사람을 얻었다 싶었는데, 몇 달 안 돼 떠나게 되었으니 상심이 아니 될 수 없었다.

"처음 만날 때 말씀드렸듯이 제게는 아직도 위로 3대가 한나라에 입은 은의를 갚는 일이 먼저입니다. 한나라가 다시 서고 한(韓) 왕실이 안정되면 반드시 돌아와 패공을 모시겠습니다."

떠날 때 장량은 유방을 찾아보고 그렇게 말하며 눈물까지 글썽였다.

"망해 버린 부조(父祖)의 나라를 잊지 않고 되살리려 애쓰는 선생의 충심에 감동했소. 장부는 은원이 분명해야 하는 법이외다. 부디 하루빨리 복국의 뜻을 이루고 돌아오시오. 어디로 흘러가 있게 되든지 선생과 다시 만나 정을 나누게 될 날이 오기만을 손꼽아 기다리겠소."

유방도 그런 말로 장량을 선선히 놓아주었으나 그의 마음은 줄곧 장량을 뒤쫓으며 살피고 있었다. 기세를 탄 한성과 장량이 옛 한나라의 성을 대여섯 개나 잇따라 떨어뜨렸을 때는 자신의 일처럼 기뻐하였고, 다시 진군이 그들을 되받아쳐서 애써 얻은 성을 빼앗아 갔다는 소문을 들으면 자신이 성을 잃은 것처럼 안타깝고 분하게 여겼다. 그러다가 사나운 진군에게 내몰리던 한성과 장량이 마침내 모든 성읍을 잃고 많지 않은 군사들과 더불어 영천(潁川) 어름을 떠돌아다니는 신세가 되었다는 말을 들었을 때는, 열 일을 제쳐 놓고 장량에게로 달려가 한나라부터 먼저 세워 놓고 보고 싶기까지 하였다.

한편 그사이 크게 군사를 낼 채비를 갖춘 항량은 한바탕 크게 싸울 곳을 찾고 있었다. 사람을 풀어 진나라의 주력 장함의 대군이 어디 있는가를 수소문하고 있을 때, 위왕 구(咎)가 주불을 보내 급한 전갈을 청해 왔다.

"진장 장함이 진왕을 쳐부순 뒤 북으로 군사를 몰고 올라와 우리 위나라를 휩쓸고 있습니다. 위왕께서는 전군을 들어 장함의 대군과 임제에서 맞섰으나 승세를 탄 적의 날카로운 기세를 당해 내지 못하고 성안으로 몰리게 되었습니다. 지금 힘을 다해 버티고는 있어도 하루하루가 힘겹기 그지없습니다.

이에 대왕께서는 저를 내보내 제나라와 초나라에 도움을 청하게 하신 바, 다행히도 제나라는 제왕께서 친히 대군을 이끌고 구원을 오시기로 약조하셨습니다. 지난 육국 시절에 그러했던 것처럼 위나라가 없어지면 제나라와 초나라도 성하지 못할 것입니다. 무신군께서는 어서 빨리 대왕께 고하시어 제나라와 함께 초나라도 저희 위나라의 위급을 구하도록 해 주십시오."

어떻게 보면 찾고 있던 장함이 제 발로 찾아온 격이었으나 항량은 대답을 서두르지 않았다. 주불을 군막에서 내보내 객관에서 쉬게 한 뒤 가만히 범증과 의논했다.

"군사께서는 어떻게 했으며 좋겠소?"

주불이 처음 구원을 청할 때부터 줄곧 무언가 골똘한 생각에 잠겨 있던 범증이 말했다.

"입술이 없으면 이가 시린 법[脣亡齒寒], 위왕은 마땅히 구해 주어야 합니다. 다만 이왕 제왕이 몸소 대군을 이끌고 간다니, 우리는 믿을 만한 장수 하나와 약간의 군사를 보내 저들의 기세만 올려 주면 되겠습니다. 장함 하나를 상대로 세 나라가 전력을 다 한다면 그 또한 세상의 비웃음을 사지 않겠습니까? 무신군께서 는 되도록 힘을 아껴 함곡관을 깨뜨리고 함양으로 밀고 들 때에 대비하셔야 할 것입니다."

들고 보니 항량도 그 말이 옳은 듯했다. 곧 종제 항타(項佗)를 장수로 삼고 군사 5천을 떼어 주며 위나라를 구하게 했다.

주불과 함께 설현을 떠난 항타는 곧 제왕 전담(田膽)의 대군과 만나 밤낮 없이 임제로 달려갔다. 오래잖아 제나라와 초나라의 군사들은 임제성 밖에 이르렀다. 하지만 장함이 워낙 철통같이 성을 에워싸고 있어 성안으로 들지 못하고 성 밖 들판에 진을 쳤다.

그런데 그날 밤이었다. 장함은 진나라의 마지막 명장답게 다시 한번 반진(反秦) 의군들에게 매서운 병법을 맛보였다. 성 안팎의 병력이 합쳐지기 전에 하나씩 쳐부수기로 하고 먼저 성 밖의 제나라와 초나라 연합군을 한밤중에 전군을 들어 맹렬하게 들이쳤다. 장함이 자주 그래 왔듯 집중된 병력으로 분산된 적을 친다는 원리를 적용한 야습이었다.

장함은 먼저 성을 에워싸고 있는 군사들에게 화톳불을 요란하게 피우도록 하여 임제성 안의 위군(魏軍)들이 뛰쳐나올 엄두를 내지 못하게 만들었다. 그리고 밤이 깊어지기를 기다린 다음 말 발굽은 헝겊으로 싸고 군사들에게는 하무[枚]를 물려 소리 없이 제나라와 초나라 군사들의 진채로 다가들었다. 화톳불 가에는 많은 허수아비를 세워 대군이 그대로 성을 에워싸고 있는 양 위장한 채였다.

위, 제, 초 세 나라가 힘을 합쳤을 뿐만 아니라, 성 안팎에서 서로 의지하는 형세[掎角之勢]를 이루고 있다는 믿음 때문에 성 밖 제초(齊楚) 연합군은 마음이 느슨해져 있었다. 등과 배로 적을 맞은 격이 된 장함이 되레 치고 들 줄은 꿈에도 생각지 못했다. 아무런 대비 없이 잠들어 있다가 갑작스러운 야습을 받자 큰 혼란에 빠졌다. 제왕 전담의 사람됨이 용렬하지 않고 항타 또한 한 무리의 장수로 크게 나무랄 데가 없었으나, 겁먹고 놀라 달아나기 바쁜 군사들을 되돌려 놓기는 어려웠다.

"서라. 달아나는 자는 모두 벨 것이다! 적은 많지 않다."

전담이 칼을 뽑아 들고 그렇게 외치며 놀라고 겁먹어 달아나기 바쁜 군사들을 다잡아 보려 했으나 헛된 일이었다. 무서운 기세로 몰려드는 진병에게 한번 제대로 맞서 보지도 못하고 어지럽게 뒤엉킨 군사들 가운데서 죽고 말았다. 항타도 힘을 다해 판세를 뒤집어 보려 했으나 그날 밤은 전담과 마찬가지로 죽은 사람이었다. 시체 속에 이틀을 누웠다가 겨우 목숨을 건져 초나라로 달아났다. 그들을 청해 데려온 주불도 끝내 목숨을 보전하지는 못했다. 달아나는 군사들 틈에 끼어 진채를 빠져나가다가 뒤쫓는 진병들의 창칼에 어육(魚肉)이 났다.

한편 화톳불과 허수아비에 속아 밤새 임제성 안에 꼼짝없이 갇혀 있던 위왕 구(咎)는 날이 밝아서야 구원을 왔던 제나라와 초나라의 군사들이 장함에게 여지없이 부수어져 흩어진 걸 알았다. 주불과 전담의 머리를 찾아 장대에 매달고 성벽 아래로 몰려든 진나라 군사들을 보자 더 버텨 볼 마음이 사라졌다. 적장 장함을 문루 아래로 불러 소리쳤다.

"장군, 진나라에 맞선 것은 이 구(咎)일 뿐, 백성들은 죄가 없소. 성문을 열고 항복하기 전에 먼저 백성들을 내보내려 하니 죄 없는 그들은 모두 살려 주시오. 그들이 일없이 흩어진 뒤라야 우리도 창칼을 놓고 항복할 수 있을 것이오. 백성들이 우리와 함께 성안에 있다가 옥과 돌이 함께 타는[玉石俱焚] 끔찍한 일이 벌어질까 두려워 감히 청하는 바이외다."

장함도 그리 꽉 막힌 장수가 아니어서 그런 위구(魏咎)의 요청을 기꺼이 들어주었다. 장졸들에게 영을 내려 잠시 에움을 풀게 함으로써 성안 백성들이 성을 버리고 달아날 수 있게 했다. 성벽 위에서 그 광경을 지켜보던 위구는 백성들이 모두 몸을 피했다 싶을 즈음에야 백기를 내걸고 성문을 활짝 열었다. 그러나 자신은 궁궐 삼아 살던 집에 불을 질러 함께 타 죽고 말았다.

돌이켜 보면 아름답고도 씩씩한 출발에 비해 너무도 어이없고 끔찍한 끝을 본 위왕 구와 주불이었다.

진왕의 명을 받은 주불이 위나라 옛 땅을 진나라로부터 되찾았을 때 위나라 사람들은 주불을 받들어 왕으로 세우고자 하였다. 또 제나라와 초나라도 각기 수레 50대를 갖추고 사신을 보내 주불을 위왕으로 맞으려 하였으나 주불은 끝내 사양했다. 그리고 사자를 다섯 번이나 진왕에게 보내어 기어이 옛 위나라의 영릉군(寧陵君)이었던 구를 맞이한 뒤, 위왕으로 세웠다. 다 같이 진왕의 부장이면서도 스스로 조나라 왕이 된 무신이나 연나라 왕이 된 한광(韓廣)과 견주어 보면 개결하다는 칭송만으로는 모자랄 주불이었다.

위왕 구도 그런 주불의 추대에 부끄럽지 않게 임금 노릇을 했다. 짧은 기간이었으나 그 어떤 선왕보다 백성을 아끼고 위했으며, 죽음을 맞아서는 스스로를 불태워 왕다운 왕의 장렬한 기상을 보여 주었다.

위구가 죽던 그날 그 아우 위표(魏豹)는 흩어지는 백성들 틈에 끼어 임제성을 빠져나온 뒤 초나라로 달아났다. 뒷날의 얘기지만 초 회왕은 위표에게 수천의 군사를 주어 다시 위나라 땅을 되찾게 하고 그를 위왕으로 세운다. 그리고 위왕이 되어서는 초한(楚漢)의 이쪽저쪽으로 오락가락하다가 마침내는 형양성에서 죽임을 당하게 되지만, 그런 위표는 삶에서도 죽음에서도 형 위구의 품격에는 아득히 미치지 못한다.

제왕 전담은 위나라를 구하러 갈 때 사촌 아우인 전영(田榮)을 장수로 데려갔다. 전담은 임제성 밖에서 장함의 야습을 받아 죽었으나 전영은 용케 몸을 빼낼 수 있었다. 추격을 벗어난 전영이 흩어져 달아나던 제나라 군사들을 수습한 뒤 동아로 달아나자 장함이 그를 뒤따라가서 두텁게 성을 에워쌌다.

그사이 전담이 죽었다는 소식은 제나라에도 전해졌다. 사람들은 슬픔보다는 놀라움과 두려움에 차 옛 제나라의 마지막 왕인 전건의 아우 전가(田假)를 급히 새 왕으로 세웠다. 또 왕족인 전각(田角)을 재상으로 삼고, 그 아우인 전간(田間)을 장군으로 높여 흔들리는 제나라를 안정시켰다.

　그해 7월은 유난히 비가 많았다. 잇따라 사흘씩 큰비가 내려 군사를 움직이기에 좋지 않았으나 항타에게 한 갈래 군사를 주어 위나라를 구하게 한 무신군 항량은 그 결말을 기다리지 않고 항보로 군사를 냈다. 그런데 미처 성을 들이치기도 전에 급한 전갈이 왔다.

　"위나라를 구하러 갔던 군사들이 임제성 밖에서 장함의 야습을 받아 크게 낭패를 보았다는 소식입니다. 제왕 전담과 주불은 싸움터에서 죽고 우리 항타 장군은 난군 속에서 어디로 가신지 모른다 합니다. 제나라와 초나라의 군사들도 태반이 죽거나 사로잡혔습니다. 오직 제왕의 아우 전영(田榮)이 한 갈래 패군을 수습하여 동아로 달아났는데, 장함이 그를 뒤쫓아 성을 에워싸고 들이치는 중이라고 합니다. 그 기세가 하도 사나워 아침저녁을 기약하기 어려울 지경이라, 전영이 우리에게 급히 구원을 요청하고 있습니다."

　이에 항량은 항보성을 버려두고 동아로 군사를 몰아갔다. 태어나기는 제나라 사람이지만 오래전부터 초나라 장수 노릇을 하고 있는 사마 용저에게 1만 군사를 주어 먼저 달려가게 하고 자신도 전군을 들어 그 뒤를 받쳤다. 용저가 대쪽을 쪼개는 기세로 장함의 에움을 뚫고 성안으로 들어가 꺼져 가는 제나라 군사들의 전의를 되살려 냈다. 그리고 뒤따라온 항량의 대군이 동아성 밖에 진채를 내려 안팎에서 호응하는 태세를 이루었다.

　장함은 이번에도 집중해서 분산된 적을 친다는 계략을 펼쳐보려 했으나, 이미 사정이 전과 같지 않았다. 성안은 성벽이 든든하고 높은 데다 용저의 구원병이 뚫고 들어가 기세가 올라 있었다. 성 밖에 있는 항량의 본진은 더했다. 머릿수로도 장함의 군사보다 별로 적지 않은 데다 아직까지 한 번도 져 본 적이 없는 강동자제 8천 명이 선봉을 이루고 있었다. 더군다나 야습은 장함이 바로 며칠 전에 같은 적을 상대로 써 먹은 수법이었다.

　그래서 머뭇거리며 하룻밤을 보내고 나니 장함은 등과 배로 적의 대군을 맞게 된 꼴이 나고 말았다. 여느 농민군보다는 훈련이 잘되어 있고, 장비와 병참에서도 뛰어난 장함의 군사들이었지만 한창 부풀어 오른 항량의 군세에는 머릿수부터가 밀렸다. 거기다가 성안에서는 또 복수심으로 한껏 격앙되어 있는 전영이 포위를 뚫고 들어간 사마 용저와 더불어 대군을 이끌고 뛰쳐나올 틈만 노리고 있었다. 안팎을 살펴 냉정히 헤아리면 성을 에워싸고 치기는커녕 물러나 지켜야 마땅한 게 장함이 이끈 진군의 형세였다.

　하지만 장함도 형세가 불리하다 해서 싸워 보지도 않고 달아날 수는 없었다. 희수를 건넌 이래로 한 번도 진 적이 없는 장함의 군사들이었다. 희수 가에서 함양을 넘보던 주문의 대군을 쳐부수고, 민지에서는 마침내 주문을 죽였다. 그 뒤로도 진승의 장수들을 차례로 쳐부수다가 진현에 이르러 장초의 마지막 근거를 우려뺐으며, 쫓기던 진승의 목을 하성보에서 얻었다. 그리고 임제에서는 위나라, 제나라의 두 왕과 초나라 장수가 거느린 대군을 한꺼번에 쳐부수어 두 왕을 죽게 만들기도 했다.

장함이 마지못해 싸울 태세를 갖추고 기다리는데 무신군 항량이 먼저 전열을 펼쳤다. 항우와 강동자제 8천 명을 선봉으로 삼고 종리매, 환초, 항장 같은 맹장들에게도 한 갈래 군사를 주어 벌판 가득 벌여 놓았다. 당양군 경포, 패공 유방, 파군 오예와 포장군 같은 별장들도 각기 거느린 장졸들과 함께 좌우 날개를 이루었다.

"잔꾀를 부려 이기느니 정면으로 당당히 맞서 하늘 높은 줄 모르는 저들의 기세를 꺾어 놓는 게 나을 것이오. 듣기로 장함은 집중된 힘으로 분산된 적을 치는 계략에 능하다 했소. 이번에는 우리가 먼저 적을 토막 내어 흩어진 그들을 하나씩 때려잡을 것이오. 여러 장수들은 북소리와 함께 일제히 내달아 각자의 정면을 돌파하시오! 그런 다음 되돌아서 토막 난 적을 포위하고, 다시 성안 군사들이 뛰쳐나와 적이 달아날 길을 끊어 버린다면 장함은 설령 날개가 있다 해도 여기서 빠져나갈 수가 없을 것이외다."

항량이 그렇게 명을 내린 뒤 진군을 재촉하는 북을 울리게 했다. 그러자 초군은 대쪽을 쪼개는 기세로 장함이 거느린 진군의 진세를 쪼개고 들어갔다.

"모두 가운데로 모여라! 진세가 나누어져서는 안 된다. 갑병(甲兵)들은 장창을 세우고 원진을 이루어 적의 기병을 막아라!"

그제야 항량의 의도를 알아차린 장함이 그렇게 급한 명을 내렸으나 이미 때는 늦었다. 한 줄로 나란히 밀고 든 초군의 각 부대는 빠르고도 날카로운 화살처럼 여기저기서 진군을 관통해 버렸다. 몇 토막으로 나눠진 진군이 황급히 집중을 시도하고 있는데, 관통해 지나갔던 초군이 다시 돌아와 흩어진 그들을 점점이 에워싸고 두들겼다. 거기다가 성벽 위에서 싸움터를 내려다보고 있던 전영과 용저의 군사들이 성문을 열고 뛰쳐나오니 어지간한 장함도 버텨 낼 수가 없었다.

"할 수 없다. 징을 울려 군사를 물리게 하라. 장졸들에게 각기 서쪽으로 몸을 빼내 성양과 복양으로 모이라고 이르라!"

그런 명을 내리고 자신도 말머리를 돌려 싸움터를 빠져나갔다. 하지만 워낙 초군이 촘촘하게 에워싸 진군의 태반은 끝내 그 싸움터를 벗어나지 못했다. 함양을 떠난 뒤로 장함이 처음 맛본 참담한 패배였다.

동아의 싸움에서 크게 이긴 무신군 항량이 그대로 전군(全軍)을 들어 급하게 장함을 뒤쫓을 수 있었다면 장함이 아무 일 없이 그곳을 벗어나기는 어려웠을 것이다. 그런데 싸움에 이긴 제나라와 초나라 연합군 사이에 뜻하지 않은 변고가 있었다. 전영이 제나라 군사들을 이끌고 동쪽으로 돌아가 버린 일이었다.

"제나라 사람들이 목숨을 걸고 제나라를 되일으킨 형님(전담)의 아들들을 제쳐 두고 옛 제나라 왕실의 핏줄인 전가를 찾아내 왕으로 세운 일은 실로 배은망덕하기 짝이 없는 일이외다. 그 일부터 바로잡지 않고는 천하의 대의를 말할 수 없을 것이오!"

그와 같은 전영의 말에 항량과 여러 장수들이 저마다 말렸으

64

나 소용이 없었다. 그 바람에 초군만 장함을 뒤쫓게 되었는데, 그
것도 군사를 두 갈래로 나누어야 했다. 곧 항량은 대군과 함께
북쪽 복양으로 달아나는 장함의 주력을 뒤쫓고, 상장군 항우와
패공 유방이 이끄는 군사는 성양으로 달아난 다른 한 갈래의 진
군을 뒤쫓았다.

설현에서 초나라를 다시 일으킨 이래로 항우와 유방은 한 깃
발 아래서 싸워 오고 있었다. 그러나 둘 모두 항량이라는 큰 그
늘 아래서 다른 여럿과 함께 움직여 서로를 깊이 의식할 겨를이
없었다. 그런데 성양을 치기 위해 두 사람만 따로 떨어져 나온
게 다시 한번 서로를 유심히 관찰할 기회가 되었다.

성을 에워싸고 들이치기 시작한 때부터 성이 떨어질 때까지의
사흘 동안 유방은 항우의 엄청난 힘과 기개를 다시 한번 속속들
이 구경할 수 있었다. 먼저 으스스한 느낌이 들 정도로 눈부신
것은 항우의 무예였다. 구름사다리 위를 평지 내닫듯 하여 성벽
위로 뛰어오르면 그곳이 곧 무인지경이었다. 철극이나 보검을 휘
두르며 적병을 휩쓸어 나아가는데, 장수고 졸개고 그 앞을 막아
낼 수 있는 자가 아무도 없었다.

하지만 그런 항우의 무예보다 더욱 유방을 질리게 하는 것은
상대를 만근 무게로 억누르는 듯한 엄청난 기세였다. 항우가 머
리칼과 수염을 곤두세우고 벽력같은 호통과 함께 오추마를 몰아
나가면 마음 여린 적병들은 그 자리에서 창칼을 놓고 폭삭폭삭
주저앉았으며, 적장들 가운데는 싸워 보지도 않고 말머리를 돌려

달아나는 자까지 있었다.

거기다가 가까운 곳에서 항우를 보니 장수로서의 자질도 뛰어난 데가 있었다. 언제나 병사들과 함께 자고, 같이 먹으면서도 싸움터에서는 앞장을 섰다. 또 자신을 따르는 자들에 한해서이기는 하지만, 병졸들을 진심으로 아끼고 사랑했으며 그들의 슬픔과 고통을 함께하기 마다하지 않았다.

항우도 유방에게서 새로운 것을 많이 보았다. 유방은 무예가 빼어나지도 않고 용맹 때문에 우러름을 받는 것 같지도 않았다. 글은 쓰고 읽을 줄 알았으나 그리 학식이 많은 것 같지도 않았고, 그렇다고 꾀나 슬기가 남다른 것은 더욱 아니었다. 용모가 훤칠하기는 해도 위엄으로 사람을 누르지는 못했고, 장수로서도 인품은 너그럽고 부드러웠지만 자상하게 병사들을 보살피는 쪽은 아니었다.

그런데도 싸움에 나서면 모든 것은 사뭇 달라졌다. 모자라는 데가 많지만 유방이 싸움터에 나와 서 있으면 누군가가 나서서 그것을 채워 주었다. 한 떼의 촌뜨기들이 유방 주위에 몰려 있다가 용기가 필요한 곳이 있으면 그를 대신해 목숨을 걸고 뛰쳐나왔고, 기세가 필요하면 어디서 났는지 모를 엄청난 기운을 내뿜으며 그를 위해 좌충우돌 내달았다.

그 때문에 항우와 유방은 서로를 다시 보기 시작했으나 다행히 그때까지도 쓸데없는 경계심으로 자라지는 않았다. 성양을 쳐부순 뒤의 처분을 놓고 주고받은 두 사람의 논의가 다시 서로를 마음 놓게 한 까닭이었다. 성이 떨어지고 마지막까지 버티던 진군이 마침내 항복하자 항우는 더 볼 것도 없다는 듯 자신의 장졸들에게 명했다.

"진나라의 관리와 병사들을 모두 끌어내어 묻어 버려라!"

그때 유방이 놀라 말했다.

"저들은 힘이 다해 항복한 자들입니다. 그런데도 그들을 모두 죽여 버린다면 앞으로 누가 장군께 항복하겠습니까? 모두가 죽기를 다해 싸울 것이니 더 많은 우리 장졸이 상하게 되지 않겠습니까?"

"아니오. 그건 패공께서 잘못 보셨소. 끝까지 맞서다가 꾀가 막히고 힘이 다해서야 항복한 자들을 용서하면 다른 성, 다른 싸움터에서도 똑같은 일이 벌어질 것이오. 무서운 본보기를 보여 우리에게 감히 맞설 엄두를 내지 못하도록 만드는 것이 우리 장졸들의 목숨을 아끼는 일이 될 것이외다."

그러고는 장졸들을 몰아대듯 항복한 진나라 병사와 관리들을 남김 없이 땅에 묻어 죽여 버렸다. 그 끔찍한 광경에 유방은 속으로 놀라고 탄식해 마지않으면서도 한편으로는 슬며시 마음이 놓였다.

'우리가 말하는 천하는 결국 사람들로 이루어져 있다. 아무리 보잘것없는 사람도 그를 죽이면 슬퍼하고 성낼 사람이 백 명은 넘는다. 그런데 사람의 목숨을 저리 하찮게 여겨 앞으로 사게 될 그 많은 원한은 어찌할 것인가. 항우, 과연 그대는 모든 점에서 나를 뛰어넘는 엄청난 기력의 사람이다. 그러나 한바탕의 전투에서는 언제나 나를 이기겠지만, 천하를 다투는 큰 싸움에서는 아

마도 끝내 이기기가 어려울 것이다.'

그 일로 유방을 마음 놓고 보게 되기는 항우도 마찬가지였다.

'부수어야 새로 세울 수 있고, 죽여서 더 많이 살리는 수도 있다. 바로 지금이 그러한 때다. 나에게 맞서면 어떻게 된다는 것을 여기서 똑똑히 보여 주지 않는다면, 앞으로 함양에 이를 때까지 내가 아끼는 초나라의 병사와 장수들이 얼마나 많이 죽어야 할지 모른다. 그런데 저 유방이란 사람은 마음이 너무 무르고 아녀자 같은 잔정에 치우친다. 저 사람은 세상이 잘 다스려질 때면 너그러운 재상 노릇쯤은 할 수도 있겠지만, 피투성이 싸움으로 하늘과 땅이 뒤집히는 어지러운 세상에서는 제 고을도 지켜 내기 어려운 용렬한 장수가 될 것이다.'

한편 서쪽으로 장함을 쫓아갔던 항량은 복양 동쪽에서 다시한번 진나라 군사를 크게 무찔렀다. 그러나 전영이 제나라로 돌아가 버린 데다 항우와 유방에게 다시 적잖은 군사를 떼어 준 터라 적을 뿌리 뽑을 만큼은 못 되었다. 또다시 흩어진 군사들을 모아 한 갈래 세력을 이룬 장함은 복양성 안으로 쫓겨 들어가 항량과 맞섰다.

장함이 높고 두터운 성벽에 의지해 버티니 그걸 에워싸고 들이쳐야 하는 항량에게는 싸움이 어려워질 수밖에 없었다. 항우와 유방이 돌아오기를 기다릴 겨를이 없어 다시 전영에게 도움을 청하는 사자를 보냈다.

그때 전영은 이미 군대를 이끌고 돌아가 제나라를 뒤엎은 뒤

였다. 새 제나라 왕으로 떠받들어졌던 전가는 전영에게 쫓겨 초
나라로 달아났고, 상국이었던 전각은 조나라로 몸을 피해야 했
다. 또 때마침 조나라를 도우러 갔던 장군 전간은 감히 제나라로
다시 돌아올 엄두를 낼 수 없었다.

전영은 쫓겨난 전가와 갈음해 전담의 아들 전불(田市)을 왕으
로 세우고, 스스로 상국이 되어 전불을 보살피며 제나라의 실권
을 거머쥐었다. 그런 다음 아우 전횡(田橫)을 장군으로 삼아 제나
라 곳곳에서 불복하는 세력들을 쓸어버리게 했다. 도움을 요청하
는 항량의 사자가 제나라에 이른 것은 그 무렵이었다.

전영은 사자의 전갈을 제대로 들어 보지도 않고 복양으로 되
돌려 보내며 말했다.

"가서 무신군께 전하시오. 초나라가 전가를 죽이고, 조나라가
전각과 전간을 죽여 그 목을 내게 보내 준다면 우리 제나라도 서
쪽으로 진나라를 정벌하는 군사를 낼 것이오."

하지만 초나라도 조나라도 전영의 뜻을 들어줄 수는 없었다.

'그래도 전가는 한때 제나라의 왕으로서 여러 제후들과 힘을
합쳐 진나라에 맞섰다. 이제 신세가 곤궁하게 되어 우리 초나라
에 의탁하였는데 어찌 차마 죽일 수 있겠는가.'

항량은 대략 그런 요지로 답서를 띄웠고, 조나라도 망명해 온
전각과 전간을 죽이면서까지 제나라와 구차하게 흥정하려 들지
않았다. 그러자 성이 난 전영은 끝내 군사를 보내 항량을 도와주
지 않았다. 이에 항량은 하는 수 없이 복양을 버려두고 군사를
남쪽으로 돌려 정도로 향했다.

때마침 정도는 성양을 떨어뜨리고 다시 성안의 진나라 관리와 군사들을 모조리 죽여 버린 항우와 유방의 군사들이 에워싸고 있었다. 둘이 힘을 합쳐 몇 번이나 무섭게 들이쳐 보았으나 쉽게 성이 떨어지지 않아 은근히 조급해하고 있는데, 갑자기 항량의 대군이 이르렀다.

항우와 유방의 군사들만으로도 힘들어하고 있던 정도성은 항량의 대군까지 합쳐 새로운 기세로 들이치자 더 견뎌 내지 못했다. 사흘도 안 돼 성을 지키던 진군은 수많은 시체를 남기고 저희 편이 있는 곳으로 달아나 버렸다. 정도를 차지한 무신군 항량은 다시 항우와 유방에게 따로 군사를 떼어 주며 먼저 서쪽으로 밀고 나가게 했다.

그런데 두 사람이 이끄는 군사가 옹구에 이르렀을 때였다. 삼천 군수 이유(李由)가 이끈 진나라의 대군이 그들을 가로막았다.

"이유라면 일찍이 못된 꾀로 영정(嬴政)을 도와 육국을 차례로 망하게 한 이사의 아들이오. 그 목을 얻어 무신군께 보내 드리면 몹시 기뻐하실 거외다."

항우가 그러면서 적군과 부딪치기도 전에 맹렬한 전의를 불태웠다. 유방도 구석진 군현을 지키는 이름 없는 수장의 군사들과 싸울 때와는 달리 긴장이 되어 싸울 채비를 갖추었다. 이유도 싸움을 서둘러 양군은 옹구성 밖 벌판에서 맞닥뜨렸다. 그렇게 되니 싸움은 절로 병법이고 계략이고가 없는 힘과 힘의 격돌이 될 수밖에 없었다. 하지만 그런 싸움이라면 누구보다도 항우가 유리했다.

"패공께서는 본부 인마를 이끌고 중군이 되어 뒤를 받쳐 주시오. 나는 강동 형제들과 더불어 바로 이유의 본진을 짓밟아 버리겠소. 내가 적진을 돌파하여 진군이 혼란에 빠지거든 패공께서도 때를 놓치지 말고 전군을 휘몰아 덮쳐 와야 하오. 그러면 이 싸움은 이긴 것이나 다름없소."

그러고는 갑옷을 여미더니 60근이 넘는 철극을 끼고 훌쩍 오추마에 뛰어올랐다. 유방이 보니 한 줄기 검푸른 기운이 먼지를 끌며 벌판을 내닫는데, 그 뒤를 강동자제 8천 명이 한 덩이가 되어 내달았다. 말과 사람이 내닫는 빠르기가 모두 다 같지 않아, 마치 항우를 그 날카로운 끝으로 삼는 커다란 쐐기가 무서운 기세로 이유의 중군을 쪼개고 드는 것 같았다.

이유가 이끈 진군도 만만찮은 기세로 마주쳐 나왔으나 격돌은 그리 오래가지 않았다. 쐐기의 끝이 진군 가운데로 파고드는가 싶더니, 갑자기 거센 바람에 쏠리듯 진군이 이쪽저쪽으로 몰리기 시작했다. 아직 되돌아서서 달아나는 자는 없었으나 겁먹고 혼란된 것만은 멀리서도 알아볼 수 있었다.

"북을 울려라. 모두 앞으로 나아가자!"

유방이 칼을 뽑아 들며 남은 군사를 휘몰아 항우를 뒤따랐다. 병졸들도 승세는 알아보아, 함성과 함께 내닫는 초군의 기세가 또 여간 사납지 않았다. 그러자 힘겹게 버티던 진군이 드디어 무너져 내렸다. 누가 먼저랄 것도 없이 창칼을 내던지고 달아나기 시작했다.

그런데 알 수 없는 것은 그 대장 이유였다. 대단한 장재도 못

되면서 긴 창을 꼬나잡고 항우에게 맞서다가 몇 번 말이 엇갈리기도 전에 항우의 철극에 꿰어 목숨을 잃고 말았다. 꼭 죽기로 작정한 사람처럼 그 목을 항우에게 바쳤는데, 어떤 사람은 그게 이미 끔찍한 함양의 소식을 들어 혼이 뜬 탓이라고도 한다. 그 무렵 그의 아버지 이사는 함양의 감옥에서 갖은 고통과 치욕을 겪은 끝에 일족과 함께 죽음을 기다리고 있었다.

# 어떤 끔찍한 종말
## —아아, 이사(李斯)

진승과 오광의 기의는 만세를 이어 가기 바라던 진 제국의 천하를 그 바탕으로부터 뒤흔들어 놓았다. 그러나 모든 위대한 문명이 그러했듯, 강력한 제국도 외부의 충격만으로는 붕괴시킬 수가 없다. 진 제국이 완전히 무너져 내리기 위해서는 내부의 부패와 공동화(空洞化)가 더 진행되어야 했다.

진나라를 제국으로 키운 것은 법가와 형명학(形名學)을 바탕으로 한 부국강병 정책이었다. 하지만 진 제국을 내부적으로 무력하고 위태롭게 만든 것 또한 썩고 굳어 버린 법가와 형명학이었다. 여러 공자 중 하나였던 호해(胡亥)가 이세황제에 오를 수 있었던 것도 제위 계승권의 실질보다 형식이 우선된 진나라의 제도 때문이었으며, 진승과 오광의 봉기를 부른 것도 썩으면 백성

을 착취하는 수단이 되고 굳으면 폭정의 구실이 되는 법치(法治)
였다.

하지만 썩고 굳은 형명의 원리는 그 뒤로도 아무런 반성 없이
진 제국의 최후를 재촉하고 있었다. 호해라는 특이한 개성에 왜
곡되고, 조고란 환관의 정신적 불구에 모욕당하고, 이사란 타락
한 선비에게 부패되면서. 따라서 진 제국 내부의 말기적 증상은
곧 형명(刑名)의 종말로 나타낼 수도 있는데, 그중에서 끔찍하면
서도 상징적인 것이 이사의 죽음이다.

조고의 꾐에 넘어가 호해를 이세황제로 세울 때부터 이사의
형명학은 부패를 넘어 이른바 '권력의 치욕'으로 빠져들고 있었
다. 그러나 이사의 이름에 돌이킬 수 없는 치욕을 입힌 것은 조
고와 아첨하기를 겨루면서 이세황제의 잔혹과 포악을 부추긴 그
의 상소였다.


……신자(申子)는 일찍이 '천하를 소유하고도 제 마음대로
하지 못한다면, 천하를 차꼬와 포승으로 여김과 마찬가지다.'
라고 했습니다. 이는 다른 뜻이 아니라, 신하를 제대로 꾸짖지
못하면서 요(堯)임금과 우(禹)임금처럼 도리어 자신의 몸을 천
하의 백성들을 위해 힘쓰고자 한다면, 천하는 군주에게 죄수를
얽고 묶는 차꼬나 포승과 같아진다는 것입니다. 무릇 신불해나
한비자의 훌륭한 법술을 배우지도 못하고, 신하를 꾸짖을 줄도
모르고, 천하를 마음대로 부리지도 못하면서, 부질없이 자신의
몸과 마음을 괴롭히며 힘써 백성에게 봉사하는 것은 보잘것없

는 필부의 일이지, 천하를 다스리는 이가 할 일이 아닙니다. 그게 군주라면 어찌 군주를 존귀하다 할 수 있겠습니까?

대저 남이 자기를 따르게 하면 자기는 존귀해지고 남은 천해지며, 자기를 남에게 따르게 하면 자기는 천해지고 남은 존귀해지는 법입니다. 그러므로 남을 따르는 자는 천해지고 남이 따르는 이는 존귀하니, 예전부터 지금까지 늘 그래 왔습니다.

……한비자가 이르기를 '자비로운 어머니에게는 집안을 망치는 아들이 있어도 엄격한 집안에는 방자한 하인이 없다.'고 하였습니다. 그 까닭은 잘못을 저지르면 반드시 벌을 주기 때문입니다. 옛날 상군(商君)의 법에는 길에 재를 버리면 벌을 주었는데, 재를 버리는 것은 가벼운 죄이나 그 벌은 몇 곱이나 되었습니다. 이와 같이 오직 현명한 군주만이 가벼운 죄를 무겁게 꾸짖을 수 있는 것입니다. 가벼운 죄도 그토록 엄하게 다스리니 무거운 죄는 오죽하겠습니까. 그러므로 백성들이 감히 죄를 짓지 못했습니다.

한비자가 그 일을 두고 말하기를 '하찮은 베나 비단 조각은 여느 사람도 그냥 두지 않지만, 좋은 황금이 백 일(鎰, 약 스무 냥)이나 된다면 도척(盜跖)도 훔쳐 가지 않는다.'고 했습니다. 이는 여느 사람이 하찮은 이익을 무겁게 여겨서도 아니고, 도척이 욕심이 적어서도 아닙니다. 도척이 백 일이나 되는 황금을 훔치지 못하는 까닭은 그것을 가볍게 여겨서가 아니라, 그걸 훔치면 손을 못 쓰게 지져 버리는 벌을 받기 때문입니다. 또 법이 반드시 지켜지지 않는다면 여느 사람도 하찮은 것을 내버려 두지 않고 훔치게 될 것입니다.

성벽 높이가 다섯 길밖에 되지 않아도 누계(樓季, 전국시대의 날래고 힘센 장사)가 가볍게 여겨 함부로 넘지 못하고, 태산은 백인(仞, 일곱 자 정도)이 넘는 곳도 절름발이 양치기가 그 위에 올라가 양을 칩니다. 누계가 다섯 길의 높이를 어렵게 여겼는데, 절름발이 양치기가 어찌 백 인을 쉽게 보았겠습니까? 그것은 다만 곧게 깎아지른 듯 높은 것과 비스듬하게 천천히 높아진 것의 형세가 다른 까닭입니다.

현명한 군주들이 오래도록 존귀한 자리에 있으면서 막중한 권세를 유지함과 아울러 천하의 이익을 오로지 할 수 있었던 까닭도 마찬가지입니다. 그들에게 특이한 수단이 있었던 것이 아니라, 홀로 결단하고 꾸짖을 바를 찾아내 반드시 엄한 벌로 다스렸기에 백성들이 감히 죄를 짓지 못하였을 뿐입니다. 지금 죄를 짓지 못하도록 힘쓰지 않고, 인자한 어머니가 아들을 망치는 것을 본받으려 한다면 이는 또한 성인의 길을 바로 살피지 못한 바가 됩니다.

……무릇 현명한 군주는 반드시 속된 세상을 초탈하고 고쳐 나가, 자신이 싫어하는 바를 없애고 바라는 바를 세웁니다. 그래야 살아서는 존중받고 권세를 누리며 죽어서는 현명하였다는 칭송을 듣게 되는 것입니다. 뛰어난 군주는 홀로 결단하며 권세가 신하에게 있지 않게 합니다. 그런 뒤에야 인의의 주장을 없애고 설득하는 입을 막으며 열사를 함부로 움직이지 못하게 하여, 자신의 눈을 가리고 귀를 막고도 마음속으로 홀로

보고 들을 수가 있습니다.

그리하여 밖으로는 인의를 내세우는 사람과 열사의 언행에 홀리지 않고, 안으로는 다투고 말리는 말솜씨에 마음을 뺏기지 않을 수가 있습니다. 따라서 군주가 초연히 제 뜻대로만 움직이더라도 감히 거역하지 못하게 되니, 이래야만 신불해와 한비자의 학술에 상군의 법을 닦았다고 말할 수 있습니다.

……그러므로 신하를 꾸짖는 법을 잘 베풀면 군주가 하고자 하는 바를 다 얻을 수가 있을 것입니다. 그렇게 되면 백성들과 신하들은 허물을 짓지 않고 죄를 면하기에 겨를이 없을 터이니, 어찌 감히 모반을 꾸밀 수 있겠습니까? 이는 바로 황제의 도가 갖춰지는 것이요, 신하를 부리는 도가 밝고 바르다 할 수 있은즉, 비록 신불해와 한비자가 다시 태어난다 해도 더 보탤 것이 없을 것입니다.

대강 그런 내용으로 채워진 수천 자(字) 상소문이 이르자 이세 황제는 매우 기뻐했다. 그리하여 공자와 대신들을 벌주는 데 더욱 엄격해졌고, 관리들은 백성들을 심하게 쥐어짤수록 현명하게 여겼다. 그러다 보니 오래잖아 길을 다니는 사람들 중에 절반은 형벌을 받은 적이 있는 자들이었고, 사형당한 사람들의 주검은 날로 저자 바닥에 높이 쌓여 갔다.

하지만 그사이에도 관동의 변란은 갈수록 널리 퍼져 이사에게도 위기감을 키웠다. 거기다가 조고가 황제의 명을 핑계로 모든 일을 제멋대로 처리하는 것도 더는 두고 볼 수 없었다.

"천자가 존귀한 것은 여러 신하들이 다만 폐하의 소리를 들을 뿐이고, 그 얼굴을 뵈올 수가 없기 때문입니다. 그래서 천자가 스스로를 이를 때도 짐(朕)이라 하는 것입니다. 더구나 폐하께서는 젊으셔서 반드시 모든 일에 두루 능통하실 수는 없습니다. 조정에 마주 앉아서 정사를 보시다가 신하들을 꾸짖거나 뽑아 쓰심에 옳지 못한 것이 있으면 대신들에게 폐하의 서투르고 모자란 곳만 들키게 됩니다.

무릇 신명(神明)한 것은 천하에 함부로 드러내는 법이 아닙니다. 폐하께서는 궁궐 깊숙이 계시면서 법을 잘 아는 신하와 시중 몇만 거느리고 기다리시다가, 정사가 문서로 들어오면 그때서야 그들과 의논하여 처결하면 됩니다. 그리하면 대신들은 의심스러운 일을 함부로 폐하께 아뢰지 못할 것이며, 천하의 백성들은 폐하를 훌륭한 군주라고 칭송할 것입니다."

조고는 그렇게 꾀어 이세황제를 궁궐 깊숙한 곳에 머무르면서 대신들과 얼굴을 맞대지 못하게 했다. 그리고 아무도 황제 근처에 얼씬하지 못하게 하고 자신만 그 곁에 붙어 앉아 모든 일을 제 뜻대로 했다.

하지만 조고 같은 총신형(寵臣型)의 인간일수록 남의 눈치를 잘 살피고 일의 기미를 빨리 냄새 맡는다. 아무리 황제의 총애를 받고 있어도 자신의 권력이 정통의 것이 아님을 잘 알아, 조고는 승상인 이사를 언제나 날카롭게 살피고 있었다. 그러다가 갈수록 이사의 얼굴에 심상찮은 결의가 굳어 가는 걸 보고 제 쪽에서 먼저 이사를 찾아와 충성스럽고도 공손한 체 말하였다.

"지금 함곡관 동쪽에 도적 떼가 들고일어나 천하가 시끄러운 것은 승상께서도 잘 아실 것입니다. 그런데도 폐하께서는 부역을 급하게 끌어들여 아방궁이나 짓고, 개나 말 따위 쓸모없는 것들만 모으고 계십니다. 제가 깨우쳐 드려 말리고 싶으나 미천한 환관이라 함부로 아뢰지 못하고 있습니다. 원래 이런 일은 승상 같은 조정의 대신이 나서셔야 할 일인데, 어찌 아무 말씀도 아뢰지 않으십니까?"

그때는 이미 썩을 대로 썩어 빠진 뒤라고 하지만 그래도 조고처럼 간교하지는 못한 이사였다. 그 말을 곧이곧대로 듣고 덥석 조고의 손까지 잡으며 말했다.

"정말 그렇소. 나도 그 일을 폐하께 아뢰려 한 지 이미 오래되었소. 하지만 지금 폐하께서는 조정에 나오시지 않고 금중(禁中) 깊숙한 곳에 머무르고 계시니, 뵈려고 해도 뵈올 수가 없었고 아뢸 말씀이 있어도 아뢸 길이 없었소."

그러자 조고가 간이라도 빼어 줄 듯한 얼굴로 말했다.

"그렇다면 조금도 걱정 마십시오. 승상께서 진실로 간언을 올리시려 한다면 제가 길을 마련해 보겠습니다. 폐하께서 한가로운 때를 골라 기별하여 드릴 터이니 그때 아뢰십시오."

이에 이사는 아무 의심 없이 조고와 헤어져 이세황제를 마주하게 될 날만 기다렸다.

며칠 안 돼 조고가 보낸 사람이 이사를 찾아와 말했다.

"낭중령께서 이르시기를 폐하께서 지금 한가로우시니 승상께서 폐하를 찾아 뵙고 아뢸 수 있을 것이라 했습니다."

하지만 기실 그때 조고는 이미 작은 함정을 파 놓고 이사를 기다리는 중이었다. 황제가 가장 사랑하는 후궁들을 끼고 질탕하게 잔치를 열고 있는 곳에 이사를 불러들인 게 그랬다. 아무것도 모르고 그곳에 이른 이사가 조고를 찾아보고 황제 뵙기를 청하자 조고가 천연덕스럽게 말했다.

"여기서 잠시만 기다리십시오. 먼저 가서 여쭙고 오겠습니다."

그러고는 향기로운 술과 아리따운 여인들에 취해 한창 흥이 올라 있는 이세황제에게 황송스럽다는 얼굴로 말했다.

"승상 이사가 폐하께 알현을 청합니다."

그 말에 이세황제는 짜증부터 냈다.

"승상은 어찌하여 하필이면 이런 때에 나를 찾아온 것인가? 정사에 관한 것이라면 글로 써서 올릴 수도 있지 않은가!"

그러고는 이사를 그냥 돌려보내게 했다. 조고가 여전히 천연덕스러운 얼굴로 돌아와 말했다.

"승상, 오늘은 아니 되겠습니다. 폐하께서 뒷날 조용히 승상의 말씀을 들을 터이니 오늘은 이만 돌아가라 하십니다."

그 말에 이사는 별 의심 없이 금중을 나왔다.

며칠 뒤 조고는 다시 이사에게 사람을 보내어 알렸다.

"낭중령께서 말씀하시기를 폐하께서는 지금 조용히 쉬고 계시다고 합니다. 승상께서 찾아 뵙고 정사를 아뢰기 좋은 때이니 바로 입궐하시지요."

이에 이사는 급히 의관을 갖추고 궁궐로 달려갔다. 그러나 이세황제 호해는 그날도 궁녀들과 환관들을 모아 놓고 천박하고도 음란한 놀이에 빠져 있었다. 조고가 천연덕스러운 얼굴로 들어와 승상 이사가 정사를 아뢴다며 찾아왔다고 말하자 이세황제는 벌컥 화를 냈다.

"승상은 하필 이런 때만 골라 나를 찾아오는가? 짐은 아끼는 이들과 놀이를 즐기며 잠시 머리를 식히지도 못한단 말인가!"

그러면서 다음 날 들라는 말과 함께 이사를 돌려보내게 했다. 그러나 조고는 이사에게 돌아가 또 거짓말을 했다.

"폐하께서 한가로워 보이시기에 승상을 모셔 오게 했는데 오늘도 틀린 것 같습니다. 내처 쉬고 싶다 하시니 찾아 뵙고 정사를 아뢰는 일은 뒷날로 미루셔야겠습니다."

다음 날 들라는 말은 쏙 뺀 채였다. 그제야 이사도 좀 이상한 느낌이 들었지만 워낙 엄중하게 둘러싸여 있는 금중의 일이라 조고의 말을 믿는 수밖에 없었다.

조고가 세 번째로 이사를 부른 날은 이세황제가 주지육림(酒池肉林)을 벌여 놓고 벌거벗은 후궁들 사이를 나비처럼 넘나들며 술과 미색에 함께 취해 가는 중이었다. 조고가 들어와 이사가 또 찾아왔다고 하자 더는 참지 못하겠다는 듯 소리쳤다.

"또 이사냐? 좋다. 들라고 하여라!"

그리고 아무것도 모르는 이사가 오로지 제 할 말만 머릿속으로 가다듬으며 들어서자 대뜸 꾸짖기부터 했다.

"짐에게는 한가한 날이 많았지만 그때는 승상께서 오지 않았소. 그러다가 짐이 좀 쉬며 즐기려 하거나 아끼는 이들과 다정히 술잔이라도 나누려고 들면 어김없이 찾아와 정사를 아뢰겠다고 하니 도대체 이게 어찌 된 일이오? 짐이 어리다고 승상께서 감히 얕잡아 보시는 것이오? 아니면 승상의 자리가 높고 귀해 이 황제를 업신여겨도 된다고 믿으시는 거요? 짐을 어떻게 보고 이리 함부로 구는 것이오?"

그 말에 비로소 이사도 정신이 홱 돌아왔다. 조고가 가운데서 농간을 부린 걸 눈치 챘으나 워낙 이세황제가 화를 내고 있어 그 자리에서는 자신을 변명할 엄두를 내지 못했다. 하릴없이 머리를 조아려 잘못만을 빌다가 쫓겨나듯 황제 앞에서 물러났다.

하지만 조고의 간계는 거기서 그치지 않았다. 이사의 뒷모습이 금중에서 사라지기 바쁘게 이세황제 곁으로 가서 시퍼렇게 질린 얼굴로 말했다.

"폐하, 어쩌시려고 승상을 그리 대하십니까? 실로 위태롭기 짝이 없는 일이옵니다."

"그게 무슨 소리요?"

이세황제가 의아하다는 듯 되물었다.

"저 사구(沙丘, 시황제가 죽은 땅)의 모의에는 승상도 관여하였으나, 폐하께서는 지금 황제의 자리에 오르셨는데도 승상의 벼슬은 그때나 지금이나 달라지지 않았으니 사람의 마음으로 어찌 서운함이 없겠습니까? 모르긴 하되 그분이 속으로 바라는 바는 폐하와 땅을 나누어 왕 노릇이라도 하고 싶을 것입니다. 그런데 승상을 달래기는커녕 꾸짖어 쫓아내다시피 하셨으니 장차 일이 어떻게 될지 실로 걱정입니다."

조고는 거기까지 말해 놓고 잠시 무언가를 망설이는 듯하더니 갑자기 부르르 떨기까지 하며 덧붙였다.

"게다가 폐하께서 묻지 않으시어 감히 여쭈지 못한 일도 있습니다. 승상의 맏아들 이유는 삼천 군수로 나가 있고, 초 땅의 도적인 진승, 오광 등은 모두 승상의 이웃 고을에 살던 자들입니다. 그러기에 초 땅의 도적들이 그곳을 휩쓸고 다니며 삼천군을 지나가도 그곳 군수는 도적들을 치지 않았습니다. 저도 진작부터 삼천 군수와 도적들 사이에 사람과 글이 몰래 오간다는 말을 들었으나, 아직 그게 참인지 아닌지 확인하지 못했기 때문에 감히 폐하께 아뢰지 못했습니다. 그뿐이겠습니까? 승상도 궁궐 밖에서는 권세가 폐하에 못지않습니다. 그런 승상 부자가 도적과 손을 잡고 폐하께 맞서기라도 하는 날이면 그 위태로움은 실로 헤아리기조차 어려울 것입니다."

그런 조고의 말을 듣자 이세황제도 으스스해졌다. 마음 같아서는 당장 이사를 잡아들이게 하고 싶었으나 죄상이 확실하지 않아 그리하지 못했다. 가만히 사람을 풀어 삼천 군수 이유와 초나라 땅의 반도(叛徒)들이 내통하는 증거부터 잡아 오게 했다.

조고와 이세황제가 주고받은 말이며 이세황제가 삼천군에 사람을 푼 일은 곧 이사의 귀에도 들어갔다. 이사는 더욱 이를 갈며 조고의 간교함을 밝히기 위해 이세황제를 만날 틈을 노렸다. 그러나 이세황제는 감천궁(甘泉宮)에 머물면서 누구도 만나 주지 않았다. 그 무렵은 특히 곡저(觳抵, 씨름과 춤을 결합한 것 같은 놀이로 각저라고도 한다.)와 광대들의 연희에 빠져 세상을 잊고 지냈다.

아무리 애를 써도 궁궐 깊숙이 들어앉은 황제를 만날 길이 없자, 이사는 마침내 글로 조고의 죄를 아뢰게 되었다.

신이 듣기에, 신하가 그 군주와 다투어 틀어지면 위태로워지지 않는 나라가 없고, 지어미가 지아비와 다투어 틀어지면 위태롭지 않은 집안이 없다 하였습니다. 지금 폐하를 곁에서 모시는 대신 중에는 폐하만큼이나 남에게 세력과 이득을 내려줄 수도 있고, 또 그만큼 남을 억누르고 빼앗을 수도 있는 자가 있습니다. 그 권세가 폐하와 크게 차이가 없으니 이는 실로 크게 부당한 일입니다.

옛적 사성(司成)이었던 자한(子罕)이 송나라의 재상이 되자 몸소 형벌을 집행하며 위세 있게 행동하더니 한 해도 안 돼 제 임금을 겁주고 억눌렀습니다. 전상(田常)도 제나라 간공(簡公)의 신하가 되어, 높고 귀하기가 그를 따를 자가 없고 재물도 공실(公室)과 비슷해지자 마찬가지였습니다. 은혜를 베풀고 덕을 펼쳐, 아래로는 민심을 얻고 위로는 벼슬아치들의 마음을 사들이더니, 슬그머니 제나라를 차지하려 들었습니다. 뒷날 궁중 뜰에서 재여(宰予)를 죽이고 이어 궁 안에서는 간공을 시해하여 끝내는 제나라를 뺏고 말았습니다.

지금 조고는 그 품은 뜻이 사악하고 그 행동이 위태롭기가 마치 송나라의 재상 자한과 같으며, 그 권세나 사사로이 모은 재산도 제나라의 전상보다 못하지 않습니다. 전상과 자한이 그 임금에게 반역하던 수법을 아울러 본받아 조고가 폐하의 위엄과 권세를 허물려 함은 한기(韓玘)가 한나라 왕 안(安)의 재상으로 있을 때와 다름없습니다. 폐하께서 이제라도 조고를 다룰 방책을 찾지 않으시면 머지않아 그가 변란을 일으키지 않을까 참으로 두렵습니다…….

그런 이사의 상소가 올라가자 이세황제도 더는 모르는 척할 수 없었다. 황제는 마지못해 이사를 금중으로 불러들였으나 그 마음은 온통 조고 편이었다. 자신이 나서 조고를 변호하기에 바빴다.

"좌승상의 글은 잘 읽었소만 그게 무슨 말씀이오? 조고는 본디 환관으로 나라가 평안하다고 해서 제멋대로 하지 않았고, 위태롭다고 해서 그 마음을 바꾼 적이 없소. 행실을 맑게 하고 끊임없이 선행을 닦아 오늘에 이르렀으며, 충성으로 그 벼슬이 높아지고 신의로 그 자리를 지키는 사람이라, 짐이 그를 참으로 어질다 여기는데 승상이 이토록 의심하니 무슨 까닭이오?

짐은 많지 않은 나이에 선제를 잃어 이제껏 배운 것만으로는 백성을 잘 다스릴 수가 없소. 게다가 승상은 늙어 언제 이 세상 일을 버려두고 떠나갈지 모르니, 짐이 조고에게 국사를 맡기지 않는다면 누구에게 의지한단 말이오? 조고는 사람됨이 깨끗하고 부지런하며, 아래로는 민심을 알고 위로는 짐의 뜻에 맞으니 이 나라에 그만한 인재도 없을 것이오. 승상은 그 사람을 너무 의심하지 마시오."

그 말을 들자 이사는 어이가 없었다. 자신도 모르게 숨이 가빠지고 목소리가 높아져서 맞받아치듯 말했다.

"폐하, 그렇지 않습니다. 지금 폐하께서는 속고 계십니다. 조고는 본디 미천한 출신이라 도리에 밝지 못한 데다, 그의 탐욕은 끝을 모릅니다. 그런데도 권세는 폐하에 버금가니 반드시 몹쓸 일을 저지를 요물이라 폐하께 그 흉험함을 아뢰었을 뿐입니다. 부디 밝게 살피시어 돌과 옥을 분별하시옵소서."

하지만 이세황제는 전혀 귀담아듣지 않았다. 거듭 조고를 감싸며 오히려 이사를 꾸짖었다. 뿐만이 아니었다. 이사가 어깨를 늘어뜨리고 물러간 뒤에는 조고를 불러 이사가 한 말을 귀띔해 주고 걱정까지 곁들였다.

"낭중령은 부디 조심하시오. 승상이 낭중령을 해칠까 두렵소."

그러자 조고는 간사한 눈물을 쏟으며 애처롭게 소리쳤다.

"승상의 걱정거리는 오직 이 조고뿐이며, 이 몸이 죽으면 승상이야말로 전상(田常)과 같은 짓을 저지르고 말 것입니다. 아아, 그때는 누가 있어 폐하를 지켜 드리겠습니까!"


한편 조고의 간악함을 알리려다가 도리어 이세황제에게 꾸중만 듣고 쫓겨난 꼴이 된 이사는 울적하면서도 불안했다. 어떻게든 황제의 마음을 돌려놓으려고 다시 한번 가까이할 틈만 엿보고 있었다. 그러던 어느 날 우승상 풍거질(馮去疾)과 대장군 풍겁(馮劫)이 부른 듯이 이사의 집을 찾아왔다

"좌승상, 아무래도 이대로는 아니 되겠습니다. 소부(少府) 장함이 죄수들을 이끌고 가서 우선 급한 불은 껐으나, 관동은 아직도

도적 떼로 들끓고 천하는 위태롭기 짝이 없습니다. 그런데도 폐하께서는 주색에 빠져 정사를 돌보지 않으시고 아방궁을 짓는 데나 인력과 물자를 퍼붓고 있으니, 나라의 대신이 되어 어찌 그냥 보고 있을 수 있겠습니까? 우리가 함께 가서 폐하를 찾아 뵙고 간곡히 아뢰는 게 도리일 듯합니다."

두 사람의 그런 말에 이사는 갑자기 눈앞이 훤해지는 듯했다. 기다리던 때가 절로 찾아온 느낌이었다. 그들과 힘을 합쳐 황제를 온전한 정신으로 되돌릴 수만 있다면 조고를 잡는 일은 그리 어려울 것 같지 않았다. 이에 이사는 그 자리에서 의관을 갖추고 풍거질, 풍겁과 함께 궁궐로 들어갔다.

좌우 승상과 대장군이 함께 알현을 청하자 황제도 마지못해 그들을 불러들이게 했다. 황제 앞에 나아간 그들 세 사람은 목청을 가다듬어 간곡히 아뢰었다.

"함곡관 동쪽에 도적의 무리가 크게 일자 조정은 군사를 내어 그들을 쳐부수게 하였습니다. 이에 많은 도적 떼가 죽고 흩어졌으나 아직도 그 어지러움이 다 가라앉지는 않았습니다.

이와 같이 도적들이 많이 이는 까닭은 모두 수자리살이[戍]와 물길로 물자를 나르는 일[漕]과 뭍길로 물자를 옮기는 일[轉], 그리고 여기저기 불려나가 몸으로 때워야 하는 일[作]에 백성들이 고달프고, 그들로부터 거두는 공물과 세금이 너무 많기 때문입니다. 바라건대 아방궁 짓는 일을 잠시 멈추시고, 사방의 수자리를 줄이시며, 백성들이 물자를 나르는 수고로움을 덜어 주옵소서. 그리하면 도적의 무리가 줄고 천하의 어지러움도 머지않아 가라앉을 것입니다."

그러자 이세황제는 준비하고 기다렸다는 듯이 그런 세 사람의
말을 받아넘겼다.

"일찍이 한비(韓非)는 말하기를 '요순(堯舜)은 나무를 베어다가
깎지도 않고 서까래를 만들었고, 짚으로 지붕을 이면서 처마 끝
도 가지런히 잘라 내지 않았으며, 질그릇에 밥을 담아 먹고 동이
에 물을 담아 마셨으니, 하찮은 문지기가 사는 꼴도 그보다 궁핍
하지는 않았을 것이다. 또 우(禹)는 용문(龍門)을 뚫어 대하(大夏)
를 소통시키고, 황하의 막힌 물길을 터서 바다에 이르게 하였는
데, 몸소 괭이와 가래를 들고 일해 정강이의 털이 다 닳아 없어
질 지경이었으니 종살이의 수고로움도 이보다 심하지는 않았을
것이다.'라고 했다 들었소.

대저 천하의 주인 됨을 귀하게 여기는 까닭은 하고자 하는 바
를 마음대로 할 수가 있고, 엄한 법으로 아랫사람을 부려 천하를
쉽게 다스릴 수 있기 때문일 것이오. 그런데도 우(虞, 순임금), 하
(夏, 우임금)는 천자의 귀한 몸이면서도 궁핍하고 고단하게 살며
천한 백성들을 위해 도리어 자신을 저버렸으니 본받을 만한 것
이 무엇이겠소? 짐은 존귀하기가 만승의 천자이지만 거기에 어
울릴 만한 누림이 없으니, 아방궁을 마저 짓고 크게 군대를 길러
짐의 칭호에 어울리게 하려는 것뿐이오.

선제께서는 제후에서 몸을 일으키시어 마침내 천하를 아우르
시었소. 또 천하가 이미 아울러진 뒤에는 밖으로는 사방의 오랑
캐를 물리쳐 변방을 안정시키고, 안으로는 크게 궁실을 지어 득

의(得意)함을 드러내셨으니, 그대들도 선제께서 남기신 공업을 익히 보았을 것이오."

그러더니 갑자기 목소리를 엄하게 하여 꾸짖었다.

"그런데 이제 그대들은 무엇을 하고 있는 것이오? 짐이 제위에 오른 지 2년, 도적의 무리가 잇따라 일어도 그것 하나 제대로 막지 못하면서, 짐이 선제께서 하신 바를 이어서 하는 것조차 막으려 드는 것이오? 이는 위로는 선제의 은의에 보답하지 못하고, 아래로는 짐에게 충성을 다하는 것도 못 되니, 이러고도 이 나라의 좌우 승상이고 대장군이라 할 수 있소?"

그러는 이세황제의 얼굴에는 찬바람이라도 도는 듯하였다. 그래도 한 가닥 기대를 품고 나선 세 사람은 크게 낙담했다. 특히 혹 떼러 갔다가 혹을 하나 더 붙인 격이 된 이사는 다급한 마음까지 들었다. 온갖 말재주를 부려 황제를 달래 보려 했으나 끝내는 나머지 둘과 함께 내쫓기고 말았다.

그런데 이세황제의 노여움은 꾸짖음으로 그치지 않았다. 그들 세 사람이 어전을 물러나자마자 옥리를 불러 명하였다.

"우승상 풍거질과 좌승상 이사, 그리고 대장군 풍겁을 잡아들여 그들의 죄를 엄히 물으라!"

이에 그들 세 사람은 미처 궁궐 문을 벗어나지도 못하고 옥리에게 잡혀 갇히는 신세가 되었다. 그렇게 되자 풍거질과 풍겁은 모든 일이 글렀다고 보았다.

"장상(將相)은 죽을지언정 모욕당하지 않는다!"

그 한 마디를 남기고 스스로 목숨을 끊고 말았다.

그러나 이사는 달랐다. 시황제의 천하통일을 도운 공만으로도 죽음은 면할 수 있다고 믿었다. 거기다가 시황제의 유서를 위조하여 호해를 이세황제로 세운 공까지 있으니 버티기만 하면 곧 죄를 벗고 전처럼 부귀와 영화를 누릴 수 있으리라 보았다.

앞일을 자신에게 이롭게만 헤아려 살아남은 이사는 호되게 그 값을 치러야 했다. 홀로 살아남은 것을 밉살스럽게 보아서일까? 이세황제는 하루아침에 승상에서 죄수가 되어 옥에 갇히게 된 이사를 다른 사람도 아닌 조고에게 넘겨 심문하게 하였다. 그제야 일이 돌이키기 어려울 만큼 꼬였음을 안 이사는 하늘을 우러러 탄식하였다.

"아아, 슬프구나. 도리를 알지 못하는 임금에게 무슨 계책을 올릴 수 있다는 말인가. 옛적 하나라의 걸왕(桀王)은 관용봉(關龍逢)을 죽였고, 은나라 주왕(紂王)은 비간(比干)을 죽였으며, 오나라 왕 부차(夫差)는 오자서(伍子胥)를 죽였다. 그 세 사람이 어찌 충성을 바치지 않았겠는가. 그런데도 죽음을 면하지 못한 까닭은 그 왕들이 그들의 충성을 받을 만하지 못하여서이다.

지금 나는 지혜가 그들 세 사람보다 못하고, 이세황제의 무도함은 걸왕, 주왕이나 부차보다 더하니 내가 충성하였기 때문에 죽는 것은 오히려 마땅한 일이다. 어지러운 이세황제의 다스림이여. 지난날 그는 자기 형제들을 죽이고 스스로 제위를 차지하였으며, 충신을 죽이고 미천한 자를 귀하게 썼으며, 아방궁을 짓느라 천하 백성들을 쥐어짜고 부려 먹었다. 그때마다 내가 바른

말로 말리지 않은 것은 아니었으나 그가 듣지 않으니 어찌하겠는가.

무릇 옛날 훌륭한 임금들은 식사할 때도 예절을 잃지 않았고, 수레를 부리고 물건을 쓰는 데도 정해 둔 개수를 따졌으며, 궁궐을 짓는 데도 한도가 있었다. 조칙을 내려 어떤 일을 할 때도 비용만 들고 백성들에게 이득이 없는 일은 하지 않아 오랫동안 평온하게 천하를 다스릴 수가 있었다. 그런데 지금의 황제는 형제에게 도리에 어긋난 짓을 하고서도 그 허물을 돌아보지 않고, 충신을 죽이면서도 그 재앙을 헤아릴 줄 모르며, 크게 궁궐을 지어 백성들에게 과중한 세금을 부과하면서도 그 비용을 아껴 쓸 줄 모른다. 그 세 가지 일이 함부로 저질러지고 있는 한 백성들은 결코 그의 다스림에 따르지 않으리라.

이제 반역의 무리가 천하의 절반을 차지하였건만 황제는 아직도 그 위태로움을 깨닫지 못하고, 조고같이 간사한 무리를 충신으로 여기며 그 보필을 받고 있으니, 참으로 한탄스러운 일이다. 도적들이 함양까지 쳐들어와 진나라를 멸망시켜 고라니와 사슴이 이 궁궐 터에서 노는 꼴을 내 반드시 보게 되겠구나!"

이사가 걱정한 대로 조고의 참혹한 심문이 곧 시작되었다. 조고는 이사에게 천 번도 넘게 모진 매질을 가하며 아들 유와 함께 모반한 죄를 덮어씌웠다. 이사는 처음 펄쩍 뛰며 부인하였으나 매 앞에 장사가 없었다. 거듭되는 매질을 견뎌 내지 못하고 조고가 원하는 대로 자백하고 말았다.

이사가 자살하지 않고 그 모진 고문을 견뎌 낸 것은 실낱같으나마 그래도 아직 믿는 바가 있어서였다. 아무리 조고에게 홀려 있는 황제이지만 그동안 세운 공을 보아서도 자신을 쉽게 죽이지는 못하리라는 것과 실제로 모반할 뜻이 없었음을 끝내 밝혀낼 수 있을 것으로 그는 믿었다.

이사는 그 두 가지를 황제에게 일깨워 주기 위해 부서지고 찢긴 몸을 억지로 추스르고 옥중에서 붓을 잡았다.

신이 승상이 되어 백성들을 다스리기 시작한 때만 해도 진나라의 세력은 지금에 크게 미치지 못했습니다. 그 뒤 30년, 이제 진나라는 천하를 하나로 아울러 만세를 기약하는 천자의 나라가 되었습니다. 그러나 신은 이제 승상의 자리에서 죄수의 뇌옥(牢獄)으로 옮겨 앉아 모진 심문을 받고 있습니다.

신이 못난 아들 유와 함께 도적들과 내통하며 반역을 꾀했다는 말이 거짓됨은 하늘과 땅, 해와 달이 밝게 알고 있을 것입니다. 이는 모두 간사한 자들이 신과 폐하를 이간하려고 꾸며 덮어씌운 모함에 지나지 않습니다. 하오나 이 며칠 어두운 옥중에서 곰곰이 돌이켜 보니 신에게도 죄가 없는 것은 아니었습니다. 이제 스스로 그 죄를 자복(自服)하며 폐하의 밝고 어진 처분을 빌 따름입니다.

선왕의 시절 진나라의 땅은 몇 천 리를 넘지 못했고 군사도 몇 십만에 지나지 않았습니다. 신은 변변치 못한 재주를 다하여 삼가 법령을 만들고, 지모 있는 자들에게 몰래 보석을 나눠 주며 제후들을 달래게 하였습니다. 또 은밀히 군비를 갖춤과 아울러 다스림과 가르침을 가지런히 하였으며, 용감한 자에게는 벼슬을 내리고 공 있는 자에게도 벼슬과 녹봉을 넉넉히 하였습니다. 그리하여 한나라를 위협하고 위나라를 약하게 만들었으며 연나라와 조나라를 깨뜨리고 제나라와 초나라를 평정하였습니다. 끝내 여섯 나라를 모두 아우르고 그 왕들을 사로잡은 뒤, 우리 진나라의 임금을 천자로 세웠으니 그게 신의 첫번째 죄입니다.

그때 이미 우리 진나라의 영토가 드넓지 않은 것이 아니었건만, 더욱 북쪽으로 밀고 나아가 호(胡)와 맥(貊)을 멀리 쫓아내었고, 남쪽으로도 백월(百越)을 평정하여 제국의 강성함을 보여 주었습니다. 신은 그 일을 말릴 수 있는 자리에 있었으나 말리지 않았으니 이는 신의 두 번째 죄라 할 만합니다.

대신들을 존중하여 그들로 하여금 맡은 일과 받고 있는 녹봉에 만족케 하니 임금과 신하가 가깝고도 믿음이 굳은 사이가 되었습니다. 이 또한 죄가 된다면 저의 세 번째 죄목을 이룰 것입니다. 사직을 세우고 종묘를 엄숙히 받들어 황제께서 밝고 어지심을 밝힌 것은 신의 네 번째 죄가 될 것이요, 눈금을 고치며 나라 안의 되[升]와 자[尺]를 모두 같게 하여 우리 진나라의 엄정함을 보인 것은 신의 다섯 번째 죄가 될 것입니다.

수레 두 대가 엇갈려 갈 수 있도록 길을 넓히고 사방으로 이어지게 하여 순수(巡狩)를 편안케 하고 황제의 위엄을 떨치게 한 것도 죄가 된다면 여섯 번째 죄를 이룰 것입니다. 또 형벌을 낮추고 세금을 덜어 주어 황제께서 민심을 얻게 함으로써 모든 백성들이 죽어도 황제의 은혜를 잊지 못하게 한 것도 일 곱 번째 죄가 될 수 있겠습니다.

이 이사는 신하 된 몸으로서 이토록 많은 죄를 지었으니, 이 미 오래전에 죽어 마땅하였습니다. 그런데도 폐하께서는 신을 벌하지 않으시고 지금에 이르도록 있는 힘을 다할 수 있도록 해 주셨으니 이 얼마나 다행한 일입니까. 다만 폐하께서 아직 도 이 늙은 신하를 가련히 여기신다면 다시 한번 굽어 살펴 주 시기를 빌 따름입니다.


대략 그와 같이 쓰기를 마친 이사는 그 글을 옥리에게 주며 황 제에게 올려 주기를 빌었다. 하지만 그때 이미 이사의 주변에는 조고가 풀어놓은 눈과 귀가 쫙 깔려 있었다. 그 옥리도 그들 중 의 하나라 이사의 글을 받기 바쁘게 조고에게 갖다 바쳤다.

글을 다 읽고 난 조고가 새파랗게 성난 얼굴로 소리쳤다.

"죄인이 어찌 폐하께 감히 이런 글을 올릴 수 있는가? 찢어 없 애 버려라!"

그러다가 무슨 생각이 들었던지 그 상소문을 받아 따로 갈무 리해 두게 했다. 조고는 그렇게 이사의 상소문이 이세황제에게 전해지는 것은 막았으나 그러고도 마음은 영 편치가 못했다. 문 장뿐만 아니라 말재주로도 결코 어느 누구에게도 지지 않을 이 사였다. 이세황제가 언젠가 한 번쯤은 이사를 면대하고 진상을 물을 때가 있을 터인데, 그때 가서 이사가 말을 뒤집으면 큰일이 다 싶었다. 이에 조고는 간교하면서도 잔인한 꾀를 냈다.

이사가 옥리에게 글을 준 뒤 며칠 아니 되어서였다. 이세황제
가 보낸 어사가 감옥으로 찾아와 이사에게 말했다.

"폐하께서 승상의 글을 읽으시고 저를 이리로 보내셨습니다.
잊고 계셨던 승상의 지난 공훈을 되새기시며 늦었지만 이제라도
실상을 알아 오라고 하십니다. 승상께서는 그간에 있었던 그릇된
일들을 모두 기탄없이 제게 말씀해 주십시오. 반드시 폐하께 아
뢰어 그 억울함을 모두 풀어 드리겠습니다."

자신이 상소를 올린 지 며칠 아니 되는 데다 찾아온 어사의 차
림과 생김새가 워낙 그럴싸했다. 이에 이사는 아무런 의심 없이
마음속의 한탄과 푸념을 곁들여 자신의 억울함을 모두 털어놓았
다. 그리고 조고에게 품고 있던 분노와 원한까지 서슴없이 내비
쳤다.

"알겠습니다. 저희들도 승상 부자 분께서 모반을 꾀할 까닭이
없다고 짐작은 했습니다만 일이 그렇게 된 것이군요. 반드시 들
은 대로 폐하께 전해 올리겠습니다."

다 듣고 난 어사는 그렇게 이사를 안심시키고 돌아갔다. 이사
는 이제 살았다 싶었다. 한시바삐 황제로부터 좋은 소식이 들려
오기만을 바랐다.

그런데 그날 밤이었다. 그동안의 고문으로 멍들고 찢긴 몸을
추스르며 이사가 막 잠들려 하는데 갑자기 감옥 안이 횃불로 대
낮같이 밝아지더니 옥리들이 몰려와 이사를 끌어냈다.

이사가 끌려간 곳은 감옥 뒤뜰 후미진 곳이었다. 저만치 횃불
로 빙 둘러싸인 곳에 호사스러운 교의(交椅)가 놓여 있고 그곳에

한 사람이 앉아 있었다. 이사는 이세황제가 몸소 진상을 알아보러 나선 것으로 알고 감격부터 했다. 하지만 다가가 보니 그게 아니었다. 조고가 잔뜩 거드름을 빼며 교의에 앉아 끌려오는 이사를 차갑게 쏘아보고 있었다.

"죄인 이사는 듣거라. 너는 한때 좌승상을 지냈으니 우리 진나라의 법이 얼마나 엄정한지를 잘 알 것이다. 그런데도 너는 감옥에 갇힌 몸으로서, 죄를 비는 구실로 황제께 상소를 올려 있지도 않은 지난 공을 스스로 추어올렸다. 이는 폐하의 이목을 현혹하는 일일 뿐만 아니라 법을 집행하는 대신을 능멸하는 죄를 더한 셈이다."

이사가 그 앞에 무릎이 꿇리자 조고가 이사의 상소를 흔들어 보이며 엄하게 꾸짖었다. 자신이 써 올린 글이 조고의 손안에 있는 걸 보자 비로소 이사는 일이 크게 잘못된 걸 알았다. 놀랍고도 두려워 어찌할 줄 모르는데 조고가 문득 사방을 둘러보며 소리쳤다.

"옥리들은 무얼 하는가? 어서 저 죄인의 양쪽 엄지와 검지를 모두 부러뜨려 다시는 망령되이 붓을 잡지 못하도록 하라!"

그러자 옥리들이 달려와 이사의 손가락을 모두 꺾어 다시는 붓을 잡지 못하게 만들어 버렸다. 처절한 비명과 함께 이사가 혼절하자 물을 퍼부어 다시 깨어나게 한 조고가 다시 두 번째 판결을 내렸다.

"너는 오늘 또 황제께서 보내신 어사에게 네 죄를 부인하였을 뿐만 아니라 오히려 이 옥사(獄事)를 맡게 된 나를 무고하였다.

모반을 꾀한 죄는 뒷날 오형(五刑)으로 다스리려니와, 곁들여 저지른 작은 죄는 바로바로 셈하게 될 것이다. 여봐라, 이자를 백 번 매질하되 털끝만큼도 손끝에 인정을 남겨서는 아니 된다!"

그러면서 두 번째 죄의 증인으로 낮에 다녀간 바로 그 어사를 불러냈다. 나중에 알게 된 일이지만 그 어사는 조고에게 빌붙어 사는 식객 가운데 하나였다. 조고가 옥리들과 짜고 그를 어사로 꾸며 이사의 속을 떠보게 한 것인데, 이사가 보기 좋게 걸려들고 만 셈이었다.

그 거짓 어사를 알아본 이사는 두려움으로 온몸을 부들부들 떨며 후회했지만 이미 늦은 뒤였다. 이사의 몸이 준비된 형틀에 얹히자 모진 매질이 쏟아졌다. 조고는 이사가 몇 번이나 혼절했다 깨어나기를 거듭하며 백 대의 매를 다 맞는 걸 보고서야 자리를 떴다.

조고의 독한 꾀는 거기서 그치지 않았다. 그 뒤로도 황제가 보낸 어사들이 몇 번 더 감옥으로 이사를 찾아왔다. 그러나 한 번 쓴맛을 본 이사는 쉽게 속을 털어놓으려 하지 않았다. 그저 조고가 덮어씌운 대로 승복하며 어서 죽여 달라는 말만 되풀이했다.

하지만 날이 지나면서 상처가 아물고 아팠던 기억이 무디어지자 이사의 마음 깊은 곳에서는 살고자 하는 욕망이 되살아났다. 언젠가 한 번은 황제가 진상을 물어 올 것이란 믿음도 차츰 이사의 경계심을 무디게 했다.

그러던 어느 날 감옥 안이 떠들썩할 만큼 요란한 격식과 수많은 손아래 벼슬아치들을 거느린 알자(謁者)가 다시 이사를 찾아왔다. 어사나 알자나 황제의 명을 받들기는 마찬가지지만, 어사가 벼슬아치들을 감찰하는 일을 한다면 알자는 황제가 예우를 갖춰 제 뜻을 전할 때 부리는 내관이다. 알자란 직함이 풍기는 우호적인 느낌에다 그를 맞는 옥리들의 정중하면서도 공손한 태도가 한층 더 이사의 경계심을 풀어놓았다.

거기다가 알자의 말투며 몸가짐까지 참으로 황제가 보낸 사람 같은 데가 있어, 이사는 마침내 거듭 감추어 오던 내심을 털어놓고 말았다. 다시 한번 자신의 무죄를 주장함과 아울러 조고의 간교함을 일러바쳤다. 뿐만 아니라, 듣고 있는 알자의 얼굴에 함께 한탄하고 분노하는 기색이 떠도는 걸 보고 부러진 손가락까지 내보이며 흐느꼈다.

하지만 이번에도 알자는 황제가 보낸 것이 아니었다. 이사가 잘 속지 않자 조고가 식객들 중에서 생김이 더 그럴듯하고 언변이 더 나은 자를 골라 보냈을 뿐이었다. 따라서 그날 밤 이사는 다시 감옥 뒤뜰로 끌려가 또 한 번 견뎌 내기 어려운 고통과 수모를 당해야 했다.

거기서 몇 군데 성한 뼈가 더 부러지고 온전하던 살가죽이 새로 찢기는 고통을 겪자 이사는 마침내 모든 희망을 잃었다. 굳게 마음의 문을 닫고 그 뒤로는 누가 어떤 이름으로 찾아와도 그 속을 털어놓지 않았다. 모두 조고가 보낸 사람이라 여겨 조고가 바랄 만한 대답만 했다. 그렇게 이사가 죽기만을 기다리던 어느 날이었다. 평소 비교적 이사에게 인정을 베풀던 옥리 하나가 이사에게 가만히 일러 주었다.

"누가 승상을 찾아왔는데 만나 보시겠습니까? 만나면 알아보실 분이라고 합니다만······."

그때 이사는 이미 모든 것을 체념하고 있었으나 아는 사람이 찾아왔다는 말을 듣자 누군지 궁금하지 않을 수가 없었다. 만약 조고가 거짓으로 꾸며 보낸 사람이라면 그때 가서 거기에 맞게 응대하면 된다는 생각으로 그를 만나 보기로 했다.

오래잖아 옥리가 데려온 사람은 이사가 잘 아는 시중(侍中)이었다. 자신이 아직 이세황제의 신임을 잃기 전 궁궐을 드나들 때 자주 보았는데, 들은 바로는 충직하고 근후한 위인이었다. 그 시중이 소매에서 황제의 옥새가 찍힌 친필 조서를 내보이면서 말했다.

"좌승상 어른, 고초가 많으셨을 줄 압니다. 이제야 황제 폐하께서도 조고의 간악함을 아시고 특별히 저를 보내셨습니다. 승상의 무고함과 아울러 조고의 죄상을 명백히 하시어 자칫 뒤집힐 뻔했던 사직과 법치를 바로잡자는 게 폐하의 뜻입니다."

그러는 시중의 눈에서는 금세 눈물이라도 떨어질 듯했다. 거기다가 감옥에서 몇 달간 말 못할 고초를 겪기는 했어도 옥새나 친필이라면 누구보다 잘 분별할 수 있는 이사였다. 황제가 친필에다 옥새까지 찍어 그 시중을 보증하는 데는 이사도 믿지 않을 수가 없었다. 시중이란 벼슬도 조고가 틀어쥐고 있는 낭중령(郎中令)에 속한다는 게 약간 마음에 걸렸지만, 이사는 또 한 번 속아 그 시중에게 속마음을 털어놓고 말았다.

하지만 결과는 앞서 어떤 때보다 끔찍했다. 그 시중 또한 그사이 조고의 사람으로 변해, 앞서 어사나 알자로 왔던 식객들과 다름이 없었다. 그 때문에 그날 밤 더해진 모진 고문으로 이미 걸레쪽같이 되어 있던 이사의 몸은 또 한 번 으스러지고 찢어지고 터지고 짓뭉개졌다. 그리고 그런 몸에 못지않게 이사의 정신도 온전히 무너져 내리고 말았다.

늦어도 한참이나 늦어, 이세황제 호해가 보낸 어사가 감옥으로 이사를 찾아간 것은 그 뒤로도 몇 번이나 더 거짓 어사가 이사를 혼란시킨 뒤였다. 진짜 어사는 이사를 감옥에서 끌어내 정중히 심문했지만 이사는 그도 이전과 마찬가지로 조고가 보낸 가짜라 여겼다. 거듭거듭 죄를 자복하며 그저 죽여 주기만을 빌었다.

감옥에서 돌아간 어사가 이사에게서 보고 들은 대로 전하자 그래도 마음 한구석 어딘가 석연치 않은 데가 있던 이세황제는 오히려 기뻐하며 말했다.

"조고가 아니었다면 이사에게 크게 속을 뻔하였구나!"

그러고는 다시 어사를 삼천군으로 보내 그 아들 이유의 죄를 드러내 놓고 알아보게 하였다. 오래잖아 어사가 돌아와 알렸다.

"이유는 이미 항량(項梁)의 무리에게 죽었다고 합니다."

그러자 이세황제는 이제 더 볼 것도 없다는 듯 이사를 조고의 손에 맡겨 처결하게 했다. 조고는 이사에게 갖은 죄목을 덮어씌워 오형에 이은 요참(腰斬)을 그 벌로 삼았다. 이사는 이세황제

2년 7월 함양의 저자 바닥에서 목숨을 잃었다. 『사기』「진시황
본기」에서는 이세황제 3년 겨울이라고 되어 있는데 어느 쪽이
맞는지 알 수 없으나 실제로 두 날짜는 서너 달 차이밖에 나지
않는다.

형을 받기 위해 감옥을 나설 때에야 비로소 정신이 돌아온 듯
이사는 함께 끌려가던 둘째 아들을 돌아보며 처연히 말했다.

"만약 내가 풀려난다면 너와 함께 다시 한번 누런 개를 이끌고
고향 상채(上蔡)의 동쪽 변두리로 나가 토끼 사냥을 가고 싶었다.
그렇지만 이제는 어쩔 수가 없게 되었구나!"

그리고 마침내 부자가 얼싸안고 크게 울었다.

이사의 최후는 그가 일생 동안 펼친 계책이 남에게 끼친 고통
과, 스스로 걱정했을 만큼 누렸던 영화를 아울러 연상케 하는 데
가 있었다. 이사는 죽기 전에 오형을 받았는데, 먼저 얼굴에 먹물
로 글자를 새겨 넣고[黥], 다음에 코를 베어 내고[劓], 이어 다리
를 잘라 내고[剕], 다시 생식기를 도려낸[宮] 뒤, 마지막으로 머리
를 쪼개는[大辟] 순서였다. 그런 다음 허리를 베고 목을 잘라 저
잣거리에 내거니 보는 사람이 모두 끔찍하게 여겼다.

그날 이사와 함께 죽은 것은 그의 둘째 아들뿐만이 아니었다.
그의 친가와 외가, 처가를 합쳐 삼족이 모두 죽임을 당하니 이른
바 진(秦)의 '이삼족(夷三族)'이었다. 사마천은 이사의 죽음을 두
고 이렇게 평하였다.

……이사는 작위와 봉록이 막중하면서도 군주에게 아첨하

고 구차하게 그 뜻에 영합하려 하였다. 조칙을 엄히 하고 형벌을 혹독하게 하였으며 조고의 간사한 말에 넘어가 적자를 폐하고 서자를 천자로 세웠다. 그러다가 제후들이 반란을 일으킨 뒤에야 바른 말을 하려고 하였으니, 어찌 늦지 않을 것이랴. 사람들은 모두 이사가 충성을 다하였으나, 오형을 당하고 죽은 줄 알지만 그 본말을 살펴보면 세속의 공론과 다르다. 그렇지 않고 진실로 충성을 다하였다면 이사의 공적도 주공(周公)이나 소공(召公)에 못지않을 것이다.

# 무신군(武信君)은 죽고

  그 무렵 무신군 항량은 지난달 장함의 군사를 크게 무찌르고 빼앗은 정도에 그대로 머물러 있었다. 이미 동아에서 장함을 쳐부순 적이 있는 데다 정도에서 다시 한번 진군(秦軍)을 크게 이기고 보니, 항량이 이끌고 있는 초나라 군사의 기세는 하늘을 찌를 듯하였다. 거기다가 항우와 유방이 이끄는 군사들이 옹구에서 또 진군을 크게 깨뜨리고 그 장수 이유를 목 벴다는 전갈이 들어오자 항량의 자신감은 차츰 교만으로 변해 갔다.

  "주문 따위는 말할 것도 없거니와 진왕도 천하를 쓸어 담을 그릇은 못 되었다. 어찌 장함같이 용렬한 장수와 그가 이끄는 잡병들에게 그토록 낭패를 당할 수 있단 말인가. 내 날이 개는 대로 대군을 서쪽으로 휘몰아 함양을 깨뜨리고 호해를 사로잡으리라.

망국의 치욕을 씻고, 우리 초나라를 천하 한가운데 홀로 우뚝 서
게 하리라!"

그렇게 큰소리치며 장함과 진군을 턱없이 얕보았다. 그때 마침
항량의 진중에는 도성 우이로부터 영윤(令尹) 송의가 와 있었다.
회왕(懷王)의 명을 구실 삼아 전장의 형세와 더불어 항량의 움직
임을 살피러 온 것이었다. 항량이 너무나 적을 가볍게 여기는 것
을 보고 송의가 한마디 쓴소리를 했다.

"싸움에서 몇 번 이겼다고 장수들이 우쭐거리고 병졸들이 게
을러진다면 그 군대는 머지않아 반드시 다시 지게 되고 말 것입
니다. 지금 우리 장졸들이 차츰 겁 없고 게을러지는데 진군은 갈
수록 늘어나니 실로 두려운 일이 아닐 수 없습니다. 다시 한번
장졸들을 다잡아 장함의 잔꾀에 대비하십시오."

비록 책으로만 읽은 병법이었으나, 자못 날카로운 살핌이요 헤
아림이었다. 하지만 송의를 책상물림으로만 여겨 깔보고 있는 항
량의 귀에 그 말이 제대로 들어올 리 없었다. 짐짓 엄한 표정으
로 송의를 꾸짖듯 말했다.

"전장에서는 위로 하늘밖에 없는 임금이라도 장수의 군령을
함부로 간섭하지 못하는 법, 이곳의 일은 장수인 이 무신군이 알
아서 할 것이오. 영윤께서는 도성에서 내정이나 잘 돌보도록 하
시오."

그래 놓고는 사자란 그럴듯한 일거리를 맡겨 송의를 제나라로
쫓아 버렸다. 제왕 전불과 제나라 실권을 틀어쥐고 있는 전영을
달래 초나라와 함께 진나라에 맞서 싸우도록 만드는 게 겉으로

내세운 사명이었다. 그러나 항량은 아직 그게 가망 없는 일이라 보고 그저 송의를 멀리 보낼 구실로만 삼았다.

그런데 그때는 제나라도 마음이 바뀌어 초나라와 힘을 합칠 뜻이 있었다. 고릉군(高陵君) 현(顯)을 사자로 삼아 항량에게 먼저 그 뜻을 알리려 했다. 그 고릉군 현이 항량에게로 오는 도중에 제나라로 가고 있는 송의를 만났다.

"공께서는 지금 무신군을 만나러 가는 길이십니까?"

서로 예를 나눈 뒤에 송의가 넌지시 물었다. 고릉군 현이 별생각 없이 대답했다.

"그렇소이다. 지금 초나라를 움직이는 이는 무신군이니 초나라와 손을 잡자면 반드시 무신군을 먼저 만나야 하지 않겠습니까?"

그러자 송의는 슬그머니 고릉군 곁으로 다가가 작은 목소리로 일러 주었다.

"그래도 너무 서두르실 일은 아닌 듯싶소. 내가 보기에 무신군의 군사는 머지않아 반드시 크게 낭패를 당할 것이오. 공께서 천천히 가신다면 화를 면하게 될 것이나 빨리 가신다면 열에 아홉은 무신군과 더불어 화를 입게 될 것이외다."

만약 그 말이 제 말을 듣지 않는 무신군에게 품게 된 앙심으로 해 본 소리가 아니라, 병가의 눈으로 보고 헤아린 것이라면 실로 놀라운 식견이 아닐 수 없었다. 거기다가 송의는 다시 큰 소리로 무신군이 낭패한 뒤에 고릉군이 해야 할 일까지 슬쩍 일러 주었다.

"무신군이 초나라의 실권을 쥐고 있는 것은 사실이나 초나라

임금은 그래도 우리 대왕(회왕)이외다. 설령 무신군을 만나더라도 우리 대왕을 찾아 뵙는 일 또한 잊지 마시오."

하지만 무신군 항량 아래에도 그의 방심을 걱정하고 있는 이들이 있었다. 그 첫 번째가 범증이었다. 범증은 한 병가로서보다 일흔 나이를 살아오며 단련된 감각으로 어떤 위험을 감지했다. 겉으로는 한창 부풀어 오르고 있지만 속은 허술하기 그지없어, 단 한 번의 거센 파도에도 여지없이 무너져 내릴 모래언덕 같은 느낌을 자기들의 진채에서 받고 있었다.

그 다음은 한신이었다. 비록 집극랑이란 하찮은 벼슬에 머물러 있었으나, 그래도 그의 눈길은 끊임없이 자기가 몸담은 항량의 군대와 상대인 장함의 진군을 살피고 있었다.

그러다 보니 분산과 집중이라는 군사적 동태가 피아간(彼我間)에 점차 뚜렷해지면서, 자기편에 다가들고 있는 위험도 그만큼 뚜렷이 느껴져 왔다.

'지금 항량의 군사는 초기의 분발과 집중의 효과를 아울러 잃어 가고 있다. 군사들은 거듭된 승리에 나태해졌고, 전선은 벌어져 전력은 여기저기로 분산되었다. 항우는 항량군의 알맹이랄 수 있는 강동병과 종리매, 용저 같은 맹장들을 이끌고 외황으로 가 있고, 쓸 만한 별장들도 각기 떨어져 있다. 패공 유방은 항우를 따라갔으며, 당양군 경포와 장군 여신도 따로 진채를 펼쳐 놓고 있다.

그런데 거기 맞서는 장함은 두 번이나 싸움에 져서 쫓기면서도 가만히 집중을 꾀하고 있는 듯하다. 거듭 싸움에 졌다고는 하지만 장함이 원래 이끌고 있던 병력도 태반은 보존되고 있다고 봐야 한다. 게다가 지금 관동에 나와 있는 진군의 다른 갈래는 자신을 지키기만 할 뿐 몇 달째 움직임이 없고, 근래 이세황제가 함양에서 있는 대로 긁어모아 보냈다는 병력도 어디로 갔는지 자취를 알 수 없다. 이는 모두 장함이 어딘가 한곳으로 병력을 집중하고 있기 때문일 것이다.

장함은 이미 지난날에도 그렇게 집중시킨 병력으로 강성한 적들을 쉽게 물리쳐 왔다. 그런 집중에 속도를 보태면 견뎌 낼 적이 없다. 지금 장함은 다시 한번 그 집중과 속도로 앞을 가로막는 난관을 돌파하려 하는데, 그 난관이 아마도 무신군 항량일 것이다……'

그렇게 헤아린 한신은 먼저 계포를 찾아가 자신이 헤아린 바를 털어놓았다. 듣고 난 계포도 그 말을 옳게 여겼다. 한신을 데리고 항량에게 가서 자신에게 한 말을 되풀이하게 했다. 그런데 이미 무슨 패신(敗神)에게 홀리기라도 한 것일까? 한신의 말을 다 듣기도 전에 항량은 짜증부터 먼저 냈다.

"시끄럽다! 네가 뭘 안다고 그리 주제넘게 떠드는 게냐? 장함의 잔꾀가 암습(暗襲)에 있다는 것은 이미 널리 알려진 터. 그래도 저 또한 명색 장수인데 이미 몇 번이나 써 먹어 천하가 다 아는 잔꾀를 다시 내게까지 쓰겠느냐? 게다가 죄수와 노복들로 머릿수만 채운 까마귀 떼 같은 군사라면, 설령 백만을 끌어모아 온다 해도 전혀 두렵지 않다!"

그렇게 한신의 말문을 막으며 길게 들어주려 하지 않았다. 한신이 안타까운 마음에 선뜻 물러나지 못하고 한 번 더 간곡하게 말했다.

"정히 그러하시다면 작은 장군님(항우)과 패공의 군사들이라도 정도로 불러들이십시오. '미리 대비함이 있으면 걱정할 일이 없다[有備無患].'는 말도 있지 않습니까?"

그러자 항량이 앞뒤 없이 성을 내며 한신을 꾸짖었다.

"닥쳐라! 며칠 전에는 오갈 데 없는 책상물림 송의가 감히 내게 군사 부리는 일을 논하더니, 오늘은 한낱 집극랑이 오히려 대장군을 가르치려 드는구나. 네 무슨 심사로 그렇게 군심을 어지럽히느냐? 장졸들을 경동(驚動)시킨 죄로 목이라도 베이고 싶은 게냐?"

때마침 같은 걱정으로 항량의 군막을 찾았던 범증도 그 꼴을 보고는 입을 열지 못했다. 내몰리듯 쫓겨나는 한신과 함께 항량의 군막을 나가는 계포를 뒤따랐다. 군막 밖에는 마침 소나기가 한줄기 퍼붓고 있었다. 범증이 어두운 얼굴로 패연히 쏟아지는 빗줄기를 바라보다 긴 한숨과 함께 계포에게 말했다.

"무신군께서 저렇게 펄쩍 뛰시니 오늘은 더 말씀드려 봐야 소용없을 듯싶소. 가까운 날 틈을 보아 공과 내가 다시 한번 간곡히 말씀드려 봅시다."

하지만 장함이 그들에게 그럴 틈을 주지 않았다. 그때 이미 장함은 정도에서 하룻길도 되지 않는 깊고 외진 골짜기에 10만이 넘는 대군을 집중해 놓고 있었다. 항량과의 싸움에 져서 흩어진 군사들을 다시 끌어모은 게 5만 남짓이요, 가까운 군현에서 가만히 긁어모은 게 2만이 넘는 데다 장군 섭간(涉閒)이 함양에서 새로 끌고 온 군사가 또 3만이었다.

"내일 새벽 정도를 친다. 저 기고만장한 염장이 놈은 내일이 기일(忌日)이 될 것이다!"

그날 낮 장수들을 불러 모은 장함은 자르듯 그렇게 말했다. 염장이란 항량이 민간에 있을 때 즐겨 남의 상사(喪事)를 돌보아 준 일을 빗대어 한 말이었다.

줄곧 죽은 듯이 엎드려 있기만을 엄명해 온 장함이 갑자기 그렇게 말하자 장수들은 좀 어리둥절했다. 궁금한 것은 많지만 어디서부터 물어야 할지 몰라 머뭇거리고 있는데 장함이 다시 자르는 듯한 말투로 덧붙였다.

"꼼꼼하게 잘 짜인 계책 따위는 따로 없다. 오늘 해 지기 전 군사들에게 밥을 지어 먹이고 차림을 가볍게 한 뒤, 저물면 이 골짜기를 떠난다. 세 시진에 60리를 내달아 삼경에는 정도에 있는 도적들의 진채로 치고 든다. 산골짜기의 홍수가 큰 바위를 굴리듯, 내리꽂히는 솔개의 부리가 새의 날갯죽지를 꺾어 버리듯, 집중된 힘과 빠르고 세찬 기세로 적을 쳐부순다. 오직 그뿐이다!"

그러자 장함의 뜻을 알아들은 장수들은 시키는 대로 따랐다.

장함이 이끈 10만 대군이 추적대는 빗속도 마다 않고 밤길 60리를 달려 정도 부근에 이른 것은 막 삼경이 지났을 무렵이었다. 장함은 전에 했듯 말발굽은 헝겊으로 싸고 군사들에게는 하무[枚]를 물린 뒤 가만히 항량의 진채로 다가갔다.

그때 항량은 정도를 차지하고 있었으나 진채는 성 밖 벌판에 벌여 두고 있었다. 여러 번 뺏고 뺏기는 싸움으로 성벽이 심하게 헐어 성을 의지하기 마땅치 않은 까닭이었다. 군사들도 항량 쪽이 머릿수가 적고, 더군다나 거듭 싸움에 이겨 방심하고 있었다. 따라서 항량의 군대도 그 전에 장함에게 당한 여러 군대들처럼 갑작스러운 야습에 취약할 수밖에 없었다.

항량군의 방심을 무엇보다 잘 보여 주는 것은 허술한 경계였다. 밤이 어둡다는 핑계로 망보기는 아예 망루에 오르지도 않았고, 초저녁만 해도 횃불을 밝혀 들고 파수를 돌던 몇 갈래 군사들도 삼경이 지나서는 비가 쏟아진다는 핑계로 진채 모퉁이 여기저기에 몰려서서 끄덕끄덕 졸기만 했다.

어둠 속에서 그런 항량의 진채를 가만히 살피던 장함이 나지막한 목소리로 장수들에게 명을 내렸다.

"모두 하무를 빼고 횃불을 켜게 하라. 채비가 되면 곧 함성과 함께 들이치되, 장수들의 군막부터 먼저 덮쳐야 한다. 군막을 불사르고 얼치기 장수들만 잡아 버리면 머릿수만 채웠던 촌뜨기들은 절로 흩어져 달아날 것이다."

이미 여러 번 해 본 일이라 장함의 장수들이 곧 시키는 대로 했다.

오래잖아 무신군 항량의 진채는 어둠 속에서 홀연히 솟은 듯한 횃불의 물결과 장함의 대군이 지르는 함성으로 에워싸였다. 파수도 제대로 세워 놓지 않고 잠이 들었던 초군(楚軍)으로서는 그 돌연한 야습을 막아 낼 길이 없었다. 잠결에 이리저리 허둥대다가 누구 칼에 죽는지도 모르면서 놀란 넋이 되거나, 뿔뿔이 달아나 한목숨 건지기에 바빴다.

놀라고 혼란스럽기는 대장군인 무신군 항량도 병졸들과 다를 바 없었다. 싸움에 거듭 이겨 적병을 흩어 놓은 데다, 아직 장마가 끝나지 않아 크게 군사를 움직이기에 마땅찮은 일기라 더욱 마음을 놓고 있던 그였다. 초저녁 술까지 얼큰해 잠자리에 들었던 그가 함성 소리와 불빛에 놀라 깨났을 때는 벌써 진군이 진채 깊숙이 휩쓸고 든 뒤였다.

"누구냐? 무슨 일이냐?"

전포도 제대로 걸치지 못한 항량이 겨우 찾아 든 장검을 빼 들고 군막을 나서며 소리쳤다. 그러나 바깥에서 들리는 것은 창칼 부딪는 소리와 기세 좋은 함성에 뒤섞인 불길한 비명 소리뿐, 누구 하나 대답하는 사람이 없었다. 그제야 대담하면서도 빈틈없던 그의 심장 한구석에서도 한 줄기 한기와도 같은 두려움이 피어올랐다. 장검을 끌어당겨 가슴을 보호하며 항량이 다시 한번 소리쳤다.

"밖에 아무도 없느냐? 어서 말을 끌어오너라."

그때 장막이 펄럭 젖혀지며 한신이 뛰어들었다. 갑옷투구를 갖추고 있었지만 평소 같지 않게 허둥대기는 한신도 다른 군사들과 마찬가지였다. 풀어놓은 엄심갑(掩心甲)을 집어 항량에게 내밀면서 다급하게 말했다.

"장군, 우선 이것이라도 걸치시고 군막 뒤쪽으로 뚫고 나가십시오. 앞쪽은 수자기(帥字旗)를 알아본 적병들로 막혔습니다."

그런 다음 자신은 칼을 빼 들고 군막 입구를 지키기라도 하듯 가로막고 섰다.

"일이 벌써 그렇게 엄중하게 내몰렸는가……."

항량은 입으로는 탄식하면서도 엄심갑을 받아 가슴에 걸치고 군막 뒤쪽으로 달려갔다. 그곳에도 군막 한 자락만 들추면 밖으로 나갈 길이 있었으나 마음이 급하니 그걸 찾을 겨를이 없었다. 칼로 군막 한쪽을 길게 찢고 밖으로 뛰쳐나갔다.

항량이 돌아보니 자신의 군막 앞쪽에서는 벌써 불길이 치솟고 있었다. 거기다가 무슨 명을 받았는지, 진병들은 유독 그곳을 두텁게 에워싸고 몇 안 남은 초군 호위 병사들을 멧돼지 몰듯 했다.

"장군, 멈추셔서는 아니 됩니다. 어서 이곳을 빠져나가십시오. 저는 이쪽으로 치고 나가겠습니다. 일없이 난군을 뚫고 나가시거든 진채 서북쪽 작은 숲에서 기다리십시오. 제가 말을 찾는 대로 그리 달려가겠습니다."

뒤따라온 한신이 그렇게 말하고는 적병이 가장 많이 몰린 쪽으로 칼을 휘두르며 뛰어들었다. 여덟 자가 넘는 키에 갑주로 둘러싼 우람한 몸피가 힘을 다해 치고 들자 적병은 그 엄청난 기세에 잠시 주춤했다. 하지만 그 혼자인 것을 알고는 다시 함성과 함께 에워싸니 한신은 이내 사람의 물결 속에 가라앉듯 사라져 버렸다.

퍼뜩 정신을 차린 항량도 칼을 높이 쳐들고 몸을 빼낼 곳을 찾았다. 사람의 벽이 엷은 곳을 골라 무서운 기세로 치고 들면 잡병들 여남은 명쯤은 뚫고 나갈 듯도 싶었다.

"비켜라. 길을 막는 자는 벤다!"

이윽고 한군데 만만한 곳을 찾아낸 항량이 그런 호통과 함께 장검을 휘두르며 뛰어들었다. 원래도 무예 단련을 게을리 해 온 항량이 아닌 데다, 위기로 몰린 생존의 본능이 다시 있는 힘을 다 짜내게 하니 그 기세가 여간 날카롭지 않았다. 금세 가로막은 사람의 벽이 흩어지며 훤히 길이 열렸다.

항량은 한동안 아무 생각 없이 앞으로 내달았다. 화살이 날아오면 피하고 가로막는 자가 있으면 베며 에움의 중심에서 빠져나가는 데만 온 힘을 다 쏟았다. 하지만 그럭저럭 에움을 벗어났다 싶자 갑자기 가슴속에서 빳빳이 고개를 드는 의식이 있었다. 오중을 떠난 뒤로 반년, 그동안의 잇따른 승리와 득의가 그의 가슴속에 기른 독버섯 같은 자부와 독선이었다.

'내가 지금 무얼 하고 있느냐. 한목숨 건지겠다고 이렇게 허둥대고 있는 것이냐. 어떤 것은 잃어도 되찾을 수가 있고 무너져도 다시 일으킬 수 있지만, 어떤 것은 한번 잃고 무너지면 영영 회복할 수 없다. 내 이력도 그렇다. 오중 뒷골목 건달패에서 오늘날의 무신군 항량에 이르기까지 어떻게 쌓아 온 자랑이며 영광인가. 그 이력은 한번 무너지면 영영 다시 일으켜 세울 수 없다. 여기서 한목숨 건진다 해도 그 자랑과 영광을 잃어버리면, 살아도 사는 것 같지 않은 삶이 되고 말 것이다. 이렇게 물러나서는 안 된다. 어떻게든 이 상황을 뒤엎어 불패(不敗)의 신화를 한 번 더 쌓아 올려야 한다……'

그러면서 걸음을 멈춘 항량은 무엇에 홀린 사람처럼 뒤돌아섰다. 그리고 저만치 멀어진 횃불 쪽으로 달려가 횃불 하나를 뺏어 들고 큰 소리로 외쳤다.

"초나라 장졸들은 들으라. 나는 무신군 항량이다. 이제 여기서 싸우다 죽기로 했으니, 그대들도 모두 떨쳐 일어나 적을 무찌르라. 죽기로 싸워 진채를 지켜 내라!"

그리고 스스로 진병들이 몰린 곳으로 뛰어들었다. 그런 항량에게는 틀림없이 장렬하고도 개결(介潔)한 영웅의 풍도가 있었으나, 어지러운 시대의 마구잡이 싸움터에는 어울리지 않았다. 항량의 외침은 이미 기세가 꺾인 초나라 장졸을 분기시키기보다는 공을 다투는 진나라 장졸들만 떼로 불러들였을 뿐이었다.

"항량이 여기 있다. 항량을 잡아라!"

"항량을 놓치지 마라. 그를 죽여 이 싸움을 끝내자!"

진나라 장졸들이 서로 외쳐 가며 항량을 에워싸고 번갈아 창칼을 내질렀다. 아무리 무예 단련을 게을리 하지 않은 항량이고, 또 죽기로 싸우고 있다고는 하지만, 혼자서 무슨 수로 마음먹고 몰려드는 진나라의 수백 장졸들을 당해 내겠는가. 오래잖아 항량은 다져진 고깃덩이처럼 되어 어지럽게 뒤얽힌 군사들 속에서 죽고 말았다.

하지만 항량의 그와 같은 죽음이 전혀 헛된 것은 아니었다. 그의 죽음으로 싸움도 결판이 났다고 여긴 까닭이었을까. 다른 장수들을 쫓는 진나라 군사들의 마음이 이내 느슨해졌다. 그 바람에 계포를 비롯한 많은 장수들과 한신, 범증까지도 크게 다치지 않고 정도에서 몸을 빼낼 수 있었다.

그 무렵 항우는 유방과 더불어 진류에 머물고 있었다. 옹구에서 삼천 군수 이유를 목 벤 뒤 다시 외황으로 밀고 들었으나, 진 나라가 굳게 지켜 그 성을 떨어뜨리지 못하고 진류로 군사를 돌린 참이었다. 하지만 진류를 지키는 진병도 만만치 않아 어려운 싸움을 하고 있는데, 피를 뒤집어쓴 듯한 한신이 말을 달려왔다.

"정도가 떨어지고 무신군께서 그만 돌아가시고 말았습니다."

처음 한신이 그렇게 말했을 때만 해도 항우는 도무지 그 말을 믿을 수가 없었다. 막 아침상을 물리고 유방과 함께 그날의 출전을 논의하려던 항우는 어이가 없어 되물었다.

"뭐야? 정도가 어쩌고, 끝엣아버님이 어찌 되셨다고?"

"어젯밤 장함이 대군을 몰아 갑작스레 야습을 해 왔습니다. 워낙 창졸간에 당한 일이라 제대로 싸워 보지도 못하고……"

그제야 항우도 한신이 전하고 있는 소식이 무언지 겨우 알아들었다. 금세 얼굴이 벌겋게 달아올라 벌떡 몸을 일으키며 소리를 질렀다.

"끝엣아버님께서 돌아가셨다면 너는 어떻게 살았느냐?"

"함께 군막을 빠져나왔을 때는 이미 적병이 두텁게 우리를 에워싸고 있었습니다. 이에 각기 길을 열어 에움을 벗어난 뒤에 다시 만나기로 하고 헤어졌지요. 그 뒤 겨우 몸을 빼낸 제가 어렵게 말을 구해 약조한 곳에서 기다리는데…… 무신군께서 돌아가셨으니 모두 항복하라는 적병의 외침이 들렸습니다."

"그래도 도무지 믿을 수가 없다. 장함이 몇 번씩이나 써 먹은 그 잔꾀에 끝엣아버님께서 당하시다니……. 그리고 다른 사람들은 다 무얼 하고 있었느냐? 너도 처음 우리 군문(軍門)에 들 때는 병법이라면 남에게 지지 않는다고 큰소리친 걸로 들었는데……."

"계포 장군과 범증 군사도 걱정하셨고, 집극랑에 불과한 저도 말씀 올린 바 있습니다만 무신군께서 전혀 들어주지 않으셨습니다. 오히려 군심을 어지럽힌다 꾸짖으시며……."

"시끄럽다. 도대체 장군이란 게 무어고 군사는 또 뭐냐? 너도 일후 내 앞에서는 두 번 다시 병법을 말하지 마라. 곁에서 뻔히 보고 있으면서 몇 만 대군을 모두 잃고 그 상장군까지 죽게 만드는 게 병법이냐?"

그러고는 죄 없는 한신만 쥐 잡듯 몰아대다 내쫓았다. 한신은 그 뒤로도 1년 넘게 항우를 따라 싸움터를 누비지만 끝내 무겁게 쓰이지 못하고 유방에게로 달아나게 되는데, 어쩌면 항우가 한신을 믿지 못하게 된 것은 그때부터였는지도 모른다.

그날 해를 넘기지 않고 계포가 찾아들고 다음 날에는 다시 범증이 항우를 찾아왔다. 항량의 본진에 남아 싸우던 다른 장수들도 약간의 군사를 수습해 하나씩 둘씩 항우의 진채로 모여들었다. 항량이 생전에 가까이 두고 부리던 이들이 차례로 나타나 눈물로 항량의 죽음을 알려 오자 항우도 비로소 그 죽음이 실감이 났다. 돌이켜 보면 항량은 항우에게 그 어떤 아버지보다 자애로운 아버지요, 그 어떤 스승보다 더 밝고 어진 스승이었다. 항우는 자신이 스물다섯 살을 넘은 대장부며, 몇 만의 대군을 거느린 장수라는 것도 잊고 어린아이처럼 엉엉 울다가 소리소리 복수를 맹세했다.

"무도한 진나라야, 장차 너희 군사는 모두 산 채 땅에 묻히고 궁궐은 서까래 하나 성하게 남아나지 못할 것이다. 장함아, 내 반드시 너를 사로잡아 네 고기를 씹으리라!"

하지만 모질고 독한 게 현실이요, 살아 있는 목숨이었다. 정도에 있던 본부군(本部軍)이 무너지고 하늘같이 우러러보던 항량까지 죽었다는 소문이 돌자 항우가 이끈 사졸들은 한결같이 겁에 질려 떨었다. 항우와 같은 복수심은커녕 제 한목숨 어찌 될까 봐 진나라 군사들의 그림자만 보아도 그대로 내뺄 것 같은 표정들이었다.

흔히 항우는 성격이 급하고 격정적인 사람으로만 알려져 있다. 그래서 일쑤 무모하고 고집스럽게 묘사되는데, 그 무렵의 처신을 보면 꼭 그렇지도 않은 듯하다. 젊은 혈기 때문에 더 억누르기 어려웠을 분노와 슬픔을 용케 억누르고, 냉정하게 진퇴를 따져 보고 있었기 때문이다.

하룻밤 사이에 열 살은 더 먹어 버린 듯 어른스러워진 항우가 깊은 생각에 빠져 있는데 패공 유방이 부른 듯 달려와 말했다.

"장군, 아무래도 동쪽으로 돌아가야겠소. 우리 두 사람 합쳐 봐야 3만도 안 되는 군사로 한창 기세가 오른 장함의 10만 대군과 부딪히는 것은 매우 어리석은 일이 될 것이오. 우리 모두의 근거지가 되는 동쪽으로 돌아가 흔들리는 민심부터 가라앉히는 게 어떻겠소? 듣기로 지금 팽성은 비어 있는 성이나 다름없다 하오. 그쯤에 자리 잡고 힘을 기른 뒤에 다시 서쪽으로 밀고 나오는 것이 순리일 듯싶소."

항우가 알기에도 패공은 그리 말주변이 좋고 세밀하게 이치를 따지는 사람이 아니었다. 틀림없이 곁에 있는 누가 일러 준 것일 터이지만, 제법 조리 있게 달래듯 전하고 있었다. 그러나 그런 패공의 말이 항우는 내심 반갑기 그지없었다.

한 장수로서 항우의 헤아림은 진작부터 잠시 물러나 군사를 추스른 뒤에 다시 장함과 싸워야 한다는 것이었다. 하지만 아버지처럼 따르던 계부(季父)를 참혹하게 잃은 원한에 사무쳐 있는데다, 싸우지 않고 물러남으로써 사졸들에게 약한 꼴을 보이게 되는 게 싫어, 아직 그 말을 입 밖에 내지 못하고 있었다. 그런데 패공이 나서서 대신해 주고 있지 않은가. 이에 항우는 겉으로는 비분에 차 금세라도 장함을 찾아 나설 듯하다가, 한참 뒤에야 못 이긴 척 유방의 말을 받아들였다.

"내 원래는 강동 형제들과 더불어 일당백(一當百)의 기개로 싸워 장함과 자웅을 겨루어 보고 싶었소. 허나 패공께서 그렇게 간곡히 말씀하시니 따르지 않을 수가 없구려. 그럽시다. 우리 잠시 동쪽으로 돌아갑시다. 가서 숨을 고른 뒤에 다시 돌아와 끝엣아버님의 원수를 갚읍시다."

그리고 장수들을 모두 자신의 군막으로 불러 모아 말했다.

"나는 패공의 뜻을 받아들여 함께 동쪽으로 물러나기로 했소. 따로 군사를 거느리고 있는 여신(呂臣) 장군에게도 전갈을 보내 우리와 함께 가도록 하는 게 좋겠소."

그렇게 논의가 정해지자 서쪽으로 나와 있던 초군 별동대의 다음 움직임은 은밀하면서도 날렵하기 짝이 없었다. 항우와 유

118

방, 여신이 이끄는 세 갈래 초군은 그 밤으로 진채를 뜯어 소리 없이 진류를 떠났다. 그리고 큰 길을 피하고 굳은 성은 길을 돌아 병력을 고스란히 보존한 채 팽성으로 물러났다.

뒷날 서주(徐州)라 불리게 되는 팽성은 사수 평야 한가운데 자리 잡은 오래된 성읍이었다. 고양씨(高陽氏) 전욱(顓頊)의 현손으로 8백 살까지 살았다는 팽조(彭祖)가 요임금으로부터 봉토로 받았다는 대팽(大彭)이 바로 팽성이라고 하는데, 춘추시대에는 벌써 초나라에서도 손꼽을 정도로 크고 번성한 성시였다. 풍부한 농수산물의 집산지이자 수륙 교통의 중심이기 때문이었을 것이다.

팽성은 옛 초나라로 보아서는 다소 북변으로 치우쳐 있는 곳인데도 진승이 봉기한 대택에 가까워서인지 진작부터 진나라의 굴레를 벗어나 있었다. 장함이 대군을 이끌고 와 진나라가 기세를 회복한 뒤에도 마찬가지였다. 진나라 군대는 진승을 죽이고 진현을 비롯한 여러 곳 봉기군의 근거지를 우려뽑았지만, 아직 팽성을 다시 거둬들일 엄두는 내지 못하고 있었다.

팽성은 유난히 저항이 거센 초나라 유민들이 몰려 사는 데다 사방으로 열려 있는 지세였다. 설령 싸워서 되찾는다 해도 어지간한 군사로는 지켜 내기 어려웠다. 패공 유방이 팽성을 비어 있는 곳이나 다름없다고 한 것은 바로 그런 형세를 가리키는 말이었다.

팽성으로 돌아온 항우는 성 서쪽에 자리 잡아 스스로 진군을 막는 최전선이 되었다. 또 여신은 군사들과 함께 팽성 동쪽에 자리 잡게 하여 적이 오면 호응할 수 있게 하고, 유방은 멀리 탕(碭)

땅에 머물러 북변을 지키면서 서로 의지하는 형세를 이루도록 하였다. 그 모든 배치를 주도하여 팽성을 안정시킨 항우는 다시 패공 유방과 장군 여신을 불러 의논하였다.

"이왕에 초나라를 되살려 대왕(여기서는 회왕)을 모셔 놓고, 우이같이 멀고 궁벽한 곳에 머무시게 하는 것은 아무래도 온당치 않은 듯하오. 군사도 없이 나약한 문신들에게 맡겨 우이에 이대로 내버려 두었다가 무슨 변고라도 있으면 그보다 더한 낭패가 없을 것이오. 차라리 이 팽성을 도읍으로 삼고 우리 대왕을 이리로 모시는 게 어떻겠소?"

유방과 여신이 보기에도 그렇게 하는 게 옳아 보였다. 굳이 마다할 까닭이 없어 고개를 끄덕이자 항우는 그날로 사람을 우이로 보내 회왕과 회왕을 모시는 문신들을 모두 팽성으로 옮겨 오게 했다.

항우가 회왕과 조정을 팽성으로 옮겨 오게 하면서 뜻했던 바는 그 과정을 통해 계부 항량이 가졌던 권한과 지위를 자연스럽게 이어받는 데 있었다. 그런데 회왕과 그를 둘러싼 문신들을 데려다 놓고 보니 일은 전혀 뜻 같지 못했다. 회왕 웅심(熊心)은 이미 지난날 민간에서 어렵게 찾아냈을 때의 그 순진한 양치기 젊은이가 아니었다. 원래도 미욱하고 막힌 사람이 아니었지만, 몇 달 그를 둘러싼 조신(朝臣)들에게 닦이고 깨여서인지, 제법 술수와 책략에 재미를 붙여 가고 있는 눈치였다. 게다가 그사이 임금 노릇에까지 맛을 들여 이제는 스스로 임금 티를 내려고 들었다.

그를 둘러싼 옛 초나라 공경(公卿) 출신의 문관들도 마찬가지였다. 이리저리 떠도는 삶에 지쳐 어디든 배나 곯지 않고 머물 수 있으면 그걸로 만족하던 유민(流民)의 무리는 이제 없었다. 대신 어느새 기세를 회복하고 제자리를 굳힌 한 무리의 총신(寵臣)들이 왕을 둘러싸고 옛날에 못지않게 세도를 부리며 거들먹거리고 있었다. 그리하여 항량이 민간의 양치기에서 찾아 세울 때만 해도 이름뿐이던 왕과, 처음 꾸밀 때만 해도 흉내뿐이던 조정은 서로가 서로를 업고 자라, 이제는 양쪽 모두 엄연한 실체로서 아직 제대로 자리조차 잡지 못한 초나라의 새로운 상층부를 이루고 있었다.

"무신군의 죽음은 실로 가슴 아픈 일이나 그 때문에 상하의 의기가 꺾이는 일이 있어서는 아니 되오. 내 듣기로 쇠는 때릴수록 단단해지고 사람은 간난(艱難)을 겪을수록 굳세어지는 법이라 하오. 우리 초나라도 그러할 것이오. 어려울 때일수록 모두가 힘을 합쳐 이겨 나가야 하오. 항(項) 장군도 죽은 무신군의 뜻을 저버리지 말고 초나라와 이 몸을 위해 애써 주시오."

회왕이 제법 위엄에 찬 얼굴로 그렇게 당부하면서 슬며시 항우의 병권(兵權)까지 거두어 갈 때는 그저 아연하기까지 했다. 하지만 아연해할 일은 그뿐만이 아니었다.

그 무렵 마침 옛 위나라 공자 표(豹, 위표)가 진나라 군사와 싸워 위나라 땅의 성 스무남은 개를 되찾았다고 알려 왔다. 그러자 회왕은 한번 머뭇거리는 법도 없이 위표(魏豹)를 위왕(魏王)으로 봉했다. 회왕을 한낱 양치기에서 왕으로 올려 세운 것은 죽은 계부 항량이었건만, 그 권위는 반년도 안 되는 사이에 커질 대로 커져 한창 때의 진왕에 뒤지지 않을 지경이었다.

뒤이어 회왕은 또 무슨 논공행상이랍시고 문관들을 시켜 속 빈 강정 같은 벼슬 놀음을 시작했는데, 항우로 보아서는 그 내용이 아주 고약했다.

"패공 유방은 탕군장(碭郡長)으로 삼고 무안후(武安侯)에 봉하며 탕군의 병마를 이끌게 한다. 장군 항우는 장안후(長安侯)에 봉하고 노공(魯公)으로 세워 노현을 식읍으로 삼게 한다. 또 장군 여신은 사도로 삼고 그 아비 여청(呂靑)에게는 영윤을 내린다."

초나라의 주력이라 할 수 있는 군사를 거느린 그들 세 사람에게 대강 그렇게 벼슬과 작위를 내렸는데, 그래도 은근히 기대하고 있던 항우로서는 실로 분통 터지는 일이 아닐 수 없었다. 항량의 뒤를 잇게 하기는커녕 별장인 유방이나 여신보다도 나을 것이 없는 봉작(封爵)이었기 때문이었다. 따로 군사를 거느리게 한 점에서는 유방만 못하고, 별로 세운 공도 없는 그 아비까지 재상(영윤)으로 높인 것을 따지면 여신보다도 못했다.

회왕이 서쪽으로 군사를 이끌고 가서 진나라를 치는 일을 패공 유방에게만 맡긴 것도 항우의 심기를 크게 건드렸다. 도읍을 팽성으로 옮기고 나라가 안팎으로 안정이 되자 여유가 생긴 회왕은 여러 장수들을 불러 놓고 공언했다.

"누구든 먼저 관중으로 들어가 진나라를 무찌르고 그곳을 평정하면 그를 관중왕(關中王)으로 삼을 것이오!"

관중은 함곡관(函谷關)에서 서쪽, 산관(散關)에서 동쪽, 소관(蕭

關)에서 남쪽, 무관(武關)에서 북쪽에 있는 땅을 말하는데, 통상
으로는 함곡관 서쪽의 진나라 중심부를 가리킨다. 하지만 그 무
렵은 진나라가 꺼지기 전에 한 번 더 타오르는 불꽃처럼 거세게
반격을 해 오고 있던 때였다. 한 싸움으로 항량을 죽인 장함이
대군을 이끌고 북쪽으로 밀고 들어 진나라에 맞서 일어난 제후
들을 차례로 몰아대고 있는 판이라, 초나라 장수들은 기가 몹시
죽어 있었다. 아무도 아직은 강성한 진나라의 주력이 버티고 있
는 관중으로 앞장서 들어가기를 이롭게 여기지 않았다.

그때 항우가 나섰다.

"서쪽으로 진나라를 쳐 없애는 일이라면 저와 패공이 한번 나
서 보겠습니다. 반드시 함곡관을 두들겨 부수고 관중을 평정해
조상의 한을 풀겠습니다."

오직 항우만이 진나라를 두려워하지 않은 것은 진나라가 할아
버지 항연(項燕)과 아버지 항숙(項叔)을 죽게 했을 뿐만 아니라,
이제 다시 계부 항량을 죽여 원한에 사무쳐 있었기 때문이었다.
또 패공 유방을 끌고 들어간 것은 그때까지만 해도 항우가 그만
큼 패공을 가깝고 미덥게 여겼다는 뜻이 된다.

그런데 어찌 된 셈인지 회왕은 그런 항우의 말을 들어주지 않
았다. 이런저런 핑계를 대 항우는 기어이 팽성에 잡아 두고 패공
유방에게만 서진(西進)을 허락했다.

"무안후는 탕군(碭郡)의 군병을 이끌고 서쪽으로 나아가라. 진
왕을 따르던 세력과 항량 밑에서 싸우다가 흩어진 장졸들을 다
시 불러 모으면 적지 않은 군세를 이룰 수 있을 것이다. 그들을

이끌고 관중으로 들어가 무도한 진나라를 쳐 없애도록 하라!"

항우에게는 맞대 놓고 하는 모욕이나 다름없었다. 그런데 놀랍게도 항우는 그 일을 참아 넘겼다. 오히려 걱정을 하는 것은 항우 편에 서지 않은 다른 장수들이었다. 그래도 항량이 살아 있을 때의 위세를 기억하고 있을뿐더러, 항우의 불같은 성정도 겪어서 잘 아는 그들은 가만히 회왕을 찾아가 물었다.

"대왕께서는 어찌하여 항우의 뜻을 들어주지 않으셨습니까? 군사를 이끌고 서쪽으로 가서 진나라를 쳐 없앨 장수로는 항우만 한 이도 없지 않습니까? 게다가 할아비, 아비에 이어 자기를 아들같이 길러 준 아재비까지 잃은 원한도 항우에게는 큰 힘이 될 것입니다."

그러자 회왕이 미리 준비하고 있었던 것처럼 길게 대답했다.

"항우는 사람됨이 성급하고 사나우며[慓悍] 교활하고 남을 잘 해치오[猾賊]. 일찍이 양성을 쳐서 떨어뜨렸을 때는 성안에 살아 남은 사람이 아무도 없을 만큼 모두 땅에 묻어 버렸소이다. 그가 지나가는 곳은 어디나 노유와 병약을 가리지 않고 모두가 끔찍한 죽음을 면하지 못한다는 말까지 있소.

거기다가 초나라는 지난날에도 여러 번 군사를 서쪽으로 보내 관중 땅을 거둬들이려 한 적이 있었소. 하지만 장한 것은 의기(義氣)뿐, 진왕이나 항량이나 모두 져서 죽고 말았소이다. 차라리 어질고 너그러운 이[長者]를 보내, 의를 짚고[扶義] 서쪽으로 가서 진나라의 부형들을 달래 보게 하는 게 나을 듯하오.

저들은 오랫동안 모진 임금에게 시달려 온 터라, 이제 참으로

어질고 너그러운 이가 가서 억누름과 괴롭힘 없이 다스리려 든
다면, 마땅히 그 땅을 거둬들일 수 있을 것이외다. 따라서 항우는
보낼 수가 없소. 다만 패공은 평소에 관대하고 덕망 있는 장자로
알려진 터라 서쪽으로 보낼 수 있다고 믿은 거요."

비록 항우가 없는 자리에서 주고받은 말이라 하나, 이르든 늦
든 그 말은 반드시 항우의 귀에도 들어갔을 것이다. 항우와 회왕
이 뒷날 서로를 죽이고 죽게 되는 악연은 어쩌면 그때 이미 맺어
지고 있었던 것인지도 모를 일이었다.

하지만 무엇보다 항우를 참기 어렵게 한 일은 초나라가 조나
라에 구원병을 보내게 될 때 벌어졌다. 패공 유방이 아직 서쪽으
로 떠나기 전에 장이(張耳)와 진여(陳餘)가 새로 세운 조왕 헐(歇)
은 여러 차례 다급하게 구원을 요청하는 사신을 보내왔다. 특히
그 무렵에는 도읍인 한단까지 잃고 거록성에 갇혀 숨넘어가는
소리를 했는데, 이쯤 해서 먼저 조나라가 그 지경에 이른 경위부
터 살펴보자.


처음 조나라를 되살린 조왕 무신(武臣)에게는 이량(李良)이라
는 장수가 있었다. 일찍이 진나라의 관리였으나 난세의 풍운을
타고 장초(張楚)의 진왕을 섬기게 된 자였다. 진나라를 섬길 때는
무신보다 윗자리에 있었으나 장초에서는 그 밑에 들게 되었는데,
함께 조나라의 땅을 거두러 갔다가 무신이 조왕이 되는 바람에
이량은 그 신하가 되고 말았다.

조왕 무신은 그런 이량을 무겁게 여겨 상장군으로 삼고, 먼저

상산 땅을 평정하게 했다. 이량이 어렵잖게 상산을 조나라 땅으로 거둬들이고 돌아와 알리자 조왕은 다시 태원을 치게 했다.

그런데 명을 받고 태원으로 향하던 이량이 석읍에 이르렀을 때였다. 진나라의 대군이 정형(井陘)을 가로막고는 이세황제의 사자라는 자를 보내 글 한 통을 전해 왔다. 봉함조차 되어 있지 않은 그 글에는 대강 이렇게 씌어 있었다.

'그대는 일찍이 짐을 섬겨 귀함과 총애를 누렸다. 어지러운 세상을 만나 짐을 떠났으나, 짐은 아직도 그대를 잊지 않고 있다. 이제라도 조나라를 버리고 진나라로 돌아온다면, 지난 죄를 용서하고 그대를 높이 쓰겠다.'

그러나 읽고 난 이량은 그게 진나라 이세황제의 글이라고 믿지 않았다. 다만 앞을 가로막은 진군이 워낙 대군이라 그대로는 이겨 낼 수가 없어, 자신도 군사를 더 얻기 위해 한단으로 돌아갔다.

그런데 한단성이 멀지 않은 곳에서 이량은 백여 기의 호위를 받으며 오고 있는 행렬과 마주치게 되었다. 행렬 가운데서 움직이는 수레가 호화로운 데다 기치며 마구(馬具)가 모두 예사롭지 않은 게 왕실에서 쓰는 것들 같았다. 이량은 그게 조왕의 행차라 여기고 멀리서부터 말에서 내린 뒤 길옆으로 비켜서 엎드렸다. 그리고 수레가 지나갈 때는 공손하게 절까지 올렸다.

하지만 불행히도 그 수레에 타고 있던 것은 조왕이 아니라 조왕의 손위 누이였다. 성안의 잔치에 불려갔다가 술에 취해 돌아오는 길이었는데, 누가 길가에 엎드려 있자 무심코 수레 곁을 따

126

르는 군사에게 말하였다.

"그만하면 예는 넉넉하다. 이제 일어나라고 하여라."

그러고는 수레의 창을 닫고 그대로 지나가 버렸다. 이량은 원래 진나라 벼슬아치였을 때는 조왕 무신보다 높았을 뿐만 아니라, 이름 있는 가문의 자손이었다. 출신이 보잘것없는 조왕의 누이를 조왕인 줄 알고 엎드려 절한 것만도 부끄러운데, 다시 무시까지 당하고 보니 욕스러워 견딜 수가 없었다.

"아, 천하의 이량이 이 무슨 꼴이냐!"

그렇게 한탄하며 지그시 이를 사리물자 곁에 있던 부장 하나가 앙연히 소리쳤다.

"지금은 온 세상이 다 진나라에 맞서 들고일어나, 곧 힘 있는 사람이 왕이 되는 때입니다. 더구나 조왕 무신은 원래 장군 밑에 있던 자가 아닙니까? 그런데 이제는 그의 누이조차 장군을 보고도 수레에서 내리지 않으니 그냥 넘길 수 없는 일입니다. 바라건대, 제가 뒤쫓아 가 죽이도록 허락해 주십시오."

이량은 처음 진나라의 글을 받고는 거기 씌어 있는 걸 믿지 않았으나 화가 나니 마음이 흔들렸다. 마침내는 진나라로 돌아가기로 뜻을 정하고, 사람을 보내 조왕의 누이를 죽인 뒤 그대로 군사를 휘몰아 한단으로 쳐들어갔다.

워낙 갑작스러운 일이라 싸움다운 싸움조차 없이 한단은 이량의 손에 떨어지고 조왕 무신과 좌승상 소소(邵騷)는 난군 속에서 목숨을 잃었다. 하지만 우승상 장이와 대장군 진여는 평소 사람들에게 널리 은덕을 베풀어 스스로 그 두 사람의 눈과 귀 노릇하기를 원하는 사람들이 많았다. 그들이 변고를 미리 일러 주어 두 사람은 겨우 한단성을 빠져나올 수 있었다.

이량의 손길이 미치지 못하는 곳에 이른 장이와 진여는 가만 히 사람을 풀어 자신들이 원래 거느리고 있던 군사들을 모아들 이게 했다. 곧 그들 두 사람을 따르려는 군사들이 수만 명이나 모여들었다. 그들과 더불어 앞일을 의논하는데 빈객 가운데 하나 가 슬며시 깨우쳐 주었다.

"두 분은 비록 조나라의 대장군과 우승상이시나 이 땅에서 나 신 분들이 아니니 다만 나그네 몸일 따름입니다. 두 분께서 조나 라를 위해 일하시려 해도, 이 땅 사람들이 마음으로 선뜻 받아들 이기는 어려울 것 같습니다. 오직 조나라 왕실의 후손을 왕으로 세우고, 의로써 그를 도울 때에만 비로소 큰 공업을 이룰 수 있 을 것입니다."

장이와 진여도 그 말을 알아들었다. 곧 사람을 풀어 수소문한 끝에 조헐(趙歇)이라는 옛 왕손 하나를 찾아내어 조왕으로 세우 고 신도(信都)에 근거하였다.

이량은 장이와 진여가 새 임금을 세웠다는 소문을 듣자 그냥 있지 못했다. 한단에서 수만 군사를 긁어모아 신도로 쳐들어갔 다. 그러나 군사가 많아도 진작부터 싸울 채비를 갖추고 기다리 고 있던 대장군 진여의 군사를 당해 낼 수 없었다. 수만 군사는 한 싸움에 쇠몽둥이 만난 질그릇 꼴이 나고, 이량은 제 한목숨 겨우 건져 장함에게로 달아나 버렸다.

그때 마침 장함은 무신군 항량을 죽인 여세를 몰아 다음 사냥감을 찾고 있는 중이었다. 처음에는 진류 쪽으로 나가 있다는 항량의 별동대를 뒤쫓을 생각도 해 보았으나, 미처 그 위치를 확인하기도 전에 그들은 어디론가 사라지고 없었다. 나중에 들으니 팽성 쪽으로 몰려갔다고 해 자세히 알아보게 하고 있는데 이량이 찾아왔다.

"적이 동쪽으로 갔다면 이는 세력이 궁하고 힘이 다해 저희 근거지로 달아났다는 뜻입니다. 따라서 초나라 세력은 걱정할 게 없으니 먼저 북쪽으로 조나라부터 평정하시는 게 어떻겠습니까? 도적들이 그 도성 한단을 다시 찾아갔으나, 장군의 대군이 이르면 북소리 한 번으로 한단성은 떨어지고 말 것입니다. 팽성의 적도들은 그다음에 쳐 없애도 늦지 않습니다."

몇 차례 싸움을 주고받는 동안에 장이와 진여에게 쌓인 원한으로 이량이 그렇게 졸라 댔다. 장함도 조나라부터 쳐 없애자는 이량의 말을 옳게 여겼다. 이전에 시황제가 천하를 아우를 때도 초나라를 가장 어렵게 여겼는데, 아직 사방에 강한 반적(叛賊)들을 남겨 놓고 먼저 초나라의 옛 땅으로 들어갈 수는 없는 일이었다. 이에 장함은 대군을 이끌고 하수(河水)를 건너 조나라로 밀고 들었다.

장이와 진여는 조나라 사람들과 뜻을 모아 조왕 헐을 받들며 한단을 지켜 보려 애썼다. 군민을 모두 성벽 위로 끌어올려 맞섰지만 항량을 쳐부순 기세를 타고 그사이 곱절이나 부풀어 오른 장함의 대군을 막아 낼 수는 없었다. 20만을 일컫는 진나라 군사들이 한단을 에워싸고 무섭게 들이치니 성은 며칠도 버티지 못하고 떨어졌다.

한단을 떨어뜨린 장함은 그때까지의 그 어느 싸움 뒤보다 가혹하게 그 땅과 사람을 다루었다. 성안의 집들은 남김없이 불사르고 내성과 외성을 모두 허물어 버렸다. 그리고 살아남은 성안 백성들은 마소 몰듯 내몰아 멀리 하내(河內)로 옮겨 살게 했다. 진나라에 맞서면 어떻게 되는지를 조나라의 도성 한단을 통해 섬뜩하게 보여 준 셈이었다.

겨우 목숨을 건져 한단성을 빠져나온 조왕과 장이는 거록으로 달아나 그 성안에 숨었다. 그러자 장함의 부장 왕리(王離)가 뒤쫓아 가 철통같이 거록성을 에워싸 버렸다. 북쪽으로 달아났던 진여가 상산에서 군사 수만을 얻어 거록 북쪽에 진을 치고 있었으나, 그 에움을 풀기에는 역부족이었다.

거기다가 장함이 다시 대군을 이끌고 거록 남쪽 극원에 자리 잡고, 소각(蘇角)과 섭간(涉間)에게 군사를 갈라 주며 왕리를 돕게 하자 거록성은 오늘내일을 기약하기 어려울 정도로 위급해졌다. 이에 조왕 헐과 장이는 사방으로 진나라에 맞서 일어난 제후들에게 사자를 보내 구해 주기를 빌었다.

구원을 바라는 조나라의 사자는 초나라에도 이미 여러 번 온 적이 있었다. 하지만 초나라는 방금 무신군 항량이 패사(敗死)하고 본진이 깨어진 뒤라 조나라를 돌볼 경황이 없었다. 그러다가 조정이 팽성으로 옮겨 앉은 뒤에야 회왕이 나서서 구원병을 보내게 되었는데, 그 규모와 장수들의 진용(陣容)이 또 놀랄 만큼 뜻밖이었다.

"군사 5만을 내어 조나라를 구하되 전(前) 영윤 송의를 상장군(上將軍)으로 삼고, 노공 항우를 차장(次將), 전(前) 군사 범증을 말장(末將)으로 따르게 한다. 다른 여러 별장들도 이제부터는 모두 경자관군(卿子冠軍) 송의의 명을 받들라!"

경자관군이란 회왕의 조정이 송의를 위해 따로 만들어 낸 칭호였다. 경자(卿子)란 공자(公子)와 비슷한 말이라고도 하고, 공자가 공(公)의 아들인 것과 같이 경자는 경(卿)의 아들을 가리킨다고도 하는데, 어느 쪽이든 신분이 고귀함을 드러내기는 마찬가지다. 또 관군(冠軍)이란 상장군의 옛말이라고도 하고, 관(冠)이 사람 몸의 맨 위에 있듯이 모든 장졸 위에 있음[在諸軍之上]을 뜻한다고도 하나, 둘 모두 최고의 군권(軍權)을 나타내는 데는 차이가 없다.

송의가 회왕의 오래된 측근이기는 하지만 그를 문관으로만 알아 온 사람들은 그 뜻밖의 중용(重用)에 그저 아연해했다. 하지만 그 내막을 들여다보면 일이 그리된 게 별로 놀라울 것도 없었다. 송의 자신도 그동안 틈만 나면 병가로서의 역량을 회왕에게 은근히 과시해 온 데다, 그 무렵 제나라의 사신으로 팽성에 와 있던 고릉군(高陵君) 현(顯)의 치켜세움도 한몫을 단단히 했다.

"송의는 실로 장재(將材) 중의 장재입니다. 지난번에 제가 사자로서 무신군 항량의 군중으로 찾아가는 길에 만났을 때, 그는 반드시 항량이 장함에게 크게 질 것이라고 말했습니다. 그런데 과연 며칠 되지 않아 초군은 대패하고 항량은 난군(亂軍) 중에 죽고 말았습니다. 그처럼 싸우기도 전에 미리 질 징조를 알아보았다면 이야말로 군사를 부릴 줄 아는 사람이라 할 수 있지 않겠습니까?"

그 깨우침 덕분에 한목숨 건진 고마움까지 보태 고릉군 현이 그렇게 입에 침이 마르도록 송의를 치켜세웠다. 거기다가 옛날부터 알고 지내던 자기 사람에게 힘을 실어 주고 싶어 하는 회왕의 은밀한 바람이 겹쳐 송의는 하루아침에 초나라의 병권을 한 손에 거머쥐게 되었다.

# 송의를 베고 솥과 시루를 깨다

　　진 이세황제 2년 윤(閏) 9월 초나라 상장군 송의는 항우를 차장(次將), 범증을 말장으로 데리고 군사 5만과 함께 진군이 두텁게 에워싼 거록을 구원하러 팽성을 떠났다. 하지만 초군 장수는 거의가 항량이 거두어들인 이들이었으며, 개중에는 계포나 종리매, 환초, 용저같이 이미 항우의 심복이 된 이들도 있었다. 군사도 5만이라고는 하지만 대개는 유민들을 급하게 끌어모아 머릿수만 채운 터라, 알맹이가 되는 것은 역시 항우가 이끌고 있는 강동병(江東兵)이었다. 따라서 진중이 마냥 조용할 수만은 없었다.

　　"왕이 어찌 이럴 수가 있소? 양치기로 늙어 갈 촌뜨기를 왕으로 세운 게 누군데 우리 항 장군을 이렇게 푸대접할 수 있단 말이오? 무신군(武臣君)께서 이 꼴을 보신다면 지하에서도 통곡하실 것이오!"

저들 패거리만 모이자 종리매가 먼저 투덜거렸고, 환초와 용저도 거들었다.

"송의 제까짓 게 뭘 안다고, 여기저기서 한두 마디 귀동냥한 것으로 무슨 대단한 병가 행세를 하고 있으니⋯⋯."

"어쩌다가 비렁뱅이 떼 같은 식솔들 챙기기에 바쁜 늙은 책상물림 손에 우리 목숨이 매이게 되었소? 이렇게 가다가 우리가 어느 구덩이에 묻히게 될지 실로 걱정이오."

하지만 항우 자신은 태산처럼 침착하고 깊은 바다처럼 조용하였다.

"왕명이니 신하 된 자로서는 따를 뿐이오. 또 상장군이 모자란 데가 있으면 마땅히 우리가 채워 나가야 할 것이외다."

그러면서 더는 불평하지 못하게 그들을 오히려 단속했다. 성급과 고집, 그리고 격정으로 특징 지어지는 항우의 성격은 어쩌면 그의 정치적 패배 때문에 더욱 커진 뒷날의 폄하인지도 모른다. 적어도 그때까지는 항우도 예사 아닌 참을성 못지않게 깊은 헤아림을 지니고 있었다.

'내가 지금 바로 들고일어난다 해도 송의를 죽이고 회왕을 억눌러 병권을 되찾을 수는 있을 것이다. 하지만 범증처럼 옛 초나라 왕실에 깊은 충성심을 품고 있는 이들이나 패공 유방과 당양군 경포, 여신, 포장군같이 정통성이나 전통적인 권위에 기울 수밖에 없는 별장들을 달랠 길이 없다. 그게 언제일지 모르지만 곪은 종기가 터지듯 저들의 악과 어리석음이 무르익을 때까지 참

고 기다려야 한다. 장졸들 모두 내가 일어나 주기를 간절히 기다리릴 때까지.'

항우는 속으로 중얼거리면서 말없이 송의를 따랐다.

그런데 실로 알 수 없는 것은 상장군 송의였다. 5만 군사를 이끌고 기세 좋게 팽성을 나선 것까지는 좋았으나 그 뒤가 이상했다. 며칠 군사를 휘몰아 대듯 하여 거록까지 절반에도 못 미치는 안양에 이르더니, 거기에 진채를 내리게 하고 더는 움직일 줄 몰랐다. 그게 하루 이틀도 아니고 마흔여섯 날이나 이어졌다.

그사이 이세황제 2년 윤 9월도 가고, 다시 이세황제 3년이 되었다. 정월인 10월도 다해 가는 어느 날 항우가 마침내 상장군 송의의 군막을 찾아가 말했다.

"내가 듣기로 진나라 군사는 조왕 헐과 그 승상 장이를 거록성에 몰아넣고 에워싼 지 벌써 여러 날이 되었다고 합니다. 상장군께서는 장졸을 재촉해 강을 건너 하루빨리 거록으로 가야 합니다. 가서 우리 초나라가 바깥에서 치고 조나라가 안에서 호응하면 진군(秦軍)을 반드시 무찌를 수 있을 것입니다."

그러는 항우의 말뜻은 강해도 목소리는 공손하기만 했다. 송의가 병법과 책략은 혼자 다 안다는 듯 받았다.

"그렇지 않소. 무릇 소 등을 주먹으로 쳐서 등에[蝱]를 죽일 수는 있지만 이[蟣蝨]를 죽일 수는 없소. 비유컨대 진나라가 등에라면 장함은 이 같은 자이니, 크게 힘을 써서 진나라를 쳐 없애야지 조나라를 구하기 위해 장함 따위와 급하게 싸워서는 아니 된다는 뜻이오.

이제 진나라가 조나라를 치고 있는데, 설령 진나라가 이긴다 해도 우리는 그들이 지친 틈을 탈 수 있을 것이오. 또 진나라가 이기지 못할 때는 우리가 북을 울리며 서쪽으로 쳐들어가면 반드시 진나라를 우려뺄 수 있을 것이외다. 따라서 지금은 먼저 진나라와 조나라가 싸우도록 하는 것이 가장 좋은 계책이 될 것이오. 장군의 충심을 내 모르는 바 아니지만, 너무 걱정 마시오. 갑옷투구 차림에 무기를 잡고 싸움터에서 적과 맞붙는 일은 내가 장군보다 못할 것이나, 앉아서 계책을 베푸는 일은 장군이 나보다 못할 것이오."

송의는 그렇게 항우를 물리쳤지만 돌아서니 아무래도 마음이 놓이지 않았다. 이번에는 엄한 군령으로 항우의 기를 꺾으려 들었다.

"근래 군중의 기강이 해이해져 상하가 바로 서지 못하고 명이 제대로 지켜지지 않는다. 사납기가 호랑이 같고, 제멋대로 굴기가 양 같으며, 탐욕스럽기가 승냥이 같고, 제 뜻만 우겨 부릴 수 없는 자는 모두 목을 베리라!"

그런데 송의가 그렇게 억지를 부려 가며 안양에서 머뭇거리려야 하는 데는 다른 내막이 있었다. 바로 고릉군 현을 사이에 둔 제나라와의 뒷거래 때문이었다.


고릉군 현은 사신으로 제나라와 초나라를 오락가락하면서 누구보다도 초나라의 내막을 잘 알게 되었다. 내란을 겪고 있는 제나라와는 비교도 할 수 없을 만큼 강력한 초나라의 잠재력을 실감하였고, 항량과 오중의 호걸들로부터 송의와 초나라의 구 귀족 집단에게로 급속히 권력이 이전되는 것도 가까이서 보았다.

'우리 제나라가 진나라에 맞서 견딜 수 있는 계책은 초나라의 도움을 받는 것뿐이다. 그리고 초나라의 도움을 받기 위해서는 이 송의란 책략가의 힘을 빌리는 수밖에 없다. 먼저 이자를 구워 삶을 길을 알아보자.'

그렇게 마음을 정한 고릉군 현은 어느 날 호젓한 자리에 마주 앉게 되었을 때 슬쩍 송의의 속을 떠보았다.

"초나라와 제나라가 어떻게 맺어지면 한 몸처럼 힘을 합쳐 진나라에 맞설 수 있겠습니까?"

그러자 송의가 기다린 듯 대답했다.

"그야 옛적 합종의 역사를 더듬어 보면 되지요. 소진이 육국의 재상을 겸할 때가 육국의 합종이 가장 잘 이루어지지 않았습니까?"

"하지만 옛날과 달리 지금은 육국이 나라로서 제대로 갖춰지지 못했고, 그 사이에는 또 장함이 거느린 진의 대군이 가로막고 있습니다. 설령 소진이 다시 난다고 한들 어떻게 여러 나라의 재상을 겸할 수 있겠습니까?"

고릉군 현이 다시 그렇게 묻자 송의가 주름진 얼굴에 야릇한 미소를 지으며 말했다.

"실은 내게 양(襄)이란 아들이 있는데 그 재주가 자못 쓸 만합니다. 제나라가 그 아이를 데려다가 무겁게 쓰면, 그 아이가 비록 나와 한 몸은 아니라 하더라도 제나라와 우리 초나라는 한 재상이 다스리는 거나 다름없을 것입니다."

처음 그 말을 들었을 때 고릉군 현은 은근히 분하기까지 했다. 송의가 아무리 크고 힘센 나라의 실권자라지만, 이건 아들을 보내 남의 나라 내정까지 주무르겠다는 것이나 진배없지 않은가. 하지만 다시 생각해 보니 꼭 그렇지도 않았다.

'제 딴에는 아들을 보내 우리 제나라를 어찌해 보려는 수작인지 모르지만, 우리 제나라로 보면 오히려 좋은 인질을 하나 잡게 되는 것이나 다름없을 수도 있다. 아들이 제나라 조정에 와 있는 한 송의 저는 싫어도 우리 제나라를 위해 일하지 않을 수 없을 것이다. 좋다. 그리해 보자. 송의가 초나라를 돌보지 않고 다만 우리 제나라를 위하여 저희 왕을 움직여 준다면 그 아들 송양(宋襄)에게 무슨 자린들 얻어 주지 못하겠는가.'

그렇게 마음을 바꾼 고릉군 현은 곧 송의와 제나라 사이에 다리를 놓기 시작했다. 제나라의 실권을 잡고 있는 재상 전영(田榮)과 대장군 전횡(田橫)에게 먼저 그 일을 알려 의논을 맞춘 다음 제왕(齊王) 전불(田市)에게도 알려 허락을 받았다. 그러나 송양에게 내릴 벼슬을 정하는 일이 쉽지 않은 데다 사자가 오가는 길이 멀어, 팽성에서 시작된 그 뒷거래는 송의가 안양에 군사를 머물게 한 뒤로도 달포를 더 끌게 되었다.

그러다가 제나라가 마침내 송양에게 재상 자리를 내주며 부른 것은 안양에 머문 지 쉰 날을 넘긴 뒤였다. 송의는 몸소 무염까지 가서 제나라 사신과 아들을 전송하며 크게 잔치를 열었다. 그러나 때는 윤달이 낀 10월 하순이라 날은 차가운데 비까지 퍼부었다. 거기다가 싸움도 없이 한곳에 오래 머문 바람에 그 무렵에는 군량마저 넉넉하지 못했다.

제대로 먹지 못한 데다 추위에까지 떨며 술과 고기로 흥청거리는 잔치를 지켜보게 되니 사졸들의 불평이 이만저만이 아니었다. 항우가 그 틈을 놓치지 않고 등 뒤에서 소리 높여 송의를 나무랐다.

"죽을힘을 다해 진나라를 쳐야 할 이때 일없이 한곳에 오래 머물며 움직일 줄 모른다. 흉년이 들어 백성들은 궁핍하고, 사졸들은 나물과 콩으로도 배를 채우지 못하며, 진중에는 군량이 없는데, 술을 마시며 크게 잔치나 벌인다. 군사를 이끌고 강을 건너 조나라 군량을 먹으며 조나라와 힘을 합쳐 진나라를 치려고 하지는 않고, 그저 말로만 적이 지친 틈을 타겠다고 한다. 무릇 진나라의 강함을 들어 새로 생긴 조나라를 치면 그 형세로는 조나라가 질 게 뻔하다. 그래서 조나라는 망하고 진나라는 더욱 강해진 뒤에 틈을 타기는 무슨 틈을 탄다는 말인가! 또 우리 초나라 군사는 방금 정도에서 크게 진 뒤라 대왕께서 앉아 계시어도 자리가 편치 못하실 지경이다. 온 나라의 병사를 쓸어 모아 모두 상장군에게 맡기셨으니 나라의 편안함과 위태로움이 실로 이번 싸움에 달려 있다. 그런데도 이제 사졸들은 돌보지 않고 사사로운 정만을 따르니 이는 결코 충심으로 나라를 지키려는 신하가 아니다!"

송의에게라기보다는 장졸들에게 외치는 소리였다. 듣고 난 장졸들이 하나같이 고개를 끄덕였다. 어지간한 범증조차도 송의의 군막을 향해 불길이 뚝뚝 듣는 듯한 눈길을 보냈다. 하지만 항우는 그래도 며칠을 더 기다리다가 손을 썼다.

항우가 상장군 송의를 죽인 것은 이세황제 3년 동짓달 초순이었다. 이제 때가 충분히 무르익었다 싶자 항우는 새벽같이 보검을 차고 송의의 군막을 찾아갔다. 막 잠자리에서 깨난 송의가 뭔가 심상찮은 느낌으로 가슴 섬뜩해하며 항우에게 찾아온 까닭을 물으려는데, 항우가 벽력같이 소리쳤다.

"내 대왕의 명을 받들어 나라를 저버린 간적을 죽인다!"

이어 칼빛이 번쩍하더니 송의의 머리가 그 어깨 위에서 떨어졌다. 명색이 상장군의 군막이라 안팎에 사람이 없었던 게 아니었으나, 차장인 항우가 갑작스레 손을 쓴 것이라 송의를 구하기는커녕 그를 위해 비명조차 제대로 질러 보지 못했다.

피 흐르는 칼을 씻어 칼집에 꽂은 항우는 벌벌 떨고 있는 군막 안의 사졸들에게 목소리를 부드럽게 하여 말했다.

"송의가 제나라와 짜고 초나라에 반역하려고 드니, 대왕께서 가만히 사람을 보내 이 적(籍)에게 그를 죽이라 명하셨다. 너희들은 두려워하지 말고 어서 나가 장수들이나 모두 이 군막으로 불러 모으라."

그리고 오래잖아 장수들이 모여들자 항우는 송의의 머리를 번쩍 들어 모두에게 보이며 한 번 더 큰 소리로 외쳤다.

"송의가 제나라와 짜고 우리 초나라에 모반하려고 들었소. 대왕께서 가만히 명을 내려 그를 목 베라 하시기에 이 아침 그 명을 받들었소이다."

그러자 진작부터 항우의 심복이 되어 있던 장수들은 말할 것
도 없거니와, 은근히 송의 쪽으로 기울어 있던 장수들까지도 두
려움에 차 그 말을 받아들이고 감히 항우와 맞설 엄두를 내지 못
했다.

"처음 초나라를 세우신 것은 장군의 집안이었습니다. 이제 장
군께서 다시 난신을 죽여 나라를 바로잡으셨으니 또한 초나라
백성들의 크나큰 복입니다."

장수들은 입을 모아 말하며 항우를 세워 임시로 상장군을 대
신[假上將軍]하게 하였다. 뿐만이 아니었다. 장수들은 또 사람을
시켜 송의 아들 송양을 뒤쫓게 하니, 그 명을 받은 자들은 제
나라까지 따라가서 그를 죽였다. 그런 다음 환초를 팽성으로 보
내 회왕에게 그동안 있었던 일을 알리게 하였다.

환초로부터 송의 부자가 죽은 것과 그 뒤에 장수들이 모여 저
희끼리 항우를 상장군으로 받든 일을 전해 들은 회왕은 몹시 놀
랐다. 송의와 옛 초나라 공족(公族) 부스러기들의 부추김 때문에
빠져들었던 단꿈에서 소스라쳐 깨어나 자신의 처지를 돌아보았
다. 항량과 범증이 양치기인 자신을 처음 찾아왔을 때를 떠올리
다가, 다시 무엇에 홀린 듯 보낸 지난 몇 달을 돌이켜 보며 후회
와 두려움으로 몸을 떨었다.

그렇게 되자 뒷일은 항우의 바람대로 풀려 갔다. 회왕은 항우
에게 자신이 세운 상장군을 함부로 죽인 죄를 묻기는커녕 오히
려 상장군의 패인(牌印)과 상을 내려 반적을 주살한 공을 치하했

다. 또 전에 송의의 뒤를 받쳐 주기 위해 당양군 경포와 포장군을 비롯한 여러 별장들을 모두 불러들이게 했는데, 때마침 그들이 팽성에 이르자 회왕은 그들도 모두 항우에게 보내 그 밑에서 싸우게 했다.

항우가 경자관군(卿子冠軍) 송의를 죽인 뒤로 그의 위엄은 온 초나라에 진동하고, 명성은 다른 제후들에게도 널리 알려졌다. 그 때문인지 옛 제나라 왕 전건의 손자 안(安)이 제북에서 적잖은 군사를 이끌고 와 항우 밑에서 싸우기를 원했다. 거기다가 패공 유방을 빼고는 별장들도 모두 항우 밑에 모인 셈이라 이제는 군세도 항량이 살아 있을 때보다 작지 않았다. 그때 다시 조나라에서 사자가 달려와 위급을 알렸다.

"거록성 북쪽에 진을 치고 있던 진여의 군사들 가운데 5천 명이 거록성을 구하러 왔다가 진군에게 몰살당하고 말았습니다. 또 연나라와 제나라와 대(代) 땅의 군사들이 저마다 구원을 와 있으나 한결같이 누벽을 높이 쌓고 틀어박혀 있을 뿐, 감히 진군과 싸울 엄두를 내지 못하고 있습니다. 초나라의 강병이 아니고는 아무도 우리 조나라의 위태로움을 구해 줄 수 없을 듯합니다."

그러면서 그 경위를 자세히 털어놓았다.

그때 거록성을 에워싸고 있던 것은 장함의 부장 왕리(王離)가 이끄는 10만 진군이었다. 그리고 다시 장군 소각과 섭간이 각기 5만 군사를 거느리고 거록 인근에 진세를 펼쳐 왕리의 뒤를 받쳐 주었다. 장함은 따로 5만 군사를 이끌고 극원에 자리 잡고 있으면서 거록성 밖 왕리의 진채에서 하수까지 양쪽에 흙담을 쌓아 올린 길[甬道]을 만들게 했다. 하수 물길로 실어 온 군량을 왕리에게 안전하게 대어 주기 위함이었다.

오래잖아 그 흙담 길이 다 만들어지자 왕리의 군사들에게는 군량이 넉넉해졌고, 그 때문에 한층 맹렬히 거록성을 공격하게 되었다. 그러나 성안은 군사가 많지 않은 데다 군량까지 떨어져 형편이 말이 아니었다. 이에 조나라 승상 장이는 여러 차례 사람을 성 밖으로 내보내 거록성 북쪽에 진 치고 있는 대장군 진여에게 속히 군사를 내라고 재촉했다.

그러나 진여가 거느린 3만 대군은 왕리의 10만 대군에 비해 터무니없이 머릿수가 적고 사기가 떨어져 있었다. 진여가 함부로 움직이지 못해 몇 달이나 머뭇거리며 군사를 내지 않자 성안에서 고초를 당하던 장이는 몹시 성이 났다. 거느리던 장수 장염(張黶)과 진택(陳澤)을 다시 성 밖으로 내보내 진여를 찾아보게 하고 크게 꾸짖었다.

"일찍이 공과 나는 서로를 위해 목을 잃어도 아깝지 않을 교분[刎頸之交]을 맺은 바 있소. 거기다가 지금 나는 우리 대왕과 더불어 성안에 에워싸여 아침저녁으로 죽을 고비를 넘기고 있소이다. 그런데도 그대는 수만의 병사를 끼고 앉아 우리를 구해 주지 않으니, 어디에 서로를 위해 목숨을 바친다는 의리가 있다는 말이오? 그대가 신의를 지키고자 한다면 어찌 진나라 군사와 싸워 함께 죽기를 마다하는 것이오? 만약 그대들이 죽기로 싸운다면 그래도 열에 한둘은 살아남아 신의를 다할 수 있을 것이며, 죽은 이도 오래 잊히지 않을 아름다운 이름을 얻을 것이외다."

그러자 진여가 안타까운 표정으로 대답했다.

"장 공께서는 너무도 이곳의 실정을 모르십니다. 지금은 내가 거느린 군사를 모두 내던져 밀고 나간다 해도, 조나라는 구하지 못하고 군사만 잃게 되고 말 것입니다. 또 내가 그렇게 하여 군사들과 함께 죽지 못하는 까닭은 혼자라도 살아남아 조왕과 장 공의 원수를 갚아 주기 위함입니다. 지금 진나라 군사에게 덤비는 것은 굶주린 범에게 고기를 던지는 것과 같으니, 무슨 이로움이 있겠습니까?"

이번에는 장염과 진택이 진여를 몰아댔다.

"하지만 성안의 일은 급박하기 짝이 없습니다. 대왕과 승상 모두 이대로 가면 며칠을 버텨 낼 수 있을지 실로 걱정입니다. 그런데 대장군께서는 어찌 죽음으로 신의를 세울 생각은 않으시고, 가만히 앉아 뒷일만 헤아리고 계신단 말입니까?"

그들까지 그렇게 나오자 진여도 마음을 바꾸었다.

"그래야 아무 쓸모없을 것이라 보지만, 두 분께서도 그리 말씀하시니 어쩔 수 없구려. 군사 5천을 나누어 줄 터이니 두 분께서 이끌고 가서 한번 진군과 싸워 보시오. 나도 형편을 보아 움직이도록 하겠소."

그러면서 군사 5천 명을 떼어 주었다.

장염과 진택은 성안으로 신호를 보내기 바쁘게 5천 군사를 휘몰아 진군에게 부딪쳐 갔다. 하지만 장한 것은 기세뿐, 처음부터 어림없는 싸움이었다. 두텁게 성을 에워싸고 있던 진군이 되돌아서서 거세게 맞받아치니, 장염과 진택의 5천 군사는 화톳불에 눈발 녹듯 스러졌다. 성안에 있던 조나라 군사들이 제대로 호응해 나오기도 전에 하나도 남김 없이 진군에게 죽임을 당하고 말았다.

그때 거록성 밖에는 연나라와 제나라의 구원병이 와 있고 장이의 아들 장오(張敖)도 대 땅에서 거둔 군사 1만여 명을 이끌고 와 있었다. 그러나 진군이 워낙 대군인 데다 기세까지 사나워 모두 누벽을 높이 쌓고 지키기만 할 뿐, 감히 싸울 마음을 먹지 못했다. 누가 와서 전기를 마련해 주지 않으면 가망 없다고 여긴 진여가 다시 초군에 사람을 보내 간절하게 구원을 빌었다. 항우를 찾아온 것은 바로 그 진여가 보낸 사자였다.


송의를 죽여 일찍이 항량이 가지고 있던 병권을 되찾을 때까지 항우가 보여 준 참을성과 헤아림에 못지않게 뒷사람들에게 잘 알려지지 않은 그만의 비상함은 하나 더 있다. 그것은 사물의 기미를 빠르고 정확하게 파악하는 힘이었다. 넓게는 삶과 세상을 바닥으로부터 바꾸어 놓는 조짐이나 계기이고, 좁게는 싸움터에서의 이기고 짐을 가르는 전기(戰機) 같은 것으로 나타나는 어떤 미묘한 기운을 항우는 누구보다도 예민하게 느낄 줄 알았다.

그때도 그랬다. 항우는 진여나 조나라가 중요한 것이 아니라, 자신이 어렵게 손에 넣은 힘과 권위를 확대하는 계기로써 거록이란 싸움터가 더할 나위 없이 유용함을 본능적으로 알아차렸다. '나는 끝엣아버님이 목숨을 바쳐 쌓아 올린 것들을 어렵게 되찾았지만 그것만으로는 모자란다. 그것들을 보다 굳건히 하고 키워 나가지 않으면 안 된다. 그리고 지금으로서는 이 거록에서 장함을 쳐부수는 것이 가장 빠른 지름길이 된다. 장함을 이겨 초나라뿐만 아니라 천하의 항우가 되어야 한다…….

하지만 서둘러서는 안 된다. 나중에 그 때문에 더 많은 것을 잃게 되더라도 당장은 제후군(諸侯軍)의 절망과 낙담을 키워야 한다. 저들이 쌓인 패배의 무게를 더 견뎌 내기 어려울 때까지 기다렸다가 한 싸움으로 그것을 덜어 주어야 한다. 그래야만 보다 뚜렷하게 초나라의 항적(項籍)이 아닌 천하인(天下人)으로서의 항적을 저들에게 알릴 수 있다.'

그렇게 본 항우는 먼저 별장으로 뒤늦게 그리로 온 당양군 경포와 포장군을 불렀다.

"당양군과 포장군은 군사 2만을 거느리고 먼저 조나라로 가서 거록을 구하시오. 적은 대군이니 힘으로 맞서 억지로 싸우지는 마시오. 또 반드시 이기려 하다가 군사를 잃는 일도 있어서는 안 될 것이오. 다만 초나라도 구원을 왔다는 것만 밝히고, 군세를 보존한 채 기다리면 내가 대군을 이끌고 가서 장함과 자웅을 가리겠소!"

항우가 그렇게 명을 내리자 경포와 포장군은 다음 날로 군사를 몰아 북쪽으로 달려갔다.

하지만 병법에 밝다는 대장군 진여조차 진군의 기세에 눌려 제 땅에서 모은 3만 군사를 이끌고도 몇 달째 한곳에서 꼼짝달싹 못하고 있는 판이었다. 멀리서 오느라 지친 데다 지리에도 어두운 초군 2만으로 할 수 있는 일은 그리 많지 않았다. 다만 경포가 이따금 한 번씩 날랜 군사를 내어 진군을 치고 빠짐으로써 초나라도 구원을 왔음을 제후들과 진군에게 겨우 알릴 뿐이었다.

그러자 답답해진 진여는 다시 항우에게 사람을 보냈다.

"장함을 쳐부수고 거록을 구하는 것은 한 제후국 조나라를 살리는 일에 그치지 않습니다. 무도한 진나라를 쳐 없애고 어지러운 세상을 바로잡는 일입니다. 그런데 그 일은 이제 오직 장군께 의지할 수밖에 없게 되었습니다. 제후들은 장군께서 대군을 이끌고 거록으로 오시어 모두를 이끌어 주시기만을 목을 빼어 기다리고 있습니다."

사자는 항우에게 그렇게 진여의 말을 전했다. 항우는 그래도 열흘이나 더 시간을 끌다가 마침내 몸소 대군을 움직였다.

진 이세황제 3년 12월, 항우는 장함의 대군에게 에워싸여 위태로운 거록을 구하기 위해 군사 5만을 이끌고 장하(漳河, 위하의 지류로 장수라고도 한다.)를 건넜다. 강을 건너자마자 항우가 장졸들을 불러 모아 놓고 소리쳤다.

"배는 모두 부수거나 바닥에 구멍을 뚫어 강에 가라앉히도록 하라! 우리가 그 배를 타고 되돌아가는 일은 없을 것이다. 싸움에 지면 죽음이 있을 뿐이니 돌아갈 배가 무슨 소용이랴. 싸움에 이겨 거록을 구해도 마찬가지다. 진군을 뒤쫓아 서쪽으로 가서 함양을 치고 포악한 진나라를 둘러엎을 것이니, 돌아갈 배는 쓸모가 없다.

군량은 사흘치만 남기고 모두 버려라! 장함에게 지면 곡식을 먹을 목숨이 붙어 있지 않을 것이요, 이겨 조나라를 구하면 조나라의 곡식을 먹게 될 것이니, 여러 날을 무겁게 군량을 지고 다닐 까닭이 무엇이냐? 국과 밥을 짓는 솥과 음식을 찌는 시루[甑]는 모두 깨어 버리고 막사도 불살라 버리도록 하라! 또한 싸움에 이기지 못하면 먹이고 재워야 할 몸이 남아 있지 않을 것이요, 이기면 진나라의 솥과 시루를 뺏어 음식을 만들고 그 막사에서 자면 된다."

그렇게 필사의 각오를 내세워 장졸들을 분기시켰다. 옛적 진(秦) 목공 때 백리해의 아들 맹명시(孟明視)가 대군을 이끌고 진(晉)나라를 치기 위해 동쪽으로 황하를 건넌 뒤에 보여 준 바 있었던 결연하고도 비장한 결의였다.

상장군 항우가 그렇게 나오자 5만 장졸도 모두 감동해 그를 따랐다. 이기지 않고는 살아서 돌아오지 않을 것을 서로 다짐하며 배를 가라앉히고 솥과 시루를 부수었다. 그런 다음 오직 사흘치의 양식만을 지닌 채 진군과의 결전을 벼르며 장하를 뒤로 했다.

그 바람에 한낮이 되어서야 길을 떠난 초나라 군사들은 그날 해 질 무렵에야 폐허가 되다시피 한 조나라의 옛 도성 한단에 이르렀다. 한단이 그 모양이 된 까닭은 한 싸움으로 성을 떨어뜨린 장함이 그 안팎의 성벽을 남김 없이 허물고 그 안에 살던 백성들을 모두 하남으로 흩어 버린 탓이었다. 그곳 허물어진 성터에서 하룻밤 군사들을 쉬게 한 항우는 다음 날 일찍 군사들을 북상시켜 다시 해 질 무렵에는 극원으로 다가들었다.

항우가 송의를 목 베 초나라의 군권을 잡으면서 구차한 말장의 직책을 벗어나 군사(軍師)의 자리를 되찾게 된 범증이 말했다.

"여기서 잠시 군사를 쉬게 하다가 날이 어둡거든 다시 떠나는 게 좋겠습니다. 길을 두르더라도 극원을 피해 가야 합니다."

"그건 왜 그렇소?"

항우가 떨떠름한 얼굴로 물었다. 항량이 죽은 뒤로 항우는 전처럼 범증을 믿지 않았다. 군사로서 항량 곁에 있었으면서도 정도에서의 참패를 막지 못했다는 데서 품게 된 의심 때문일 것이다. 그런 항우의 심중을 모를 리 없는 범증이 애써 부드러운 표정을 지으며 대답했다.

"극원에는 장함의 본진이 있습니다. 우리가 극원으로 들어가면 바로 적의 주장 장함과 맞서게 되는데, 그리되면 장함은 열에 아홉 시일을 끌며 대군을 한곳으로 집중한 뒤에 우리를 덮쳐 올 것입니다."

"그럼 간명하고 좋지 않소? 한 싸움으로 모든 것이 판가름 날 테니."

"그렇지 않습니다. 지금 장함의 대군은 겉으로는 20만을 내세우고 있지만 실제로는 30만을 훨씬 웃돈다고 합니다. 장함이 거듭 싸움에 이기자 진왕(陳王)의 기의(起義)에 쫓겨 흩어졌던 진나라의 옛 관병들이 다시 기세를 회복해 그에게로 모여든 까닭입니다. 하지만 우리는 앞서 간 당양군 경포와 포장군의 군사가 온전하다 해도 7만을 채우지 못합니다. 게다가 그마저도 우리 장졸의 태반은 두 달 전에 바로 그 장함에게 호된 맛을 보고 죽을 고

비를 넘긴 자들입니다. 그런 7만으로 집중된 30만의 적을 정면
으로 받아서는 결코 승산이 없습니다."

"그럼 여기까지 와서 싸워 보지도 않고 달아나기라도 하자는
말이오?"

"그게 아니라, 곧장 거록으로 다가들어 성을 에워싸고 있는 왕
리와 극원에 있는 장함 사이로 파고들자는 것입니다. 듣기로는
적장 소각과 섭간도 따로 군사를 이끌고 용도(甬道)를 지키는 일
을 맡아 보고 있다 하니, 그렇게 하면 우리는 절로 적을 세 토막,
네 토막 내어 싸우는 셈이 됩니다."

"그 말은 동시에 서너 갈래의 적에게 에워싸일 수도 있다는 뜻
이 되지 않겠소?"

항우는 누구보다도 싸움의 기미에 민감한 장수였다. 범증의 말
뜻을 알아듣지 못한 게 아니었으나 항량의 죽음이 여전히 마음
에 앙금으로 남아 그렇게 어깃장을 놓게 했다. 범증이 참을성 있
게 받았다.

"그렇지 않습니다. 시의(時宜)만 적절하면 이번에는 오히려 우
리가 집중된 힘으로 분산된 적을 치는 이로움을 차지할 수 있습
니다. 곧 적이 집중할 틈을 주지 않고 하나씩 끌어내 차례로 쳐
부순다면 아무리 대군이라도 겁날 게 없습니다."

"한꺼번에 우리 군사만큼씩만 쳐부순다 해도 다섯 번은 힘든
싸움을 치러야겠군."

"그 배로 싸워야 될지도 모르지요. 지금까지 장함은 싸움에 져
흩어진 군사를 거두어들이는 일뿐만 아니라, 새로운 군사를 모아

들이는 데도 남다른 재주를 보여 왔습니다. 따라서 집중된 힘으로 분산된 적을 친다고 해도, 다른 제후들의 허술한 군사들로는 애초부터 어림도 없는 일입니다. 하지만 장군과 우리 초나라 군사라면 넉넉히 해낼 수 있습니다. 장군의 무위와 우리 초나라 군사들의 용맹이 있어 이 계책을 세울 수 있는 것입니다."

항우는 진작부터 범증이 하는 말을 다 알아듣고 있었다. 항량의 죽음 때문에 뒤틀린 심사를 온전히 다스리지는 못했지만 거기까지 듣자 더는 어깃장을 놓지 않았다.

"알겠소. 군사의 가르침을 따르겠소이다."

한결 풀린 얼굴로 그렇게 말하고는 곧 군령을 내렸다.

"여기서 행군을 멈추고 군사들에게 저녁을 지어 먹이도록 하라. 밤이 깊을 때까지 쉬다가 극원을 에둘러 거록으로 갈 것이다!"

그리하여 극원을 우회한 항우와 초나라 군사들이 가만히 거록 남쪽 벌로 밀고 든 것은 다음 날 새벽이었다. 항우는 날래고 눈치 빠른 군사들을 풀어 당양군 경포와 포장군을 찾아보게 한 뒤 남은 장졸들은 다시 날이 밝을 때까지 쉬게 했다.


그때 거록성 밖 벌판은 성을 들이치는 진나라 군사들과 구원을 온 제후의 군사들이 세운 진채로 어지러웠다. 진나라 군사들의 진채 중에서 가장 볼만한 것은 성을 에워싼 왕리의 진채였다. 10만 군사를 거느린 왕리는 농성이 길어지자 자신의 진채에다 누벽을 쌓았는데, 다시 용도가 그 누벽에 이어져 멀리 황하까지 이르렀다.

그다음은 5만 군사로 용도를 지키는 소각의 진채였다. 용도가 성한지를 잘 살필 수 있는 언덕 여러 곳에 나누어 세웠으나 그 사이에 비마(飛馬)를 띄워 서로 연결이 끊어지지 않게 했다. 그리고 다시 왕리와 소각의 진채와 더불어 솥발[鼎足]의 형세를 이루며 펼쳐져 있는 게 5만 군사로 뜻밖의 변화에 대응하기로 되어 있는 섭간의 진채였다.

연나라, 제나라를 비롯해 조나라를 구원하러 온 여러 갈래의 제후군은 그런 진나라 군사들의 진채에서 멀찍이 떨어진 곳에 또 하나의 원을 이루며 진채를 세웠다. 그들 중에는 장이의 아들 장오(張敖)가 대 땅에서 거둔 군사 만여 명과 진여가 이끈 하북군(河北軍) 수만이 세운 진채도 섞여 있었다. 모두가 싸우러 왔다기보다는 겁먹은 구경꾼처럼 높고 두터운 누벽 뒤에 숨어 형세만 살피고 있을 뿐이었다.

날이 밝자 전갈을 받은 경포와 포장군이 이끌고 간 군사들과 더불어 항우를 찾아왔다. 장졸 모두가 고달프고 지친 행색이었다. 항우가 은근히 나무라는 말투로 경포에게 물었다.

"군사 2만을 대군이라 할 수는 없으나 그래도 적의 한 갈래 인마는 쳐부술 수 있었을 것이오. 거기다가 장군의 용맹 또한 남다른데 실로 알 수 없구려. 보름이 넘도록 작은 전과도 없이 쫓기기만 하셨다니 어찌 된 일이오?"

경포가 잠깐 무안한 낯빛을 했다가 문득 멀리 벌판 사이에 드러나 있는 긴 담벼락 같은 것을 가리키며 말했다.

"바로 저 용도 탓입니다."

152

그 말에 항우가 경포가 가리킨 곳을 찬찬히 살폈다. 용도는 양편에 높고 두텁게 담을 쌓은 길로 위가 열린 땅굴 같은 것이었다. 원래는 시황제 때 황제의 움직임을 여느 백성들의 눈에 띄지 않게 하기 위해 함양 인근의 궁궐 사이에 만든 길이었으나, 그 무렵 장함은 그 용도를 군사적으로 쓰고 있었다.

　　"용도가 어쨌기에?"

　　"진나라는 저 용도를 통해 군량을 나르고 군사들을 옮기니 밖에서는 저들의 움직임을 잘 알 수가 없습니다. 하지만 용도를 끊으려 하면 어디서 나타났는지 소각의 군대가 벼락같이 들이치고, 다시 섭간이 그 뒤를 받쳐 주니 저희 군사로는 당해 낼 길이 없습니다. 게다가 어떤 때는 용도 안에서도 진군이 뛰쳐나와 세 겹, 네 겹으로 우리를 에워싸고 맙니다. 그 바람에 제대로 싸워 보지도 못하고 군사만 상하고 말았습니다."

　　그때 곁에서 가만히 얘기를 듣고 있던 범증이 문득 경포에게 물었다.

　　"용도를 끊기 시작하고 얼마 만에 소각의 군사가 나타났소?"

　　"처음 3천은 두 각(刻, 15분)이 되기 전에 달려왔습니다. 어림으로는, 용도를 끊는 데 한 시진(時辰, 2시간)을 끌면 소각이 이끈 5만 군사를 모두 맞아야 할 것이고, 다시 한 시진을 더 끌면 섭간의 유군(遊軍) 5만에다 용도에서 쏟아져 나온 왕리의 군사까지 등 뒤로 받아야 할 것입니다."

　　초나라 쪽으로 보아서는 결코 반가운 얘기가 못 되었으나 범증의 얼굴은 왠지 갈수록 밝아졌다. 항우가 들으라는 듯 짐짓 큰 소리로 중얼거렸다.

"용도를 따라 달려온 군사들은 그 수가 적고 전면(前面)이 좁아 걱정할 게 못 된다. 또 성을 에워싸고 있는 왕리의 대군은 길이 멀 뿐만 아니라 함부로 에움을 풀고 진채를 버릴 수가 없어 이곳까지 이르는 데 적어도 하루 날은 걸릴 것이다. 어쩌면 오히려 제자리에 주저앉아 우리가 가기를 기다릴 수도 있고……."

"무슨 뜻이온지?"

이왕 범증의 계책을 받아들이기로 해서인지 항우가 솔직하게 물었다. 범증이 밝은 목소리로 말했다.

"저 용도가 잘게 분산된 적을 차례차례 우리 앞으로 불러들이는 데 미끼가 되어 줄 듯합니다. 이곳에서 먼저 군사 약간을 내어 용도를 끊으면, 그걸로 우리는 이곳에 앉아 소각과 섭간의 군사를 나누어 불러낼 수 있을 것입니다. 그들이 오면 우리는 대군을 들어 그들을 차례로 무찌른 뒤, 다시 전군을 들어 왕리의 진채를 들이치면 됩니다. 그때 성안이 호응하여 왕리마저 꺾어 버릴 수 있다면 극원에 있는 장함은 전혀 걱정할 게 없습니다."

"그렇지만 장함이나 왕리가 미련스레 자신의 진채에 눌러앉아 소각과 섭간이 차례로 무너지는 걸 가만히 보고만 있겠소?"

항우가 문득 걱정스러운 얼굴로 물었다. 범증이 태평스레 대꾸했다.

"어제 이미 말씀드리지 않았습니까? 우리가 극원을 밤길로 가만히 우회한 것은 장함이 움직이기 전에 거록의 싸움을 끝내기 위함이었습니다. 싸움을 서둘러서 소각과 섭간과 왕리의 패보(敗

報)가 잇따라 극원에 이르도록 하면 장함이 제아무리 침착한 장수라도 얼이 빠져 쉽게 움직일 수 없을 것입니다. 또 우리가 소각과 섭간을 차례로 쳐부수는 동안에 왕리가 전군을 들어 맞서 오는 것도 그리 걱정할 일은 아닙니다. 왕리는 장함을 따라나선 이래 계속되는 승리에 취해 있을 뿐만 아니라, 이곳의 싸움 전체를 통괄하는 주장이 아니기 때문입니다. 거록성을 에워싸고 들이치라는 명은 받았지만 소각과 섭간을 구하라는 명은 받지 않았으니, 설령 왕리가 소각과 섭간의 위급을 안다 하더라도 그들을 구하기 위해 함부로 에움을 풀고 이쪽으로 대군을 내지는 못합니다. 그보다는 앞서 말씀드린 대로, 굳게 제자리를 지키며 우리가 그리로 밀고 들 때까지 기다리기 십상일 것입니다."

거기다가 범증은 또 왕리가 3대째 장군가의 자손임을 말하려다 입을 다물었다. 왕리의 할아버지 왕전은 늙어 물러나 있는데도 시황제가 찾아가 불러냈을 만큼 진나라의 큰 장수였다. 또 그 아비 왕분(王賁)도 연왕(燕王)과 대왕(代王)에 이어 제왕(齊王)까지 사로잡아 시황제의 일통천하를 마무리한 명장이었다. 몽오와 몽무를 아비로 둔 대장군 몽염이 억울하게 죽은 뒤로 세간에는 3대로 이어 오는 장군은 두려워할 것이 없다는 말이 떠돌고 있었다. 대를 이어 장수 노릇을 하는 동안, 남의 사직을 다치게 하고 수십 수백만 명의 목숨을 해쳤기 때문이었다. 그러나 항우 또한 대를 이은 장군가의 자손이라, 범증은 그 얘기까지 끌어낼 수는 없었다.

항우도 범증의 말이 끝나자 더 묻지 않았다. 논의는 그것으로 되었다는 듯, 먼저 밤길을 달려온 장졸들을 배불리 먹여 쉬게 하고 자신도 군막에 들어 전포를 걸친 채 코를 골았다. 그러다가 다음 날 해가 높이 떠오른 뒤에야 장수들을 불러 모으더니 미리 짜 놓은 듯 명을 내렸다.

"당양군과 포장군은 이곳의 형편을 익히 아니 오늘 싸움에서 앞장을 서 주어야겠소. 각기 군사 만 명을 이끌고 나가 저 앞 언덕 곁의 용도를 허물어 버리시오. 10리 거리로 나누어 용도의 벽을 허물되 군사의 반은 허물어지지 않은 용도 뒤에 숨겨 두었다가 소각의 군사들이 오면 맞받아치시오. 적병이 만 명이 넘어서면 이곳 본진의 구원이 있을 것이니 두려워할 것 없소."

먼저 경포와 포장군을 불러 그렇게 시킨 뒤에 다시 종리매와 용저를 불러냈다.

"종리 장군과 사마 용저는 각기 1만 군사를 이끌고 당양군과 포장군을 지켜 주시오. 언덕 그늘에 숨어 살피다가 적병이 1만이 넘거든 각기 달려 나가 여지없이 무찔러 버리시오! 적을 하나라도 살려 보내 그들이 다시 우리에게 창칼을 겨누게 되는 일이 있어서는 아니 될 것이오."

그런 다음 남은 장졸들을 한곳에 모아 놓고 소리쳤다.

"우리는 이곳에서 기다리다가 적장 소각이 전군을 이끌고 나타나면 일시에 나가 들이친다. 소각은 내가 잡을 것이니, 너희들도 저것들의 갑옷 한 조각 성하게 돌아가게 해서는 아니 된다!"

이에 장졸들은 명을 받은 대로 움직였다. 먼저 경포와 포장군은 각기 받은 군사를 이끌고 용도로 다가가 10리 사이를 두고 이쪽저쪽에서 용도의 담벼락을 허물기 시작했다. 남은 장졸들은 얕은 계곡과 나지막한 언덕 그늘에 숨어 진군의 반격을 기다렸다. 항우도 보검을 차고 오추마에 높이 올라 변화를 지켜보았다.

"온다!"
경포가 용도를 부수기 시작한 지 일각이나 제대로 지났을까? 벌판 멀리 서북쪽에서 부옇게 먼지가 일며 한 떼의 인마가 달려왔다. 대략 한 개 사(師, 2천5백 명) 남짓해 보였는데, 백여 기의 기마대를 앞세우고 달려오는 기세가 여간 날카롭지 않았다. 검은 기치나 보졸들까지 몸통에 번쩍이는 갑옷을 걸친 것으로 보아 틀림없이 진나라 군사들이었다.

기다리고 있던 경포가 용도 허물기를 그만두고 덮쳐 오는 진군을 맞받아쳤다. 믿는 데가 있어서인지 초군의 기세 또한 만만치 않았다. 곧 한바탕 마구잡이 싸움이 허물다 만 용도 곁에서 벌어졌다.

병장기와 조련에서 앞서고 먼저 공격한 기세가 있어서인지 한동안은 진군이 우세해 보였다. 그러나 미리 대비하고 있은 데다 머릿수에서도 나은 초군이 곧 전세를 뒤집었다. 다시 일각이 지나기도 전에 주춤거리기 시작하던 진나라 군사들은 경포가 범처럼 내달아 저희 장수를 찔러 죽이자 그대로 뭉그러지기 시작했다. 하나둘 창칼을 끌고 되돌아서 달아나는 군사들이 생겨났다.

그때 다시 용도 안에서 한 떼의 진군이 함성과 함께 뛰어나왔다. 땅에서 홀연히 솟은 듯 나타난 군사라 승세를 타고 있던 초나라 군사들은 그들을 보고 움찔했다. 그러나 밀리기 시작하던 진나라 군사들에게는 그만큼 힘이 되었다. 달아나던 자들도 걸음을 멈추고 창칼을 다시 꼬나잡았다.

그 바람에 진군과 초군 사이에 다시 한차례 맹렬한 싸움이 있었지만 오래가지는 않았다. 전날 범증이 헤아린 대로 용도의 폭이 좁아 한꺼번에 많은 군사들이 나올 수 없는 데다, 용도 안에서 뛰쳐나온 진군의 머릿수 자체가 그리 많지 못했다. 겨우 몇 백 명 뛰쳐나온 걸로 끝나자 용도 밖의 전세는 원래대로 돌아갔다.

오래잖아 용도를 지키러 달려왔던 진군은 흠씬 두들겨 맞은 개마냥 꼬리를 사려 달아나기 시작했다. 그런데 다시 서북쪽에서 부옇게 먼지가 일며 한 떼의 인마가 다가왔다.

"적병이다. 적병이 다시 몰려온다!"

그와 같은 군사들의 외침에 항우가 눈길을 모아 먼지 이는 쪽을 보니 이번에는 전보다 훨씬 군세가 컸다. 적어도 처음에 온 군사들의 대여섯 배는 되어 보였다. 소각이 다시 1군(一軍, 1만 2천5백 명)쯤을 급히 긁어모아 보낸 듯했다.

본진에서 응원군이 오자 진군의 기세는 달라졌다. 달아나던 군사들이 되돌아서서 그들과 합세하니 다시 검고 세찬 파도가 경포가 이끈 1만 초군을 휩쓸어 오는 것 같았다. 하지만 크게 걱정할 일은 없었다. 이번에는 언덕 그늘에 숨어 기다리던 종리매의 군사들이 함성과 함께 달려 나갔다.

"저 장수가 혹시 소각 아니냐?"

항우가 앞서 말을 달려오는 진나라 장수를 가리키며 곁에 있는 병졸에게 물었다. 경포에게 사로잡혀 항복한 진나라 병사로, 소각을 비롯해 진나라 장수들의 얼굴을 잘 안다 하여 특히 곁에 불러 놓은 자였다. 그 병졸이 목을 길게 빼고 건너다보다가 대답했다.

"아닙니다. 소각은 아니고, 그 부장 염웅(冉雄)인 것 같습니다."

"소각의 부장이라…… 그럼 종리매에게 맡겨도 되겠구나."

항우가 그렇게 말하며 움켜쥐었던 보검 자루를 놓았다. 그사이 진나라와 초나라의 응원군은 경포가 허물던 용도 근처에 이르고, 거기서 다시 한바탕 격렬한 싸움이 벌어졌다. 거록에서는 첫 번째의 접전이라 양쪽 모두 기선을 제압당하지 않으려고 가진 힘을 다했다. 그렇게 되자 승세는 이내 머릿수가 많고 믿는 바가 더 든든한 초나라 쪽으로 기울어졌다.

그때 다시 그 승세에 돌이킬 수 없는 쐐기를 박는 일이 벌어졌다. 항우가 믿은 대로 종리매가 달려 나가 앞장선 적장을 큰 칼로 찍어 버린 것이었다. 저희 대장이 두 토막이 나 말 등에서 떨어지는 것을 본 진군은 사태가 나듯 허물어져 쫓기기 시작했다. 기세가 오를 대로 오른 초나라 군사는 그런 진군을 뒤쫓으며 마음껏 베고 찔렀다. 용도를 지키러 나왔던 소각의 군사들은 그 싸움에서 태반이 죽거나 사로잡혀, 성하게 저들 진채로 돌아간 것은 절반을 넘지 못했다.

거기까지만 해도 흠잡을 데 없는 초군의 승리였고, 범증의 헤아림은 잘 맞아떨어졌다. 그런데 그다음이 그렇지가 못했다. 범증과 항우는 곧 소각이 전군을 들어 되받아치고 들 줄 알았으나 짧은 겨울날이 저물어 오도록 진군은 전혀 움직임이 없었다.

"소각이 어찌 된 일이오? 틀어박혀 있다가 야습이나 하겠다는 것이오?"

한바탕 모진 싸움을 벼르며 긴장하여 기다리던 항우가 알 수 없다는 듯 범증에게 물었다.

"저들이 우리 계책을 알아차린 게 아닌지 모르겠습니다. 하나씩 나뉘어 우리에게 맞서기보다 힘을 모아 한꺼번에 밀어붙일 속셈인 듯합니다."

"그래서 어찌하겠다는 것이오?"

"소각과 섭간만 힘을 합쳐도 거느린 군사가 10만이 넘습니다. 우리 군사의 두 배에 가까우니 우리에게는 매우 힘든 싸움이 될 것입니다. 거기다가 그 싸움에 시일을 끌어 왕리까지 이곳으로 끌어들이게 되면 실로 큰일입니다."

그렇게 말하는 범증의 얼굴에 언뜻 그늘이 스쳤으나 항우는 그리 크게 걱정하는 눈치가 아니었다.

"결국 되도록 빨리 우리 군사 하나가 진군 둘만 잡으면 된다는 얘기 아니오? 하지만 두 번 싸워야 할 걸 한 번에 해치우면 되니 소각과 섭간이 함께 몰려오는 게 반드시 나쁘지만은 않을 듯도 싶소."

그처럼 기죽지 않은 항우의 말을 듣자 범증도 어두운 기색을 걷어 내고 격려하듯 한 계책을 내놓았다.

"그래도 혹시 모르니 왕리의 원군이 오는 것을 미리 막아 두어야 합니다. 오늘 밤 이곳 지리에 밝은 장수 하나를 골라 그에게 날랜 군사 3천을 주고 왕리의 진채를 멀리서 에워싸도록 하십시오. 그들 모두 횃불을 밝혀 들고 북과 징을 울리면서 금세라도 들이칠 듯한 형국을 만들어 보이면, 놀란 왕리는 자기 진채를 지키는 데 급급해 감히 남을 구할 엄두를 내지 못할 것입니다."

"알겠소. 그래서 왕리를 사흘만 제 진채에 묶어 둘 수 있다면, 우리는 소각과 섭간의 군사를 쳐부수고 무사히 거록을 구할 수 있을 것이오."

범증의 말을 금세 알아들은 항우는 그렇게 말하고 장수들을 모두 자신의 군막으로 불러 모으게 했다.

"이제 싸움은 원래의 모습으로 돌아간 듯싶소. 치밀한 계책에 따라 이루어지는 것이 아니라, 기민한 감각으로 변화에 응하고 일당백의 투혼으로 제 한 몸을 내던지는 것만이 이기는 길이 되었소이다. 내일도 오늘 낮처럼 우리 군사를 다섯 갈래로 나누어 힘을 다해 싸우되, 서로 연결을 유지하여 언제든 한 덩어리로 뭉칠 수 있도록 하시오."

항우는 그렇게 명을 내리고 따로 환초를 불러 말하였다.

"장군은 쫓기는 무리를 이끌고 여러 해 숲속을 떠돌며 지낸 적이 있으니, 이번에도 잠시 유군이 되어 며칠만 왕리를 지금 있는 곳에 그대로 묶어 주면 좋겠소. 먼저 이곳 지리에 밝은 부장과 병졸 3천을 이끌고 가만히 북쪽으로 올라가 왕리의 진채를 멀리서 에워싸는 것처럼 하시오. 그리고 허장성세로 틈만 보이면 금세라도 치고 들듯 겁을 주면 되오. 만약 왕리가 군사를 보내 추격해 오면 달아나되 유인하는 척해서 멀리 따라오지 못하게 하고, 그들이 돌아가면 곧 뒤따라가 다시 치고 들 것처럼 몰아대시오. 그렇게 사흘만 왕리를 거록성 아래 잡아 둘 수 있으면 이번 싸움은 우리가 이길 수 있소!"

환초가 곁에 있던 범증에게서 다시 세세한 계책을 들은 뒤 3천 인마와 함께 떠나자 항우는 남은 장졸들을 배불리 먹인 다음 그 밤을 편히 쉬게 했다.

# 거록의 혈전

환초가 떠난 뒤에야 항우 곁을 물러나 자신의 군막으로 돌아간 범증은 그날 밤 새로운 감격과 기대로 늦도록 잠을 이루지 못했다.

'나는 무신군(武信君) 항량의 죽음으로 초나라 부흥의 꿈은 끝난 걸로 알았다. 자만하기 전의 그 빈틈없는 살핌과 헤아림, 일을 꾸미고 거기 맞춰 사람을 부리는 수완, 그리고 냉정하면서도 과감한 결단력 같은 것들만이 망해 버린 조국을 다시 세우고 짓밟힌 그 영광을 되살릴 줄 알았다. 그런데 여기 더 큰 가능성이 있다…….

회왕은 항우를 성급하고 사나우며[慓悍] 교활하고 모질다[猾賊] 하였으나, 이는 그를 미워하는 사람들의 말만 들은 탓이다.

성급함은 일의 기미에 밝아 판단이 빠른 것을 나쁘게 말한 것이며, 사나움은 그의 넘치는 힘과 드높은 패기를 시새움하는 말인 듯하다. 교활하다는 것은 그가 무장이면서도 꾀와 헤아림을 함께 품었음을 잘못 풀이한 것이요, 모질다는 것은 큰일을 위해서는 사소한 인정에 얽매이지 않는 결단력을 낮춰 본 것인지도 모른다.

게다가 그는 싸움에는 타고난 감각을 지녔고, 용력과 무예도 사람으로는 비할 이가 없을 만큼 빼어나다. 다만 망해 버린 나라를 다시 일으키고 왕실을 떠받드는[勤王] 정성보다 진나라에 대한 사사로운 원한이 앞서는 게 흠이지만, 그것도 어느 정도 복수욕이 채워지면 제자리를 찾을 것이다. 아직은 어두운 종횡(縱橫)과 형명(刑名)의 이치도 그와 길을 함께하는 도중에 차차 밝혀질 수 있을 듯하다.

요컨대 그는 사납지만 쓸모 있게 길들일 수 있는 호랑이이고, 힘들지만 다듬기만 하면 하늘을 떠받들기에도 모자람 없는 큰 재목이다. 이제 나는 남은 삶을 이 새로운 가능성에 걸고 싶다. 다시 한번 힘을 다해 그를 도와 무망하게 흘러가 버린 내 70평생을 보람으로 채워 보겠다…….'

새벽 무렵 그렇게 중얼거리며 잠을 청하는 범증의 눈에는 한 줄기 눈물까지 번들거렸다.

날이 밝자 항우는 전날 다섯 갈래로 나눈 군사를 다시 크게 둘로 묶었다.

"당양군과 포장군은 종리매와 용저가 이끄는 군사들과 함께

164

좌군이 되어 서쪽으로부터 오는 적을 막으시오. 나는 중군을 이끌고 우군이 되어 동쪽으로부터 오는 적을 막겠소. 북쪽에 적장왕리가 있으나 이는 환초가 허장성세로 막고 있고, 남쪽 극원에 있는 장함은 아직 우리를 잘 모르니 크게 걱정하지 않아도 될 것이오."

"하지만 상장군께서 이끄시는 중군은 그 머릿수가 비록 3만이라 하나 도필리와 막빈(幕賓)에 시양졸(厮養卒, 막일꾼) 따위 전투에 별 쓸모가 없는 이들을 빼면 2만을 제대로 채우지 못합니다. 그들만으로 우군을 삼는다면 좌군과 우군의 군세가 너무 차이나지 않겠습니까?"

항량이 죽은 뒤로 범증 못지않게 움츠러든 계포가 걱정스러운 듯 말했다. 하지만 항우는 별로 걱정하는 눈치가 아니었다.

"하지만 내게는 오중에서부터 따라온 강동의 형제 8천 명이 있소. 그들 하나면 적병 열을 당해 낼 수 있으니 나는 10만 대군을 거느린 것이나 다름없소. 걱정은 오히려 4만밖에 안 되는 좌군이오."

항우의 그와 같은 말은 전해 들은 양쪽 모두를 자극하고 분기시켰다. 강동자제 8천 명은 자신을 알아주고 믿어 주는 항우에게 감격하여 죽을힘을 다해 싸울 각오를 다지게 되었고, 좌군에 든 초나라 군사들은 항우가 자기들을 너무 작게 보는 데 격동되어 전에 없는 분발을 다짐하게 되었다.

항우의 일생에 한 전기가 되는 이른바 '거록의 싸움'에서도 가장 알맹이가 되는 용도 공방전의 두 번째 전투는 다음 날 일찍부터 벌어졌다. 범증이 헤아린 대로 진나라 장수 소각과 섭간은 밤새 파발을 주고받아 힘을 합치기로 한 뒤, 날이 밝기 바쁘게 군사를 냈다. 전날처럼 초나라 쪽에서 용도를 끊어 유인해 낼 것도 없이 둘 모두 전군을 들어 밀고 나왔다.

먼저 초나라 진채 앞에 이른 것은 서북쪽에서 온 소각의 군사들이었다. 밤새 공들여 정비한 까닭인지 전날 싸움에서 한바탕 크게 진 군사들 같지 않게 그 기세가 날카로웠다. 혹시라도 그리로 원군이 올까 걱정된 항우가 전날 끊어 둔 두 곳 용도 안에 섶을 채우고 불을 지르게 하고 있는데, 그들 5만 명이 산이라도 무너뜨릴 듯한 함성과 함께 초군 진채 서북쪽으로 밀려 나왔다.

좌군 진채에서 먼저 용저가 말을 몰아 뛰쳐나가는 게 보였다. 진군 쪽에서도 한 장수가 뛰쳐나왔다. 한참 동안 입씨름을 벌이던 두 장수는 곧 긴 창과 큰 칼을 휘두르며 맞붙었다. 양쪽 대군이 원진을 치듯 둥그렇게 둘러서서 보고 있는 가운데 한바탕 화려한 비무(比武)가 벌어졌다.

멀어서 얼굴을 알아볼 수는 없었으나 용저와 맞서고 있는 진장의 무예도 예사롭지 않은 듯했다. 보다 못한 종리매가 다시 창을 끼고 말을 달려 나가는 게 보였다. 항우가 다시 소각의 얼굴을 안다는 군졸을 불러 물었다.

"저기 용저와 싸우고 있는 게 소각이냐?"

"멀어서 누군지 알아볼 수는 없으나 소각은 아닙니다."

"그럼 종리매에 맞서 달려 나오는 자가 소각이냐?"

"그도 아닌 듯합니다. 소각은 몸피가 우람한 데다 수염이 희끗희끗합니다."

"저기 수자기(帥字旗) 곁에 몰려 선 진나라 장수들 중에도 소각이 없느냐?"

군졸이 다시 한번 길게 목을 빼고 싸움터를 바라보더니 대답했다.

"아마도 소각은 오늘 출전하지 않은 듯합니다. 수자기 바로 곁에 선 장수는 그 부장 조특(趙特)인 것 같습니다. 검은 쇠로 만든 갑옷투구에 특별히 벼린 열 자 길이의 구리창[銅戈]으로 알 수 있습니다. 승상 조고의 당내(堂內)라 하여 몹시 으스대는 자입니다. 저도 공을 세워 보겠답시고 소각에게 떼를 써서 오늘 싸움을 떠맡았겠지요."

"알 수 없구나. 전군을 내보내면서 총수(總帥)가 출전하지 않다니."

"어디 후군 깊숙이 숨어 살피고 있겠지요. 하지만 소각은 삼갈 뿐 겁이 많은 장수는 아닙니다. 언제든 자신이 필요하다 여기면 얼굴을 내밀 것입니다."

그사이 싸움판은 양군의 혼전으로 변해 갔다. 장수들끼리의 싸움이 얼른 결판이 나지 않자 진군 쪽이 머릿수만 믿고 먼저 밀고들었다. 초나라 장졸들도 지지 않겠다는 듯 맞받아쳤다. 경포와 포장군이 좌군을 휘몰아 나아가니 곧 10만 명에 가까운 대군이 거록 남쪽 벌판에서 뒤얽혔다.

"지금이다. 섭간이 오기 전에 적의 옆구리를 찔러 먼저 소각의 군사부터 짓밟아 놓아야겠다. 모두 싸울 채비를 하라!"

항우가 언제까지나 구경만 하고 있을 수는 없다는 듯 그렇게 가만히 명을 내렸을 때였다. 계포가 동북쪽을 가리키며 소리쳤다.

"아니 됩니다. 벌써 섭간이 오고 있습니다. 역시 전군을 이끌고 온 듯합니다."

그 말에 항우가 동북쪽을 보니 야트막한 황토 언덕 너머에서 강물이 넘치듯 진군이 몰려오고 있었다. 자신이 이끌고 있는 우군의 배가 넘는 군세였다. 게다가 더욱 고약한 일은, 아직 호된 맛을 보지 않아서인지 그 기세마저 소각의 군사들보다 사나워 보이는 점이었다. 하지만 항우는 조금도 두려워하는 기색이 없었다.

"부장들을 가까이 불러 모으라."

그렇게 영을 내려 부장들을 불러 모은 항우는 무슨 어려울 것 없는 행군을 지시하기라도 하듯 덤덤하게 말했다.

"지금부터 우리는 한 덩어리가 되어 적진을 돌파한다. 적군이 진용을 갖출 틈을 주지 말고 커다란 쐐기처럼 먼저 정면을 쪼개 들어가 적을 두 토막 낸다. 그런 다음 뒤를 돌아 다시 적의 옆구리로 파고든다. 우리가 흩어지지 않고 한 번 더 적을 돌파한다면 그걸로 싸움은 끝이다. 그렇게 돌파당해 네 토막이 난 군사는 이미 군사가 아니다. 쫓기는 들짐승이나 다름없으니 베거나 사로잡으면 그뿐이다."

항장(項莊)을 비롯한 족제들과 항씨에게 충성을 맹서한 오중의 호걸들로 이루어진 부장들도 그런 항우에게 옮았는지 의연하기 그지없었다. 각기 맡은 대오로 돌아가 명받은 대로 사졸들을 채비시켰다.

이윽고 야트막한 언덕을 오른 섭간의 대군은 항우가 내려다보고 있는 벌판에 이르러 진세를 벌이려 했다. 그걸 보고 항우가 말에 뛰어오르며 소리쳤다.

"가자. 입씨름은 아녀자들이나 하는 것이다. 바로 치고 들어 적을 두 토막 내어 버려라!"

그러고는 스스로 거대한 쐐기의 맨 끝이 되어 앞장섰다. 섭간의 진군도 싸우러 나온 터라 가만히 앉아서 당하지만은 않았다. 궁수들은 활을 쏘아 대고 사졸들은 청동 진과(秦戈)를 움켜잡았다.

하지만 양군 사이는 너무 가까웠고, 항우의 돌격도 기습이나 다름없었다. 거기다가 상장군인 항우가 날이 시퍼런 철극(鐵戟)을 휘두르며 앞장을 서고, 한껏 고양된 강동자제 8천 명이 목숨을 내던진 채 뒤따르니 아무리 싸울 채비를 하고 달려온 진군이라 해도 그 날카로운 기세를 당해 낼 길이 없었다. 멀리 있는 군사들은 무슨 일이 벌어지고 있는가를 제대로 알기도 전에 섭간이 이끌고 온 진군은 가운데가 관통되어 두 토막이 나고 말았다.

대오를 잃지 않고 적진을 돌파한 항우의 군사들은 다시 우왕좌왕하는 적군의 후면을 돌아 그 옆구리로 파고들었다. 이번에는 더욱 쉽게 진군의 앞뒤가 두 토막 났다. 그러자 항우가 말한 것처럼 진군은 걷잡을 수 없이 혼란스러워졌다. 두 배가 넘는 머릿수로도 마소 몰리듯 몰리기 시작했다.

섭간이 그리 무능한 장수가 아니었으나, 어쩔 수가 없었다.

"겁내지 말라! 적은 몇 명 되지 않는다. 대오를 잃지 말고 반격하라. 달아나지 말라!"

그렇게 목이 쉬도록 외쳤으나 한번 꺾인 기세는 되살아날 줄 몰랐다. 그런 섭간에 비해 승기를 잡은 항우의 외침은 갈수록 드높아졌다.

"모두 항복하라! 항복하지 않으면 한 놈도 살려 보내지 마라!"

그러자 진나라 군사들 가운데 마음 약한 병졸들은 벌써 무기를 끌고 달아나기 시작했고, 더러는 무기를 내던지고 털썩털썩 제자리에 주저앉기까지 했다. 말 탄 장수들도 태반이 말머리를 돌리고 있었고, 어쩌다 맞서는 병졸들도 전세를 뒤집기보다는 달아날 틈을 엿보기에 바빴다. 그대로 가면 여지없는 항우의 승리였다.

그런데 갑자기 초나라 좌군이 진군과 혼전을 벌이고 있는 벌판 쪽에서 크게 함성이 일었다. 적장들을 보이는 족족 찔러 말에서 떨어뜨리며 그 우두머리 장수 섭간을 찾고 있던 항우가 고개를 돌려 소리 나는 쪽을 바라보았다. 그새 형세를 그르친 좌군이 조금씩 밀리고 있었다. 조금 전의 함성은 기세가 오른 진나라 군사들이 내지르는 소리였다.

"상장군, 아니 되겠습니다. 이곳은 잠시 버려두고 먼저 좌군을 구해야 합니다. 저대로 두면 좌군은 무너지고 맙니다."

부장 하나가 항우에게 달려와 다급한 목소리로 알렸다. 항우가 못 들은 척 오추마를 박차 앞으로 내달으며 소리쳤다.

"지면 죽음이 있을 뿐, 누가 누구를 구한단 말이냐? 스스로 구하지 못하면 아무도 구해 줄 수 없다. 한눈팔지 말고 눈앞의 적이나 물리쳐라. 우선 섭간의 군사부터 온전히 짓뭉개 우리 자신부터 온전히 구해 놓고 보자!"

그러고는 더욱 매섭게 섭간이 이끌고 있는 진군을 몰아쳤다. 그러잖아도 네 토막이 나서 마소 몰리듯 이리저리 몰리던 진군이 그 기세를 견뎌 내지 못하고 그대로 무너져 내리기 시작했다. 장졸을 가리지 않고 한목숨 건지기 위해 달아나기 바빴다.

항우는 그런 진군을 10리나 쫓아 버린 뒤에야 되돌아서서 장졸들에게 외쳤다.

"자, 이제 좌군을 구하러 가자! 그들을 구하는 것이 우리를 스스로 구하는 일이다."

항우가 군사를 되돌려 용도 쪽으로 되돌아갔을 때, 이미 좌군은 소각의 대군에게 몰려 쫓기는 중이었다. 의지하고 있던 언덕을 버리고 달아나는 초군을 소각의 군사들이 사태 나듯 덮쳐 가는데 갑자기 한 떼의 인마가 붉은 회오리처럼 다가들었다. 항우와 그가 이끄는 강동자제 8천 명이었다.

앞서 밀고 나오던 진장 소각의 군사들은 먼저 항우와 강동자제 8천 명의 형색에 질려 버리고 말았다. 자기들보다 세 배나 많은 적군을 짓부수어 10리나 쫓아 버리고 오는 길이라 장졸이 하나같이 피를 뒤집어쓴 꼴이었다. 하지만 방금 이긴 다음이라 그 기세는 세차고도 날랬다. 진군이 그들을 붉은 회오리 같다고 느끼게 된 것은 그 때문이었다.

항우의 군사들은 적을 위협하는 고함이나 엄포는 물론 저들

편의 기세를 북돋우는 함성 한마디 없었다. 고요한 가운데 똑바로 달려와 진군의 앞머리를 받아쳤다. 한바탕 악전고투를 치르고 난 군사들 같지 않게 매서운 반격이었다.

진군도 이긴 기세가 있어 그대로 밀고 들기는 했으나 강동자제 8천 명을 고조시키고 있는 일당백의 기개를 당해 내지 못했다. 잠깐 동안에 진군의 맨 앞줄은 거의가 처참한 시체로 변하고, 그 피가 들판을 붉게 적셨다.

"겁내지 말라! 머릿수가 바로 힘은 아니다. 다시 한번 강동 남아의 기상을 떨쳐 보여라!"

항우가 그렇게 군사들을 격려하며 앞장서서 무인지경 내닫듯 적진을 휩쓸었다.

멀리서부터 악귀 같은 강동자제 8천 명의 형색에 질려 주춤주춤하던 진군은 앞서 내닫던 저희 편이 비로 쓸리듯 몰살을 당하자 바로 기세가 꺾여 버렸다. 나타난 구원병이 얼마인지, 쫓겨 간 적의 상태는 어떠한지를 따져 볼 겨를도 없이 돌아서서 달아나기 시작했다. 하지만 뒤에서 부장 조특(趙特)이 승세를 탄담시고 대군을 계속 앞으로 모니, 내몰리는 쪽과 쫓겨 오는 쪽이 부딪쳐 진군은 저희끼리 큰 혼란에 빠졌다.

그때 다시 경포와 종리매가 각기 쫓기던 군사를 수습해 되돌아오고 용저와 포장군이 그 뒤를 이었다. 그러자 머릿수에서까지 밀리게 된 소각의 군사들은 거꾸로 쫓기기 시작했다. 하나둘 창칼을 버리고 달아나는 사졸들이 생겨났다. 하지만 초나라 군사들이 승리를 기뻐하기에는 아직 일렀다. 오래잖아 멀리 달아난 줄 알았던 섭간이 다시 패군을 수습해 소각을 도우러 온 까닭이었다.

"두려워하지 말라! 싸움에 지고 쫓겨 갔던 놈들이다. 겁먹은 진나라 개들이다."

항우가 보검까지 뽑아 들고 소리 높이 군사들을 격려했다. 하지만 소각과 섭간 모두 한번 싸움에 져서 쫓기기는 했어도 워낙 거느린 군사가 많았다. 흩어져 달아나던 셋 중에 겨우 둘을 모아 온 꼴인데도 양편을 합치니 항우가 거느린 군사보다는 머릿수가 많았다.

거기서 다시 한바탕 혼전이 벌어졌다. 하지만 다소간 머릿수가 많다 해도 대의와 투지에서 진군은 초군을 당해 내지 못했다. 특히 항우와 강동자제 8천 명은 진군에게는 거의 악몽이었다. 그들이 피를 뒤집어쓴 채 눈을 부릅뜨고 마주쳐 오면 진군들은 제대로 창칼을 맞대 보지도 않고 길을 열어 주었다.

끝내 항우의 군사를 당해 내지 못한 진군이 무턱대고 저희 편 왕리의 대군이 있는 쪽으로 달아난 것은 그날 한나절이 지난 뒤였다. 원래는 두 갈래로 길을 나누어 왔던 소각과 섭간은 한 덩이가 되어 북쪽을 바라고 정신없이 달아났다. 하지만 급한 추격을 벗어나 흩어져 쫓기던 군사들을 수습해 놓고 보니 둘 모두 생각이 달라졌다.

"우리 두 사람이 합쳐 10만이 넘는 군사를 거느리고도 7만도 안 되는 초나라 잡병을 당해 내지 못했으니 실로 부끄럽소. 엄한 군법이 용서하지 않으려니와, 명색 대진(大秦)의 장수로서 차마 이대로 물러날 수는 없구려. 흩어진 군사를 수습하고 병기와 갑

주를 정비한 뒤에 다시 한번 결판을 내 보아야겠소. 왕 장군에게
로 가는 것은 그 뒤라도 늦지 않소."

소각이 진채를 읽으며 결연히 말하자 섭간도 고개를 끄덕였다.

"옳소이다. 그렇게 해 봅시다. 사방으로 사람을 풀어 흩어진 군
사들을 하루만 거둬들여도 초군과 다시 한번 싸워 볼 만한 군세
를 모을 수 있을 것이오. 게다가 왕 장군에게 파발을 띄워 3만 명
만 빌려 와도 오늘 우리가 받은 수모는 되돌려 줄 수 있소이다!"

이에 소각과 섭간은 달아나기를 멈추고 항우군과 거록성 중간
쯤에 진채를 내렸다. 그리고 전날 싸움으로 대오를 잃고 흩어져
전장을 떠도는 저희 편 군사를 모아들임과 아울러 왕리에게도
파발을 띄워 군사 3만 명을 빌렸다. 그런데 그런 그들의 대전 방
식이 아직도 초나라 군사의 세 곱절은 되는 진나라 대군을 다시
몇 갈래로 쪼개 차례로 항우 앞에 내보내는 꼴이 되고 말았다.


이틀 뒤였다. 그새 6만 군사를 긁어모은 소각과 섭간이 왕리가
보낼 3만 명을 후군으로 믿고 기세 좋게 밀고 나왔다. 하지만 항
우가 싸움이 그들의 뜻대로 되도록 놓아두지를 않았다.

"저것들이 또 머릿수만 믿고 밀고 들 모양이다. 거기 말려들었
다가는 군세가 약한 우리가 고단해질 뿐만 아니라 사람을 많이
상하게 한다. 내닫고 물러나는 빠르기를 저들의 배로 하고 힘을
하나로 모아 치고 듦으로써 저들의 많은 머릿수를 쓸모없게 만
들자!"

싸우러 나서기 전에 항우가 장졸들을 불러 모아 놓고 그렇게

그날 싸움의 큰 모양을 결정했다. 그런 다음 경포와 종리매, 용저, 포장군을 한꺼번에 불러내 명을 내렸다.

"나는 소각의 군사를 맞고 장군들은 섭간의 군사를 맞아 싸우되, 싸움을 끌어 군사들 간의 난전이 되게 해서는 아니 되오. 당양군은 바로 섭간을 찾아 적진으로 뛰어들고 다른 장군들도 모두 처음부터 적장들을 노려 그들부터 꺾고 싸움을 시작합시다. 나는 오늘 반드시 소각을 죽여 그 기세로 일거에 승패를 결정짓겠소!"

이어 갑옷을 여미고 투구 끈을 단단히 맨 항우는 훌쩍 말에 뛰어올랐다. 그리고 일찌감치 진문 앞으로 달려 나가 적군이 몰려오기를 기다렸다.

이윽고 소각과 섭간이 이끈 6만 진군이 이틀 전에 여지없이 뭉그러져 달아난 군사들 같지 않게 기세를 뽐내며 다가왔다. 오래잖아 왕리에게서 꿔 온 3만 군사가 이르러 뒤를 받쳐 주리라는 게 더욱 그들을 자신 있게 만든 듯했다. 소각도 그날은 진두에 모습을 드러냈다. 두 번이나 거듭 낭패를 당하면서, 드디어 이번에 온 구원병은 지금까지 와 있는 제후들의 군대와는 다름을 느낀 까닭이었다.

"싸움터에도 예가 있는 법, 군대가 창칼을 맞대면서 장수들이 서로의 이름을 모르다니 예가 아니다. 나는 대진의 전(前) 장군 소각이다. 적장은 누구냐? 이름을 밝혀라."

소각이 희끗한 수염을 날리며 초군 쪽을 향해 소리쳤다. 그가 끼고 있는 긴 자루 달린 칼이 자못 위맹스러워 보였다. 항우가 오추마를 박차고 달려 나가며 소리쳤다.

"나는 대초의 상장군 항우다. 천명을 받들어 진을 멸하러 왔으니 진장 소각은 어서 목을 내어놓아라!"

말뿐만 아니라 그대로 허리에서 보검을 뽑아 들고 똑바로 소각을 향해 달려 나갔다. 항우가 그렇게 달려 나가자 약속이나 한 듯 다른 초나라 장수들도 일제히 창칼을 꼬나들고 함성과 함께 진나라 진채로 밀고 들었다. 특히 경포는 먹으로 글자를 떠 험악한 얼굴을 더욱 무섭게 찌푸리며 외쳐 댔다.

"섭간은 어디 있느냐? 쥐새끼처럼 숨어 있지 말고 내 칼을 한번 받아 보아라!"

그 뒤를 따르는 다른 장수들도 모두 경포처럼 각기 노리는 적장이 하나씩 있는 듯했다. 저마다 점찍어 둔 적장을 싸움터로 불러냈다. 머릿수만 믿고 기세를 올리던 진군에게는 좀 뜻밖의 개전(開戰) 방식이었다.

오추마가 워낙 빠른 데다 아무런 막힘없이 내달아 항우는 금세 소각의 진채 앞에 이르렀다. 소각을 둘러싸고 섰던 부장들이 놀라 그 앞을 가로막으려 했다. 그때 소각이 큰 칼을 움켜잡으며 큰 소리로 외쳤다.

"모두 물러나라! 저자가 얼마나 대단한지 내가 한번 알아봐야겠다!"

싸움터에서 늙은 데다 항우가 그렇게 몰아오는 속셈을 뻔히 들여다보고 있는 소각으로서는 피할 수 없는 싸움이었다. 기세 좋게 말을 몰아 문기 바깥으로 나왔다. 그때 누군가 창을 끼고 소각의 말을 앞질러 가며 소리쳤다.

"장군, 이 싸움은 제게 맡겨 주십시오. 반드시 저 어린놈의 목을 베어 오겠습니다!"

소각이 보니 부장(副將) 조특이었다. 전날 싸움을 맡았다가 군사만 꺾인 걸 만회한답시고 나선 것 같았다. 말이 끝나기 바쁘게 말 배를 박차 달려 나간 조특의 기세는 좋았으나 실은 그렇게 황천길을 재촉한 것에 지나지 않았다.

"이놈!"

오추마를 몰아 빠른 바람처럼 다가온 항우가 벼락같은 고함 소리와 함께 휘두른 칼에 조특이 어깨를 찍혀 말 아래로 떨어졌다. 고함 소리에 반나마 얼이 빠져 허둥대다 창 한번 제대로 내질러 보지 못하고 놀란 혼이 되고 말았다.

눈앞에서 그 끔찍한 꼴을 본 소각은 그제야 자신이 나선 것을 후회했다. 그러나 돌아서기에는 늦어 하는 수 없이 큰 칼을 치켜들었다. 어느새 말머리를 돌린 항우가 그런 소각을 노려 이번에는 보검을 수평으로 겨누었다.

"오너라! 이 주둥이 노란 어린놈[黃口小兒]아."

소각이 단번에 항우를 쪼개 놓을 듯 큰 칼을 휘두르며 소리쳤다. 몸을 말 등에 눕히듯 젖혀 그 한칼을 피한 항우가 다시 몸을 일으키며 보검을 내질렀다. 이어 두 마리 말이 엇갈리며 어디를 어떻게 찔렸는지 소각이 큰 칼을 떨어뜨리고 가슴을 움켜쥐었다.

"네 늙은 목은 내 것이다!"

다시 말머리를 돌린 항우가 그렇게 외치며 말 위에서 몸도 제대로 가누지 못하는 소각을 보검으로 내리쳤다. 투구를 쪼갠 항우의 보검이 그 등판까지 깊이 갈라놓자 소각은 구슬픈 비명과 함께 말 아래로 굴러 떨어졌다.

항우가 잠깐 동안에 저희 대장과 부장을 모두 베어 버리자 소각의 군사들은 배암 만난 개구리마냥 두려움으로 온몸이 굳어 버렸다. 말문마저 막혀 잠시 말없이 바라보고 있는데 항우가 다시 그들을 덮쳐 가며 강동병들을 뒤돌아보았다.

"무엇들 하는가? 어서 와서 소각의 목을 주워라!"

그 말에 그때까지 형세만 살피던 강동병들이 함성과 함께 앞으로 밀고 나왔다. 그 함성 소리에 소각의 군사들이 퍼뜩 깨어나 보니 어느새 항우가 시퍼런 철극으로 바꿔 들고 양 떼 속에 뛰어든 호랑이처럼 저희 중군을 짓밟고 있었다. 그 뒤를 받치듯 밀고 들어오는 것은 그 며칠 사이에 매운맛을 톡톡히 본 초나라 강동병들이었다.

게다가 항우뿐만 아니라 강동병들도 투구를 쓴 장수들만 노려치고 드니, 진군은 도대체가 지휘선(指揮線)이 남아나지 않았다. 그 바람에 더욱 혼란스러워진 소각의 군사들은 한번 맞서 볼 엄두도 내지 못하고 밀리기 시작했다. 개중에는 벌써 무기를 내던지고 땅에 주저앉아 항복의 뜻을 나타내는 군사들까지 있었다.

하지만 항우와 강동병들은 그런 항병들을 못 본 척하며 모질게 진군을 몰아붙였다. 한 식경이나 진군들을 뒤쫓으며 베고 찔러 들판을 시체로 벌겋게 뒤덮은 뒤에야 그들은 비로소 창칼을 거두었다. 그리고 두려움에 질려 뻣뻣이 굳은 항병들을 그대로 버려둔 채 섭간의 군사들이 있는 쪽으로 몰려갔다.

그때는 섭간도 뜻 아니한 초군의 강습을 받아 겨우겨우 버텨내고 있는 중이었다. 경포의 단병(短兵) 도전을 받아 쩔쩔매고 있는데 항우와 강동병들이 한 덩이가 되어 몰려들었다. 먼저 놀란 사졸들이 무너져 달아나기 시작하고, 그러잖아도 각기 다른 초나라 장수들을 맞아 몰리고 있던 섭간의 부장들이 그 뒤를 따랐다.

'틀렸다……'

섭간은 그런 느낌으로 아뜩한 가운데도 이를 사리물었다. 그럴수록 냉철해지지 않으면 한목숨 건지기조차 어렵다는 것을 섭간은 싸움터에서의 오랜 경험으로 알고 있었다. 섭간이 있는 힘을 다해 큰 칼을 휘두르자 기세 좋던 경포의 도끼질이 주춤했다. 섭간이 더욱 힘을 더해 경포를 몰아낸 뒤 갑자기 뒤를 돌아보며 소리쳤다.

"징을 쳐라. 모두 물러나라. 오늘 싸움은 이만 한다!"

그러고는 재빨리 말머리를 돌려 북쪽으로 달아나면서 또 한 번 크게 외쳤다.

"모두 왕리 장군에게로 간다. 왕리 장군의 진채에서 만나자!"

그런데 바로 그때 북쪽 들판에서 부옇게 먼지가 일며 한 떼의 인마가 밀고 내려왔다. 왕리가 보낸 3만의 구원병이었다. 하지만 철저하게 무너져 쫓기는 진군이라 약간의 구원병이 왔다고 해서 되돌아서서 싸울 기력이 남아 있지 않았다. 멋모르고 달려온 3만 구원병만 그대로 초군에게 돌진했다가 쇠몽둥이 만난 질그릇 꼴이 나고 말았다.

소각과 섭간에 이어 왕리의 구원병까지 쳐부수자 어지간한 초나라 군사들도 지쳐 늘어졌다. 용도를 사이에 둔 그 이틀간의 싸움에서 이기기는 했지만 돌이켜 보기에도 끔찍한 혈전이었다. 이틀 동안 네 번의 큰 전투를 치러 7만이 안 되는 군사로 13만이 넘는 대군을 흩어 버린 셈이었다.

하지만 어려운 싸움은 아직 끝난 것이 아니었다. 구원병으로 3만을 떼어 보냈다 해도, 쫓겨 간 소각의 졸개들과 섭간의 군사들이 다시 보태져 왕리는 아직 15만이 넘는 병력을 유지하고 있었다. 게다가 그 병력은 거록성을 에워싸고 있던 진군의 주력이기도 했다.

"여기서 싸움을 멈추고 사람과 말을 며칠 쉬게 하는 것이 어떻겠습니까? 다행히 적에게서 빼앗은 군량과 군막이 넉넉하여 장졸들을 배불리 먹이고 따뜻이 재울 수가 있습니다."

달아나는 진군을 뒤쫓다가 잠시 숨을 돌리고 있는 항우에게 계포가 그렇게 말했다. 항우가 무겁게 고개를 저었다.

"아니오. 섭간과 왕리에게 숨 돌릴 틈을 주어서는 아니 되오. 이 기세로 밀고 나가 왕리의 중군을 짓밟고 거록을 포위에서 풀어 주어야 하오."

"장수와 군사들이 모두 지쳤을 뿐만 아니라 다친 자도 많습니다. 그런 그들을 무리하게 내몰다 낭패를 볼까 걱정입니다."

"적병은 우리의 두 배가 넘을 뿐만 아니라, 지금까지 싸워 온 것들보다 더 조련이 잘되어 있고 기세가 날카롭소. 우리가 쉬는 사이에 저들이 차분히 채비를 갖추게 된다면 싸움은 전보다 훨씬 어려워질 것이오."

그때 뒤따라 온 범증이 두 사람의 얘기를 가만히 듣고 있다가
말했다.

"갑옷을 걷어붙이고 급히 달리기를 밤낮을 쉬지 않고, 길을 배
로 늘려 백 리를 멀리 돌아 선제(先制)의 이득을 취하려 하면, 오
히려 세 장군이 적에게 사로잡히게 될 것입니다. 군사들 중에 건
장한 자는 먼저 가고 지친 자는 뒤떨어져서 선제의 이득을 얻을
수 있는 때에 도착하는 자는 열에 하나밖에 되지 않을 것이기 때
문입니다. 또 그렇게 바삐 행군하여 50리 먼 길로 선제의 이득을
얻으려 하면 상장군이 넘어지게 될 것입니다. 선제의 이득을 얻
을 시간에 도착하는 군사는 반을 크게 넘지 않을 것이기 때문입
니다. 이는 손무자(孫武子)가 한 말인데, 바로 이런 경우를 두고
한 말이 아닌지 모르겠습니다."

"하지만 우리 두 배가 넘는 적병에게 숨 돌릴 틈을 주어 우리
와 맞설 채비를 할 수 있게 해 주는 것은 또 어쩌시겠소?"

"우리 편도 7만뿐은 아닙니다. 이 거록의 들판에는 진작부터
여러 갈래의 제후군이 와 있습니다. 그들은 진군의 날카로운 기
세에 눌려 눈치만 보고 있었으나, 이 며칠 우리의 분투로 이제는
싸울 엄두라도 내 볼 수 있게 되었을 것입니다. 만약에 그들이
나서 준다면 우리는 진군에 비해 머릿수에도 크게 밀리지는 않
게 됩니다. 거기다가 상장군께서 오늘 소각을 죽이셨던 기세로
왕리의 본진만 짓밟아 놓으실 수 있다면 얼마든지 해볼 만한 싸
움입니다."

그제야 항우도 머리를 끄덕이며 군사들을 쉬게 했다. 초나라 군사들이 쉬고 있는 그 며칠 사이 범증은 사람을 풀어 숨어 있는 제후군들을 찾아보게 했다.

비록 숨소리조차 제대로 내지 못하고 저희 진채에 깊이 처박혀 있었지만 다른 제후군들에게도 눈과 귀는 있었다. 초군의 잇따른 승리에 적잖이 기세가 살아나 웅성대다가 사자가 오자 반갑게 맞아들였다. 그리고 당연한 듯 범증이 항우의 이름을 빌려 내린 명을 받들었다.

아비 장이(張耳)가 여러 달 거록성 안에 갇혀 있어 답답하던 장오(張敖)와 조나라 대장군 진여(陳餘)는 항우와 남북에서 호응하여 바로 왕리를 들이치기로 했다. 성안의 조군도 때가 되면 뛰쳐나와 왕리를 뒤에서 덮치기로 되어 있었다.

제나라 장수 전도(田都)가 이끄는 군사들은 다른 제후군들과 극원 북쪽에 진을 쳤다. 장함이 대군을 몰아 구원 오는 것을 막기 위함이었다. 몇몇 제후군은 항우를 따라 주지 않았으나 두려움을 떨치고 누벽 밖으로 나와 오락가락하는 것만으로도 왕리의 군사들에게는 적지 않은 부담이 되었다.

항우와 왕리의 격돌은 용도를 가운데 둔 싸움 뒤로 사흘 만에 있었다. 이번에는 용도가 끊겨 군량과 병참에 위협을 받게 된 진군 쪽이 먼저 움직였다. 왕리는 섭간과 소각의 패잔병을 받아들여 다시 15만 명으로 부풀어 오른 대군을 항우가 이끈 초군 앞으로 집중시켰다.

비록 승세를 타고 있기는 하지만 워낙 눈앞의 적이 머릿수가 많으니 초군은 다시 움츠러들지 않을 수 없었다. 거기다가 합세하기로 했던 제후군까지 다시 겁을 먹고 머뭇거리자 초군의 기세는 한층 말이 아니었다. 진군이 전력을 들어 밀고 들면 그대로 무너져 버릴 것 같았다.

그때 항우가 오추마에 높이 올라 보검을 뽑아 들고 소리쳤다.

"우리 초나라의 명운뿐만 아니라 그대들의 생사도 오늘 이 싸움에 달려 있다. 나와 8천의 강동자제들은 앞서 나가 한 사람이 적병 열 명을 맡겠다. 뒤따르는 그대들은 적병 하나씩만 맡으라. 그리되면 우리가 질 까닭이 없다!"

초나라 군사들뿐만 아니라 들판 저쪽 진군들에게도 다 들릴 만큼 쩌렁쩌렁한 목소리였다. 항우가 그러면서 말을 박차 달려 나가자 강동자제 8천 명이 씩씩한 함성으로 새로운 각오를 드러내며 그 뒤를 따랐다. 뒤이어 남은 초군들이 달려 나가 그날의 첫 번째 전투가 벌어졌다.

앞서의 어떤 것보다 끔찍한 싸움이었다. 워낙 머릿수에서 밀리는 초군이었으나 차츰 투지와 기세가 그 모자람을 채워 갔다. 특히 강동자제 8천 명은 그야말로 피를 뒤집어쓴 악귀 같은 모습으로 한 덩이가 되어 왕리군의 중앙부를 종횡으로 갈라놓으니, 그 집중이 아무런 효력을 낼 수 없었다.

저희 편이 형편없이 짓밟히는 것을 보다 못한 왕리가 징을 쳐서 군사를 거두었다. 초군의 힘든 승리였다. 들판 가득 버려진 시체는 모두 진군의 것이었다.

하지만 승리를 기뻐하기에는 일렀다. 초군에게 제대로 숨 고를 틈도 주지 않고 곧 두 번째 진군의 물결이 쏟아져 나왔다. 공격하는 쪽은 병력이 넉넉해 새로운 군사들을 투입하였으나 막는 쪽은 그럴 여유가 없었다. 쉬고 있던 자리에서 피 묻은 창칼을 들고 다시 일어나야 했다.

그날 왕리는 무려 세 번이나 대군을 집중하여 밀어붙였으나 항우는 잘 막아 냈다. 무예에서도, 전투 감각에서도, 투지에서도 실로 초인적이었다. 그리고 그런 항우 뒤에는 초나라 사람 특유의 기질로 한껏 달아오른 강동자제 8천 명이 있었다. 자극받고 고양되면 잠재력의 마지막 한 줌까지 짜내 기적과도 같은 분발을 연출하는 게 남방 초나라 사람들의 기질이었다.

해 질 무렵 마지막 공격에서도 전세를 뒤집지 못하자 마침내 왕리는 군사를 물렸다. 그날 밤이었다. 모진 싸움을 잘 버텨 낸 군사들을 배불리 먹이고 쉬게 한 다음 항우가 장수들을 군막으로 불러 모았다.

"오늘 모두 잘 싸웠소. 그러나 이와 같이 하면 결판을 미뤄 두고 군사와 물자만 써 없애는 싸움[消耗戰]이 되어 필경에는 군세가 약한 쪽이 견딜 수 없게 되오. 오늘은 버텼지만 실로 내일이 걱정이오. 이러한 국면을 전환할 묘책은 없소?"

항우가 낮의 투지와는 어울리지 않게 어두운 얼굴로 장수들을 돌아보며 그렇게 물었다. 모두 서로를 바라볼 뿐 얼른 대답이 없는데, 범증이 일어나 말했다.

"진군이 한군데로 힘을 모으니 옛날 천하를 하나로 아우를 때의 기세가 엿보입니다. 오늘 장군의 범 같은 위엄과 강동자제 8천 명의 분투가 없었다면 우리도 끝내 버텨 내기 어려웠을 것입니다."

범증이 그렇게 말해 놓고 잠시 뜸을 들였다가 이어 갔다.

"먼저 적이 집중하지 못하도록 훼방을 놓아야 합니다. 오늘은 제후군들이 다시 겁을 먹고 누벽 뒤로 숨어드는 바람에 적에게 아무런 위협이 되지 못했고, 따라서 적을 분산하는 효과도 전혀 내지 못했습니다. 하지만 제후들의 군사도 눈과 귀가 있어 우리의 승리를 보고 들었을 것입니다. 제게 날랜 호위 군사 수십 기만 딸려 주신다면 오늘 밤 안으로 한 바퀴 제후군의 진채를 돌며 달래 보겠습니다. 그들이 저마다 누벽 뒤에서 나와 진세(陣勢)라도 그럴 듯하게 벌여 준다면, 왕리도 어쩔 수 없이 군사를 나누어 대비하지 않을 수 없을 것입니다. 그리하여 적의 집중이 느슨해졌을 때, 우리가 오히려 집중하여 적의 정면을 들이치면 이기지 못할 것도 없습니다."

그러자 경포가 일어나 말했다.

"무신군(항량)께서 살아 계실 때부터 저와 여기 이 포장군은 별장으로 본군과 떨어져서 싸운 적이 많습니다. 이번에도 따로 떨어져 나가 이 싸움의 전기(轉機)를 만들어 보았으면 합니다."

"어떻게 하실 생각이시오?"

항우가 그렇게 묻자 경포가 씩씩하게 대답했다.

"오늘 싸움에서 섭간이 보이지 않았습니다. 이는 적이 이곳으로 집중했다고는 하나 전력을 모아 오지는 못했음을 말해 줍니다. 본진을 뒤에 두어 거록성 포위를 그대로 유지하면서 우리와 싸우려는 듯합니다. 따라서 섭간에게 본진을 맡긴 듯한데, 저와 포장군이 가서 그곳을 들이치면 어떻겠습니까? 반드시 이기지는 못한다 해도, 왕리의 등 뒤를 불안하게 만들어 군사께서 걱정하신 적의 집중을 방해할 수는 있을 것입니다."

"좋소. 두 분 장군은 꼭 이기려고 하실 것 없소. 적은 군사를 거느리고 가만히 적의 본진으로 다가가 숨어 있다가, 왕리가 거느린 주력이 떠나거든 불시에 덮쳐 불살라 버리시오!"

경포의 말을 바로 알아듣고 항우가 그렇게 받았다. 그런 그의 얼굴은 하루 종일 피를 뒤집어쓰고 싸움터를 내닫던 사람 같지 않게 환했다.

"군사와 당양군께서 좋은 계책을 내주셨으니, 나도 한마디 하겠소. 싸움이 언제나 그러하지만, 내일 싸움은 특히 뜻 깊은 것이 될 것이오. 이기지 못하면 진나라를 쳐 없애고 초나라를 다시 일으키려는 우리의 장한 행진은 여기서 끝나고, 거록성 남녘 들판은 우리 무덤이 될 것이오.

따라서 이제 우리에게는 구차하게 따라야 할 병법이 없고, 삼군(三軍)과 오병(五兵)의 구분도 없소. 장수와 사졸이 따로 없으며 문무의 직분도 없소. 그저 한 덩이가 되어 커다란 도끼처럼 적의 한가운데를 쪼개 이기는 것뿐이오. 적의 집중을 우리의 투지로 무력하게 만들고, 적장을 죽여 적의 머리를 없앰으로써 단번에 승패를 결정짓는 것만이 우리가 살길이 될 것이외다. 여러 장수들은 오직 죽는 것이 바로 살길이 된다는 믿음으로 내일 싸움을 이끌어 주시오!"

항우는 그런 말로 논의를 끝내고 장수들을 돌려보냈다.


다음 날이 밝았다. 그날의 싸움을 앞두고 비장한 것은 초군만
이 아니었다. 그 싸움이 지닌 의미는 왕리와 섭간도 잘 알고 있
었다. 아침 일찍 대군을 몰고 본진을 떠나면서 왕리가 섭간에게
말했다.

"생각 같아서는 장군과 내가 전군을 들어 적을 짓뭉개 놓고 싶
지만, 이제 와서 거록성의 포위를 풀어 줄 수는 없소. 지금까지
힘들여 에워싸고 있었던 보람이 없어질 뿐만 아니라, 성안에서
되레 치고 나오면 더 큰일이오. 어제처럼 장군은 본진에 남아 성
을 에워싸고 계시오. 그러나 내가 어제 꺾인 군사를 다시 채워서
나가게 되면 여기 남는 군사가 1만이 안 되니, 장군은 굳게 지킬
뿐, 함부로 싸우지 마시오. 내가 죽을힘으로 싸워 오늘은 결판을
내겠소!"

그러고는 초나라 군사들이 진세를 벌이고 있는 벌판으로 10만
이 넘는 대군을 몰아갔다.

왕리의 대군이 밀려오자 항우의 군사들은 전군, 후군, 좌익, 우
익과 문무의 직급, 장수와 병졸을 가리지 않고 한 덩어리가 되어
달려 나왔다. 그리고 장수끼리 이름을 묻는 절차조차 없이 바로
치고 들었다. 양쪽 모두 밤새 각오를 다지고 채비를 갖춘 뒤에
벌인 터라 이내 그 이전의 어떤 때보다 끔찍한 싸움이 벌어졌다.

사마천은 『사기』에서 그 싸움의 양상을 이렇게 그리고 있다.

……이때 초나라 군사들은 제후군 가운데 으뜸이었으니, 거록을 구하고자 달려온 제후군이 여남은 진영이나 되었으나 진군이 두려워 감히 함부로 군사를 움직이지 못했다. 초군이 나서서 진군을 들이칠 때에도 제후군의 장수들은 모두 자신의 진채에 숨어 싸움을 구경만 할 뿐이었다. 초나라 군사들은 모두가 하나같이 혼자서 진병 열 명을 당해 낼 정도로 용맹했으며, 그 고함 소리는 하늘을 떨쳐 울리는 듯했다. 구경하는 제후군의 장졸들치고 그런 초군을 두려워하지 않는 이가 없었다…….

그렇게 되자 머릿수가 절반밖에 안 되면서도 초군이 차츰 우세를 드러냈다. 거기다가 용기를 얻은 제후군이 머뭇머뭇 움직이기 시작하면서 형세는 드러나게 초군 쪽으로 기울었다.

제후군이 움직이자 왕리는 싸움의 전면(前面)을 넓혀 대비할 수밖에 없었다. 그러자 그만큼 진군의 병력 집중은 느슨해지고 초군의 공격은 더욱 맹렬해졌다. 그게 다시 제후군을 격려해 마침내는 진채를 뛰쳐나와 싸움을 거드는 이들도 생겨났다. 어떤 기록에는 병력이 적은 항우가 오히려 왕리를 포위했다고 되어 있는데, 그것은 아마도 제후군이 모두 자신들의 진채에서 뛰쳐나온 뒤의 일을 적은 듯하다.

하지만 진군을 돌이킬 수 없이 무너지게 한 일은 따로 있었다. 왕리가 밀리면서도 어렵게 버텨 내고 있는데 갑자기 졸개 하나가 서북쪽을 가리키며 소리쳤다.

"장군, 큰일 났습니다! 본진에 무슨 변고가 생긴 듯합니다. 저기 저렇게 시커먼 연기가 치솟고 있습니다!"

왕리가 돌아보니 정말로 그랬다. 본진이 당했다면 뒤로도 적을 받아야 한다는 뜻이었다. 앞둔 초군만으로도 이미 당해 내기 어려운데 다시 등 뒤에서 누군가 오고 있다고 생각하자 왕리는 눈앞이 캄캄했다.

"안 되겠다. 돌아가자. 돌아가서 본진을 구하자!"

그러면서 군사를 돌리려 하였으나 그게 잘될 리 없었다. 그러잖아도 허둥대던 진군 장졸들의 눈에는 갑작스레 돌아서는 왕리와 그 부장들이 겁먹고 달아나는 것으로만 비쳤다. 모두 무기를 내던지고 뒤따라 달아나기 시작하니, 그 길로 진군은 여지없이 무너져 내렸다.

"적이 달아난다. 더욱 힘을 내어 몰아쳐라. 적에게 숨 돌릴 틈을 주지 말라!"

항우가 그렇게 외쳐 장졸들을 격려한 뒤 앞장서 말을 몰고 왕리의 수자기를 뒤쫓았다. 전날 소각이 당한 참변을 전해 들어서인지 왕리를 에워싸듯 하고 있던 부장들이 차례로 돌아서서 뒤쫓는 항우를 막아 보려 했다. 항우는 닥치는 대로 그들을 죽이며 왕리에게 바짝 따라붙었다.

한 20리나 뒤쫓았을까? 한군데 황토 언덕을 돌아서니 저만치 불길에 휩싸인 진군의 본진이 보였다. 앞서 달아나던 왕리와 그 군사들이 무엇을 보았는지 멈칫했다. 항우가 그대로 덮쳐 가며 보니 왕리군 앞으로 한 떼의 인마가 초나라 깃발을 펄럭이며 달려오고 있었다. 경포와 포장군이 이끄는 군사들이었다.

전날 밤 가만히 진군 본진 근처로 다가들어 숨어 있던 그들 1만 명은 그날 아침 왕리가 주력을 이끌고 떠난 뒤 틈을 보아 갑작스레 치고 들었다. 놀란 적이 허둥대는 사이 진채 여기저기에 불을 지른 데까지는 좋았으나 그 뒤가 뜻 같지 못했다. 경포와 포장군은 곧 적장 섭간의 매서운 반격을 받아 끝내는 쫓겨나고 말았다.

하지만 섭간은 진채의 불을 끄는 일이 급해 멀리 쫓지 못했다. 10리쯤 뒤쫓다 인심 쓰듯 되돌아갔다. 그 바람에 한숨을 돌린 경포와 포장군이 다시 한번 적의 본진을 휘저어 볼까 하고 군사를 움직이려는데, 왕리의 중군이 그리로 쫓겨 온 것이었다.

밀리는 중이라 해도 원래 10만 명이 넘었던 왕리의 군세에 비해 그때 경포와 포장군이 거느린 군사는 보잘것없었다. 끌고 나온 1만 명도 섭간의 반격을 받아 머릿수가 몇 천 줄어들었을뿐더러, 밤새 이리저리 숨어 다니다가 그 아침에는 한바탕 힘든 싸움까지 한 군사들이었다. 왕리의 대군이 그대로 밀고 들었다면 그들을 짓밟고 본진으로 돌아갈 수도 있었다.

그런데 이미 패신(敗神)에게 홀린 것일까? 왕리의 눈에는 뒤쫓는 항우의 군사들보다 더 많은 대군이 홀연히 솟아나와 앞을 막고 선 듯 보였다. 감히 정면으로 맞서 뚫고 나갈 엄두를 내지 못하고 주춤거리다가 앞뒤에서 밀고 든 초군에게 에워싸이고 말았다.

거기서 거록의 아홉 싸움 중에서도 가장 처참한 살육전이 벌어졌다. 진군은 대군이고 거의가 훈련된 정규군이었으나 그렇게 포위되고 보니 이미 군사가 아니었다. 막다른 골짜기에 몰린 짐승처럼 이리저리 몰리다가 놀란 넋이 되거나, 무기를 내던지고 땅바닥에 주저앉아 목숨만 빌었다.

진나라 명장 왕전의 손자요, 함곡관을 나온 이래로 싸움에 져본 적이 없는 장함이 가장 아끼는 장수였던 왕리도 살육의 아수라장을 짓누르는 죽음의 공포에서 자유롭지는 못했다. 한 식경을 못 버티고 사로잡혀 항우에게 목숨을 비는 신세가 되고 말았다. 그와 함께 장함이 믿던 20만 대군도 연기처럼 사라졌다.

왕리를 사로잡은 초군은 내처 진군의 본진으로 밀고 들었다. 겨우 큰 불길을 잡고 한숨을 돌리려던 진장 섭간은 사로잡은 왕리를 앞세우고 밀고 드는 초군을 보고 이미 일이 글러 버렸음을 알아차렸다.

"내 어찌 초적(楚賊)에게 항복해 구차하게 목숨을 빌리!"

그 한마디와 함께 아직 불타고 있는 군막 안으로 뛰어들어 스스로 목숨을 끊고 말았다. 항우가 진나라의 20만 대군을 깨뜨린 뒤 그 장수 소각을 목 베고 왕리를 사로잡으며 섭간까지 스스로 불타 죽게 만들자 그 위세는 다시 천하 뭇 사람을 떨게 했다. 그 중에서도 거록의 싸움터에서 직접 항우의 분투를 본 제후들은 특히 더했다. 진군을 완전히 무찌른 항우가 제후군의 장수들을 진중으로 청하자 그들은 원문(轅門)부터 무릎걸음으로 기어들며 감히 고개를 들어 항우를 바로 쳐다보지도 못했다.

에움에서 풀려난 조왕(趙王) 헐과 재상 장이는 거록성 밖까지

나와 항우와 제후군을 맞아들였다. 성안으로 들어간 항우는 그곳에 모인 여러 제후군을 하나로 묶고 스스로 그 상장군이 되었다. 그러나 실상 항우는 그때부터 모든 제후의 우두머리가 되어 뒷날의 '서초 패왕(西楚覇王)'으로 가는 길을 닦게 된다.

# 더해지는 깃과 날개

창읍은 산양군에 속한 현이다. 강북(江北)이기는 해도 창읍의 2월은 제법 봄기운이 돌았다. 그러나 창읍성 밖 벌판에 친 패공 유방의 아침 군막 안은 썰렁하기 짝이 없었다. 전날 힘들여 성을 들이쳤으나 군사만 상하고 쫓겨난 터라 더욱 그렇게 느껴지는지도 모를 일이었다.

전해 9월 초나라 회왕(懷王)의 명을 받고 항우와 길을 나누어 서쪽으로 떠난 패공은 탕군을 지나 먼저 양성에 이르렀다. 아직 거록의 싸움에 불려 가지 않은 진나라 장수 왕리의 군사들이 지키고 있는 땅이었다. 거느린 군사가 겨우 1만 명 남짓이었으나 패공은 기세 좋게 양성을 들이쳤다. 풍읍과 패현의 건달들이 저마다 분발해 양성은 한나절 만에 떨어졌다.

힘이 솟은 패공 유방은 다시 군사를 휘몰아 멀지 않은 강리로 밀고 들었다. 강리 역시 왕리의 군사들이 지키고 있었으나 패공이 전날 이겨 한껏 기세가 오른 군사로 들이치자 배겨 내지 못했다. 기껏해야 사흘을 넘기지 못하고 성을 내준 뒤 북쪽으로 달아났다.

강리에서 잠시 군사를 쉬게 한 패공은 다시 성무로 쳐들어갔다. 진나라 동군위(東郡尉)가 적지 않은 군사와 함께 머물고 있다는 소문 때문이었다. 거기서도 패공은 크게 재미를 보았다. 무엇엔가 고양된 시골 아전들과 저잣거리 건달들이 범같이 내달아 동군위를 죽이고 그 군사들을 모두 흩어 버렸다. 이세황제 3년으로 접어드는 10월의 일이었다.

성무에서 달포 남짓을 쉬며 군사를 정비한 패공은 다시 율현으로 군사를 냈다. 그러나 그곳에는 진군이 없고 강무후(剛武侯)란 사람이 군사 4천여 명과 함께 자리 잡고 있었다. 초나라 장수로서 강후(剛侯) 무(武)라고 불러야 옳다는 말이 있었으나, 실은 설현에서 의군을 일으킨 장수였다. 패공은 강무후의 군사를 모두 빼앗아 자신의 군세를 2만으로 부풀렸다.

그때 비로소 패공의 움직임을 심상찮게 본 장함이 율현으로 대군을 보냈다. 하지만 때맞춰 그곳에 이른 위나라 장수 황흔(皇欣)과 사도 무포(武蒲, 무만(武滿)으로 되어 있는 곳도 있다.)의 군사가 크게 도움이 되었다. 패공은 그들과 힘을 합쳐 장함이 보낸 진나라 대군을 크게 쳐부술 수 있었다.

항우가 소각과 섭간을 죽이고 왕리를 사로잡아 거록을 구했다는 소식을 패공 유방이 들은 것은 율현에서였다. 잇따른 자잘한 승리에 취해 그곳에서 장졸들과 더불어 쉬며 겨울을 나던 패공은 그 놀라운 소식에 슬며시 다급해졌다. 서둘러 군사를 움직여 뭔가 그럴듯한 공을 세워 본답시고 고른 게 북쪽에 있는 창읍을 치는 일이었다.

하지만 창읍은 부근의 진군에게는 요긴한 땅이라 지금까지 떨어뜨려 온 변두리 현성들과는 달랐다. 그 바람에 2만 군사를 모두 내몰아 성을 치게 하였으나 첫날 싸움에 밀리면서 군사와 물자만 잃고 말았다.

'고약하다……. 항우는 7만이 못 되는 군사로 장함이 거록성 밖에 풀어놓은 진나라의 20만 대군을 깨뜨리고 세 장수를 죽이거나 사로잡았다고 하지 않는가. 그런데 나는 이 작은 성 하나를 떨어뜨리지 못하고 있다니!'

패공 유방은 침상에 누운 채 괴롭게 중얼거렸다. 무슨 일에든 느긋하기만 하던 예전의 모습과는 많이 달랐다. 한 무리의 우두머리가 되어 전장을 떠돈 1년 남짓한 사이에 패공에게 일어난 변화였다.

그때 누가 갑자기 장막을 들추고 들어서며 말했다.

"패공, 일어나셨습니까? 번 장군이 패공을 뵙고자 찾아왔습니다."

빈객이란 직함으로 곁에서 시중을 드는 노관이었다. 노관은 패공과 같은 달, 같은 날에 난 동갑내기요, 아버지 대부터 친구 사이였다. 군막을 함께 쓸 뿐만 아니라, 장수들 중 유일하게 마음대로 패공의 침실을 드나들 수 있었으나, 둘 사이는 그때 이미 주종을 넘어 군신으로 바뀌어 있었다.

"번쾌가 이렇게 일찍? 어쨌든 들라 하라."

패공이 그렇게 말하고 일어나 옷을 걸쳤다. 패공이 미처 침상을 떠나기도 전에 번쾌가 군막을 열어젖히고 들어왔다. 벌써 갑주에 투구를 받쳐 쓰고 있었다. 칼날만 길이 다섯 자에 너비 세 치로 특별히 벼린 장검이 유난히 긴 허리에 매달려 한층 위엄을 더해 주고 있었다. 한때의 방편이었다고는 하나 저잣거리에서 개고기를 썰어 팔던 개백정의 모습은 어디에도 남아 있지 않았다. 패공이 침상에 걸터앉은 채로 물었다.

"국대부(國大夫)는 이렇게 일찍 무슨 일로 나를 찾아왔는가?"

국대부는 관대부(官大夫)라고도 하는데, 번쾌가 싸움터에서 세운 공으로 얻게 된 작위 중의 하나였다. 반평생을 친숙하게 불러온 이름을 두고 번쾌를 그렇게 부르는 패공의 입가에는 희미한 웃음기가 있었다.

번쾌는 젊었을 적부터 노관과 더불어 패공의 오른팔, 왼팔이 되어 그 주먹 노릇을 하였고, 나이 들어서는 패공의 처제 여수(呂須)를 아내로 맞아 그와 동서 간이 되었다. 그러나 패공의 미소에 감춰져 있는 것은 그런 사사로운 정이 아니라, 대견스러운 신하를 바라보는 주군의 흐뭇함이었다. 지난 한 해 반 동안 보여 준 번쾌의 분발과 변모는 그만큼 눈부신 데가 있었다.

처음 패공의 사인(舍人)으로 패현을 출발한 번쾌는 호릉과 방여를 공격할 때부터 무장으로서 남달리 두각을 드러냈다. 두 곳을 평정하고 돌아와 풍 땅을 지킬 때는 쳐들어온 사수군의 어사감(御使監)을 크게 무찔렀고, 다시 동쪽으로 패현을 평정한 뒤에는 설현에서 사수 군수의 대군을 여지없이 쳐부수었다. 장함의 사마(司馬) 이(夷)와 탕현 동쪽에서 싸워 그를 내쫓고, 적군 15명을 목 베어 처음으로 국대부의 작위를 받았다.

그 뒤로 번쾌는 언제나 패공을 따라다니며 그 곁에서 싸웠다. 복양현에서 장함의 군대를 공격할 때는 맨 먼저 성벽 위로 기어올라 공격하고 적군 23명을 목 베어 열대부(列大夫)의 작위를 받았다. 다시 패공을 따라 성양현을 칠 때도 가장 먼저 성벽 위로 뛰어올라 그 용맹을 드러냈다.

그 뒤 번쾌는 호유향을 함락시키고, 이유(李由)의 군사를 쳐부수어 적군 16명을 목 벤 공으로 상간작(上間爵) 벼슬을 받았다. 강리에 군사를 머무르게 하고 있던 하간 군수를 쳐부수었으며, 성무현에서 동군의 수위(守尉)를 물리칠 때, 적군 16명을 목 베고 11명을 사로잡아 오대부(五大夫)의 작위를 받았다. 그러나 패공은 여전히 그가 내린 첫 작위로 번쾌를 불렀다.

"오늘 싸움은 제게 선봉을 맡겨 주십시오. 복양에서 그랬듯 앞장서 성벽 위로 뛰어올라 적의 얼을 빼어 놓겠습니다!"

"그것도 좋지. 그렇지만 또 국대부를 위험한 싸움에 앞장세웠다가 나중에 성질 사나운 처제에게 무슨 꼴을 당하라고."

패공이 빙글거리며 받았다. 그러나 번쾌는 공손하면서도 엄숙한 자세를 조금도 풀지 않았다. 오히려 더 굳어진 얼굴로 말했다.

"사사로운 정과 천하의 일은 구분되어야 합니다. 더구나 이 창읍의 싸움은 우리가 앞으로 더 나아갈 수 있느냐 없느냐가 걸린 중요한 싸움입니다."

"알고 있네. 하지만 싸움이 끝나고 돌아가면 지척에서 처제를 만나야 하니……."

패공이 조금 머쓱하여 그렇게 얼버무리고 있는데 다시 노관이 들어와 알렸다.

"관 중연(中涓)이 찾아와 뵙겠다고 합니다."

"관영은 또 무슨 일로?"

"뵙고 말씀 올리겠다고 합니다. 번 장군처럼 갑옷투구를 갖추고 찾아왔습니다."

그 말에 유방도 관영이 온 뜻을 짐작한 듯 다시 빙긋이 웃으며 말했다.

"알겠다. 들게 하라."

노관이 나가고 오래잖아 관영이 들어왔다. 작달막하지만 다부진 몸매가 갑옷투구에 싸여 더욱 굳세고 단단해 보였다. 그 또한 수양현 저잣거리에서 비단을 팔던 옛날의 그 사람은 아니었다. 지난번 강리에서 진군을 무찌를 때는 앞장서서 치열하게 전투를 벌여 기선을 제압하였고, 성무에서 동군 군위(郡尉)를 무찌를 때도 벼락같은 돌진으로 적의 정면을 돌파하여 그 공으로 칠대부의 작위를 받기도 했다.

관영은 먼저 와 있는 번쾌를 보고 빙그레 웃었다. 그때 패공이 관영에게 물었다.

"관 중연은 어제 싸움에서 다치지 않았소? 이렇게 일찍 무슨 일이시오?"

"껍질과 터럭이 조금 상했으나 걱정하실 바 없습니다. 다시 한 번 싸워 볼 만하니 오늘 성을 칠 때는 제가 한번 앞장서 보겠습니다."

그런 관영의 말을 패공이 껄껄 웃으며 받았다.

"여기 번 장군이 와 있는데 또 관 중연이 오셨구려. 짐작에는 주발도 가만히 있지는 않을 듯한데⋯⋯."

그때 마치 그 말을 받기라도 하듯 노관이 다시 군막을 들추고 들어오며 큰 소리로 알렸다.

"주 호분령(虎賁令)이 왔습니다. 역시 뵙기를 청합니다."

호분령은 호위를 맡는 장수로서, 주발은 패공이 안무후(安武 侯)에 탕군장(碭郡長)이 된 뒤부터 패공 곁을 지켜 왔다. 그래서 패공의 군막을 거리낌 없이 드나들어 와서인지 그날도 패공의 허락을 기다리지 않고 성큼성큼 안으로 걸어 들어왔다. 그 역시 누에치기로 살아가며 상가에서 피리나 불어 주던 옛날의 그 주발은 아니었다. 누구보다 강한 활을 잘 쏘는 용사로서 번쾌와 나란히 눈부신 변신을 거듭하고 있었다.

주발이 처음 패공을 따라나설 때는 관영과 마찬가지로 중연이 었으나 그 뒤의 분발은 남달랐다. 그는 먼저 호릉과 방여의 싸움에서 큰 공을 세웠고, 다시 방여가 패공에게 반역하자 그가 싸움을 맡아 적군을 쳐부수었다. 탕군을 칠 때도 가장 공이 많은 것은 그였으며, 하읍을 쳐서 떨어뜨릴 때는 그가 맨 먼저 성루에 올라 패공으로부터 오대부의 작위를 받았다.

주발은 또 패공의 군사 한 갈래를 이끌고 몽읍과 우현을 공격하여 함락시켰고, 패공이 장함의 거기(車騎) 부대를 공격할 때는 후진에 머물러 뒤를 굳건히 받쳐 주었다. 위(魏) 땅을 쳐서 거둬들였으며, 원척과 동민 두 곳을 들이치고 곧장 율현으로 나가 그 성을 떨어뜨렸다. 또 설상을 공격할 때는 주발이 맨 먼저 성벽 위로 뛰어올랐다.

동아성 아래에서 진군을 무찌르고 복양까지 뒤쫓아가 견성(甄城)을 함락시킨 것도 주발이었다. 도관과 정도 두 현을 쳐부수고 완구를 빼앗는 데 공이 컸으며 선보의 현령을 사로잡기도 했다. 옹구성 아래에서 이유의 군사를 쳐부술 때 가장 앞서 내달은 것도 주발이 이끈 군사들이었다.

"호분령은 또 무슨 일로 이렇게 일찍 왔는가?"

패공이 답은 듣지 않아도 이미 알고 있다는 듯 웃음기 섞어 주발에게 물었다. 그러나 주발은 진지하기만 했다.

"오늘은 제가 선봉을 맡아 싸움을 풀어 볼까 하고 찾아뵈러 왔습니다."

그렇게 한마디 한마디 힘주어 말해 놓고는 비로소 먼저 와 있는 번쾌와 관영에게 눈길을 돌렸다. 패공이 참지 못하고 껄껄 웃으며 말했다.

"이러다가는 모든 장수들이 내 군막으로 모여들어 선봉을 다투게 되겠구나. 좋다! 성을 치는 데는 선봉이 따로 없다. 모두가 선봉이 되어 사방에서 한꺼번에 들이쳐 보자. 그리하면 창읍성이 설령 쇠 벽돌로 쌓고 끓는 물을 못 삼아 둘렀다[金城湯池] 한들

어찌 배겨 낼 수 있겠는가?"

그러고는 노관을 돌아보며 말했다.

"소하와 조참, 그리고 하후영을 부르고 밥과 국과 고기를 이리로 날라 오게 하라. 오랜만에 풍(豊), 패(沛)의 벗들과 함께 아침을 먹고 싶다."

노관이 사람들을 불러들이자 패공은 환한 웃음과 함께 아침에 있었던 일을 그들에게 들려주었다. 그리고 음식이 들어오자 어려운 싸움을 앞둔 사람 같지 않게 웃고 떠들며 먹고 마셨다. 하지만 패공도 끝내 태평스럽지만은 못했다. 식사를 마친 장수들이 모두 싸울 채비를 갖추러 제 군막으로 돌아간 뒤 패공이 문득 숙연해진 얼굴로 노관에게 일렀다.

"전포(戰袍)와 갑옷투구를 갖춰다오. 아무래도 오늘은 나도 나서야 할 것 같다. 그리고 사람을 시켜 하후영을 다시 불러라."

오래잖아 기장(騎將) 복색을 한 하후영이 불려 오자 패공은 전에 없이 정색을 하고 말했다.

"영아, 오늘은 네 수레를 타고 싸우고 싶구나. 가서 갑옷을 바꿔 입고 싸움 수레[戰車]에 말을 매어라."

하후영에게는 태복(太僕)이란 직함이 있었으나, 패공은 왠지 그만은 노관에게 그러하듯 이름으로 불렀다. 하후영이 패공보다 나이가 많이 적은 까닭도 있지만, 패공의 수레를 몰아 노관처럼 언제나 가까이 있기 때문이기도 했을 것이다. 갑옷을 바꿔 입으라는 것은 기장으로 싸울 때와 어자(御者)로 싸울 때에 가려야 할 곳이 다른 까닭이었다.

파리가 준마의 꼬리에 붙어 천 리 길을 가듯, 수많은 풍읍과 패현의 건달들이 패공 유방을 따라나서 자신의 운명을 바꾸었지만 가만히 살펴보면 하후영만큼 앞뒤가 크게 달라진 사람도 없을 듯하다. 처음 패공 유방과 만났을 때 하후영은 현청의 하찮은 막일꾼이었다. 소하가 현청의 아전들 중에서 으뜸인 주리가 되고 조참이 옥리일 때도 하후영은 겨우 마차몰이꾼에 지나지 않았으며, 현령의 사자로서 패현을 공격하려는 유방을 찾아왔을 때도 하는 일은 기껏 현령의 잔심부름꾼[縣令吏] 정도였다.

　용력(勇力)과 무예에 있어서도 하후영은 내세울 만한 것이 없었다. 몸이 가늘고 팔 힘이 없어 현청의 말이나 돌보게 되었고, 그러다가 끝내는 현령의 마차몰이꾼으로 자리 잡게 되었다. 무예도 나름으로는 닦고 있었으나, 그쪽도 별다른 성취는 없었다. 마구간 뒤에서 칼 쓰기를 익힌답시고 솜씨를 겨루다가 어설픈 유방의 칼에 크게 다쳐 현청을 벌컥 뒤집어 놓은 일도 하후영의 보잘것없는 무예를 보여 주는 좋은 예가 될 것이다.

　패공이 된 유방과 함께 패현을 떠날 때 하후영이 받은 태복이란 직함도 실은 마차몰이꾼에게 붙인 그럴싸한 이름에 지나지 않았다. 그러나 호릉에서 소하와 함께 사수군의 군감 평(平)을 무찔러 항복을 받아 내면서 장수로서 두각을 드러내었다. 그 공로로 오대부에 오른 하후영은 그 뒤 때로는 몸소 말에 올라, 때로는 수레를 몰고 싸움터를 누비며 눈부신 공을 세웠다.

　패공을 따라 탕군에서 싸울 때 하후영은 그 어떤 장수보다 매섭게 진군을 몰아붙였으며, 제양현을 쳐서 떨어뜨리고 호유향의

항복을 받아 내는 데도 그의 공이 컸다. 옹구에서 이유의 군사를
쳐부술 때는 싸움 수레를 빠르게 몰면서 치열하게 싸운 공로로
집백(執帛)의 작위를 받았다. 또 동아와 복양 아래서 장함이 이끈
진군과 싸울 때도 수레를 빠르게 몰며 무섭게 싸움터를 휩쓸어
그 공로로 집규(執珪)의 작위를 받기도 했다.

단단히 채비를 갖춘 패공의 장졸들이 두 번째로 창읍성을 들
이치기 시작한 것은 그날 정오 무렵이었다. 패공의 군사들은 적
이 달아날 수 있게 북쪽 성문만 남겨 두고 나머지 세 방향에서
일시에 밀고 들어갔다. 번쾌와 주발과 관영이 그 세 갈래 군사를
이끌었는데, 아침에 패공이 이른 대로 그들 세 장수 모두가 선봉
이 되어 성벽을 기어오르니 그 기세가 여간 날카롭지 않았다.

패공도 갑옷 차림에 투구를 받쳐 쓰고 하후영의 수레에 올라
동, 서, 남 세 성벽 사이를 오락가락하며 장졸들을 독려했다. 장
수의 갑주로 몸을 감싼 하후영이 수레 모는 자리에 서서 반평생
닦은 말몰이 솜씨로 싸움 수레를 빠르게 몰아 패공의 위엄을 더
했다.

하지만 창읍은 그리 만만하게 볼 곳이 아니었다. 성벽이 두텁
고 높은 데다 쫓겨 온 왕리의 군사들이 보태져 군사의 머릿수도
패공에 비해 그리 적지 않았다. 거기다가 하수(河水) 이남의 진군
에게는 뺏겨서는 안 될 요충(要衝)이라 지키려는 각오도 대단했
다. 장졸이 모두 이를 악물고 활을 쏘며 통나무와 돌을 던져 맡
은 성벽 위를 지켜 냈다.

그렇게 되자 분발도 투지도 소용이 없었다. 패공과 장수들이 앞장서 군사들을 몰아댔으나 시간이 흐를수록 늘어나는 것은 성 밖에서 공격하는 쪽의 사상자들뿐이었다.

"징을 쳐서 군사를 물려라! 억지를 써서 될 일이 아니다. 다시 채비를 새로 갖춰 성을 쳐도 늦지 않다!"

이윽고 패공이 스스로 수레를 물리며 노관을 불러 명했다. 군사들이 상하는 것을 못 견뎌하는 패공의 어짊에다 그 특유의 느긋함이 겹친 결단이었다.

그런데 그때 뜻밖의 일이 벌어졌다. 징 소리를 들은 군사들이 성벽에서 물러나는 것을 걱정스레 바라보고 있는 패공에게 노관이 갑자기 한곳을 가리키며 소리쳤다.

"적입니다. 적의 구원병이 오고 있습니다!"

패공이 보니 정말로 북쪽 하늘 가득히 먼지를 피워 올리며 한 떼의 인마가 달려오고 있었다. 아직 멀어 기치를 분별할 수는 없었으나 북쪽에서 내려오는 것으로 보아 장함이 보낸 진나라 원군임에 틀림없었다. 패공은 가슴이 철렁했으나 짐짓 태연한 척했다.

"걱정할 것 없다. 기껏해야 몇 천 명에 지나지 않는다."

"그렇지 않습니다. 만약 성안의 적병이 쏟아져 나오면 우리는 앞뒤로 적을 받게 됩니다."

하후영이 수레 끄는 말머리를 남으로 돌려 세우며 그렇게 걱정했다. 일이 여의치 않으면 달아날 방향이었다. 장수들도 모두 새로운 인마를 보았는지, 서둘러 군사를 모아 패공 주변으로 모여들었다.

"겁먹지 말라! 모두 진채로 돌아가 제자리를 지켜라!"

번쾌가 긴 칼을 빼 들고 소리쳐 군사들을 진정시키려 애썼다.

그래도 한 가지 다행스러운 것은 성안에서 치고 나오지 않는 일이었다. 무엇 때문인지 진군은 성벽 위에 눌러앉아 바라보기만 할 뿐, 성문을 열고 나오려 하지 않았다. 그때 다가오는 인마를 말없이 노려보고만 있던 주발이 말했다.

"패공, 염려 마십시오. 저것은 적군이 아닙니다. 복색과 병기가 이것저것 뒤섞인 데다 기치도 검은색이 아닙니다. 적이기보다는 오히려 우리 편인 듯합니다."

패공이 그사이에도 빠르게 다가들고 있는 인마를 살펴보니 눈이 밝은 주발이 말한 대로였다. 가까운 곳에 근거를 둔 제후군이거나 다른 곳에서 일어난 의군이 싸움을 도우러 온 듯했다. 성안의 적군이 가만히 있었던 것은 그걸 먼저 알아차렸기 때문임에 틀림없었다.

패공이 반가운 마음에 수레를 그쪽으로 몰게 해 다가오는 그들을 앞서 맞았다. 놀라 바라볼 때와는 달리 군사는 많아도 3천을 넘지 않을 것 같았다. 이윽고 서로 얼굴을 알아볼 만한 거리에 왔을 때 패공이 먼저 두 손을 모으며 앞서 말을 타고 오는 장수에게 물었다.

"앞에 오는 군사는 어디서 오는 군사며 장군은 뉘시오?"

"나는 거야택에 숨어 지내던 팽월(彭越)이란 늙은이외다. 따르는 젊은이들이 있어 함께 진나라의 남은 세력을 쓸어 내다 보니 군세가 불어나 그럭저럭 3천을 넘기게 되었소. 다시 선 초나라에서 진나라를 정벌하기 위해 특별히 군사를 내었다기에 작은 힘이나마 보태려고 이렇게 달려왔소이다."

앞선 장수 또한 점잖게 두 손을 모으며 그렇게 받았다. 나이는 패공보다 네댓 살 위쯤 될까? 키는 훌쩍했으나 비쩍 마른 몸에 눈빛이 기이하게 빛나는 초로(初老)의 사내였다. 말을 하면서도 끊임없이 패공을 뜯어보고 있는 것이 그의 조심성과 기민함을 드러내고 있었다.

팽월의 얼굴을 대하기는 처음이었으나 거야택과 이어진 그 이름은 패공의 귀에 그리 설지 않았다. 그때 수레 곁에 섰던 관영이 반가운 목소리로 팽월을 알은체했다.

"달려오시는 모습이 낯익다 했더니, 팽 대협이셨구려. 구름 속에 숨은 신룡(神龍)처럼 거야택에 숨어 세상에 몸을 드러내지 않던 팽 대협이 여기까지 웬일이시오?"

수양현에서 비단 장수를 하면서도 패현 저잣거리 건달들과 손이 닿을 만큼 발이 넓던 관영이었다. 그가 그렇게 소리치자 패공도 문득 떠오르는 게 있었다. 거야택에 숨어 산다는 간 크고도 날렵한 수적(水賊) 얘기였다. 무리를 모아 도둑질을 하는데 뜻밖의 곳을 털고 또 재빨리 사라져, 진나라 관병이 고변을 듣고 달려가 봤자 번번이 허탕이라는 소문이었다.

"이거 관 형 아니시오? 관 형이야말로 저잣거리에서 비단이나 찢어 파는 분이라더니 벌써 갑옷투구가 잘 어울리시는구려."

팽월이 그렇게 농담 섞어 관영의 말을 받았다. 그러나 눈길은 끊임없이 패공을 살피고 있었다.

'경계가 많은 사람이구나. 그만큼 변화에 대응하는 것은 민첩하겠지만 항심(恒心)을 지켜 가기에는 머릿속에 너무 많은 것이 들어차 있다……'

팽월의 눈빛을 받으며 패공은 속으로 그렇게 헤아렸다. 하지만 겉으로는 평소처럼 느긋하고 무심한 말투로 말했다.

"거야택에 대협이 한 분 머물고 계신다더니 바로 장군이셨구려. 게다가 이미 관 중연과 알고 계신다니 이 또한 우연은 아닌 듯하오. 마침 싸움이 여의치 않아 군사를 잠시 물리려던 참이니 장군도 가까운 곳에 진채를 내리고 함께 앞일을 의논해 봅시다."

그러고는 슬며시 관영에게 일러 팽월의 군사들이 자리 잡기를 도와준 뒤에 팽월과 함께 자신의 군막으로 오게 했다.

팽월을 기다리는 사이에 패공은 그에 대해 자세히 알아보게 했다. 거야택이 아주 먼 곳이 아니고, 팽월 또한 어제오늘 알려진 사람이 아니라, 관영 말고도 그를 아는 사람은 많았다.

팽월은 방금 유방의 군사들이 에워쌌던 바로 그 창읍 사람으로 자를 중(仲)이라 썼다. 그는 용력이 남다르고 품은 뜻이 컸으나 진나라의 폭정을 맞아 그 뜻을 펴 볼 길이 없었다. 일찍부터 마음이 맞는 무리를 데리고 거야택에 숨어들어 물고기를 잡으며 살았는데, 때로 무리를 위해서는 도적질도 마다하지 않았다.

진나라 관부가 진작부터 팽월이 하는 짓을 알고 여러 번 군사를 풀어 잡으려 하였다. 하지만 거야택의 넓고 깊은 물과 물가의 짙은 숲이 그를 감추어 주는 데다, 그 무리의 나가고 물러남을 헤아리기 어렵고 움직임이 워낙 재빨라 아무리 애를 써도 잡을 수가 없었다. 세월이 지나면서 팽월의 이름만 키워 줄 뿐이었다.

진승이 일어나고 항량이 그 뒤를 따르자 평소 팽월을 우러르던 젊은이들이 찾아가 말했다.

"지금 여러 호걸들이 진나라에 맞서려고 다투어 일어나고 있습니다. 대협에게도 그들 못잖은 재주와 인망이 있으시니 한번 몸을 일으켜 보시지요. 우리 모두 목숨을 바쳐 대협을 따르겠습니다!"

그러나 팽월은 무겁게 고개를 가로저었다.

"지금은 두 마리 용이 한창 싸우고 있으니 함부로 일어설 때가 아니오. 조금 더 기다려 봅시다."

그가 말한 두 마리 용이란 진나라와 진승이 세운 장초를 말하는 것이었다. 젊은이들도 그 말을 옳게 여겨 그냥 돌아갔다. 그러나 한 해가 지나 진승과 항량이 모두 죽은 뒤에도 천하가 여전히 죽 끓듯 하자 젊은이들도 더 기다리지 못했다. 거야택의 늪과 못 부근에서 힘깨나 쓰는 백여 명이 모여 다시 팽월을 찾아갔다.

"천하의 형세를 보니 이제 더는 기다릴 수 없습니다. 바라건대 저희들의 우두머리가 되어 저희들을 이끌어 주십시오."

하지만 팽월은 여전히 고개를 가로저었다.

"아직도 때가 아니오. 게다가 천둥벌거숭이같이 앞뒤 모르고 날뛰는 그대들과는 더욱 함께할 수 없소."

그러자 젊은이들이 엎드려 빌며 자기들의 우두머리가 되어 달라고 떼를 썼다.

"부디 저희를 저버리지 말아 주십시오. 대협께서 시키는 일이
라면 물불을 가리지 않고 따르겠습니다."

젊은이들이 거듭 그렇게 빌다 나중에는 목숨까지 걸자 마침내
팽월이 그들과 함께하기를 허락했다.

"좋소! 그럼 함께 일어나 봅시다."

그러고는 전에 없이 엄숙한 표정으로 덧붙였다.

"우리가 창칼을 들고 진나라에 맞서 싸운다면 이는 곧 군대를
이룬 것이며, 그대들이 이왕에 나를 우두머리로 세웠으니 나는
그 군대의 장수요. 이제 장수로서 첫 번째 군령을 내리겠소. 그대
들은 지금 돌아가 각기 행군할 채비를 갖춘 뒤에 다시 이곳으로
돌아오되, 해가 돋기 전에 모두 모여야 하오. 만약에 시각을 어기
는 자가 있으면 그 목을 베어 군령을 세울 것이오!"

젊은이들은 팽월의 그와 같은 돌변에 움찔했으나, 이내 그리
대수롭지 않게 여기면서 돌아갔다. 그들의 마음가짐이 그렇다 보
니 정해 둔 시각이 제대로 지켜질 리 없었다. 이튿날 해가 돋은
뒤에 온 젊은이가 열 명이 넘었는데, 그중에서도 가장 늦은 자는
해가 중천에 떠서야 그곳에 이르렀다.

전포에 칼을 차고 나와 기다리던 팽월은 시각에 맞춰 온 젊은
이들 중에서 굳세고 날래 보이는 자를 골라 부장으로 삼았다. 그
리고 모두 한군데 모여 서게 한 뒤 마지막 젊은이가 이르기를 기
다려 차갑게 말했다.

"너희들은 나이 든 나를 찾아와 억지로 너희들의 우두머리로

삼았다. 그래서 나는 어제 장수로서 해가 돋기 전에 모이라는 첫 번째 군령을 내렸고, 너희들은 그걸 지키겠다고 약조하였다. 그 런데도 이토록 약조를 어긴 사람이 많으니 어찌 된 일이냐? 그들 을 모두 죽일 수는 없으니, 가장 늦게 온 사람이라도 목을 베어 군령을 세워야겠다!"

그러고는 부장으로 삼은 젊은이에게 가장 늦게 온 자를 목 베 게 했다. 사람들은 모두 팽월이 그들을 겁주기 위해 한번 해 보 는 소리로만 듣고 히죽히죽 웃으면서 말했다.

"어찌 그렇게까지 할 수야 있겠습니까? 이번은 처음이니 그냥 넘기시지요. 다음부터는 결코 그런 일이 없을 것입니다."

팽월이 칼을 빼 들며 성난 목소리로 외쳤다.

"너희들은 무도한 진나라를 쳐 없애려고 일어난 의군이다. 의 군도 군사거늘 군령을 어기고 어찌 살기를 바란단 말이냐!"

그러면서 가장 늦게 이른 자를 단칼에 목 베어 버렸다.

"내 비록 이 사람을 죽였으나 이 사람이 미워서가 아니다. 이 웃에 살던 사사로운 정에 이끌려 무겁기 태산 같은 군령을 무너 뜨릴 수는 없다. 이제 이 목을 바쳐 군기에 제사를 올릴 터이니 모두 그리 알고 채비하라!"

팽월이 그 목을 주워 들고 그렇게 말하자 젊은이들은 하나같 이 질린 얼굴로 몸을 떨었다. 그러나 팽월은 표정 하나 변하는 법 없이 그 목을 제단에 바치고 새로 출발하는 그들의 무운을 빌 었다.

그 뒤 그들 무리는 팽월의 명이면 사소한 것이라도 감히 어길 엄두를 내지 못했다. 모두 두려움에 떨며 얼굴을 들고 팽월을 바로 보지조차 못할 지경이었다. 팽월은 그렇게 군율이 선 젊은이들을 데리고 이곳저곳을 떠다니며 진나라의 관부를 들이치고 그 땅을 털었다. 팽월의 군사들이 워낙 바람처럼 나타나고 연기처럼 사라지니 작은 고을에서는 그들을 당해 낼 길이 없었다. 그러자 그의 이름이 더욱 높아져 세력이 불어나기 시작했다. 특히 장함에게 모질게 당해 흩어진 제후들의 군사들이 그에게 의지하러 몰려드니 그 군사는 금세 천 명을 넘어섰다.

하지만 그런 팽월의 세력으로는 이곳저곳 떠돌아다니며 분탕질을 칠 수는 있어도 독자적인 세력으로 천하의 풍운에 끼어들 수는 없었다. 그래서 팽월이 남몰래 고심하고 있을 때 유방의 군사들이 북쪽으로 쳐올라오고 있다는 소리를 들었다.

'나무는 큰 나무 아래서는 자랄 수 없지만, 사람은 큰 사람 밑에서도 클 수가 있다고 했다. 어쩔 수 없구나. 유방이라고 했던가? 그를 한번 찾아가 보자. 초나라 회왕이 길을 나누어 보낸 장수인 데다, 군세도 2만 명이 넘는다고 하지 않는가. 더구나 그가 뺏으려고 하는 창읍은 내 고향이라 잘 아는 땅이니 내 비록 거느린 군사가 많지 않으나, 그를 도와 한몫을 해낼 수는 있을 것이다……'

팽월은 속으로 그렇게 헤아리며 패공을 찾아왔다.


팽월이 스스로 찾아와 패공을 도왔으나 창읍의 싸움은 패공의 뜻같이 풀리지 않았다. 패공은 반갑게 팽월을 맞아들여 그를 선봉 가운데 하나로 세우고, 그가 알고 있는 창읍의 지리를 십분

활용했으나 끝내 성을 떨어뜨릴 수가 없었다. 창읍의 방비가 워낙 단단한 데다 팽월의 도움에도 한계가 있었기 때문이었다. 팽월은 작은 병력을 이끌고 이리저리 떠돌며 치고 빠지는 일에는 능하지만, 성안에 틀어박힌 적을 많은 병력으로 에워싸고 치는 데는 그리 큰 힘을 쓰지 못했다.

"안 되겠다. 창읍은 이만 버려두고 바로 관중으로 가자!"

며칠이나 거듭 성을 들이쳐도 군사와 물자만 헛되이 축나자 패공은 마침내 마음을 바꾸었다. 무엇이든 물 흐르듯 자연스럽게 이루어지는 걸 좋아하고, 그래서 잘 안 되는 일에 억지를 부리지 않는 패공다운 결정이었다. 그러자 팽월이 말했다.

"나는 아무래도 이곳에 남는 게 좋을 듯합니다. 비록 많지 않은 군사이나 이리저리 떠돌아다니며 진군을 괴롭히면 그들을 적지 아니 이곳에 묶어 둘 수 있으니, 그 또한 패공을 뒤에서 돕는 일이 아니겠습니까? 게다가 지난번에 장함이 위나라를 쳐부수고 위왕 구(咎)를 죽인 뒤로 수많은 위나라 군사들이 부근 사방에 흩어져 떠돌고 있습니다. 그들을 모아 진나라에 맞설 세력으로 묶는 것도 제가 할 수 있는 큰일이 될 것입니다."

그러고는 무리를 이끌고 원래 있던 거야택으로 돌아가 버렸다. 패공도 그런 팽월을 잡아 둘 길이 없어 그대로 보내야만 했다. 그러나 뒷날 천하를 판가름할 싸움에서 팽월을 제 편으로 끌어들여 형세를 결정지을 수 있었던 기틀은 은근하면서도 애틋한 정이 배인 그 작별 때에 이미 마련되어 있었는지도 모른다.

창읍을 풀어 주고 서쪽으로 군사를 몰아가던 패공은 정도와 외황을 지나 사흘 만에 고양에 이르게 되었다. 고양은 진류현에 속한 향(鄕)이다. 패공이 전란 중에 비어 버린 향청(鄕廳)을 빌어 며칠 쉬어 가려고 하는데, 노관이 기장(騎將, 원문은 기사(騎士)) 하나를 데리고 패공의 방으로 들어왔다. 풍읍이나 패현 사람은 아니지만 언제나 패공 곁에서 싸워 낯익은 기장이었다.

"저의 고향은 이곳 고양인데, 고향 사람 중에 장군을 꼭 뵙고자 하는 분이 있어 감히 여쭈어 보러 왔습니다."

"그게 누구인가?"

패공이 묻자 기장이 대답했다.

"이곳 사람들에게는 역생(酈生)이라고 불리는데 이름은 이기(食其)로 씁니다. 나이는 이제 예순이 넘었고, 키는 여덟 자로 사람들은 그를 '미치광이 서생[狂生]'이라고 부르지만 스스로는 미친 사람이 아니라고 합니다."

패공의 물음에 기장이 다시 조심스레 대답했다. 그러자 패공이 실쭉해진 눈길로 빈정거리듯 말했다.

"그럼 말 많은 선비[儒者]인 게로군."

"그렇지 않습니다. 그는 책 읽기를 좋아하나 선비는 아닙니다."

기장이 황급히 대답해 놓고 다시 변명처럼 말을 이어 갔다.

"저도 패공께서 선비를 좋아하지 않으신다는 걸 그 사람에게 말해 주었습니다. 손님 중에 선비의 관[儒冠]을 쓰고 오는 이가 있으면 큰 소리로 욕을 하고, 그 관을 빼앗아 안에다 오줌을 누어 버리기도 한다는 얘기까지 해 주었지요. 그러자 그 사람은 패공께 자신을 선비라 하지 말고 '고양의 한 술꾼[高陽一酒徒]'이라고만 말해 달라고 했습니다."

그러자 패공이 조금 풀린 얼굴로 물었다.

"고양의 술꾼이라……. 그렇다면 못 만날 것도 없지. 허나 무엇 때문에 그가 나를 만나야 한다던가?"

이번에는 그 기장이 다시 조심스러워진 얼굴로 말했다.

"역 선생 이기는 아는 것이 많고 품은 뜻이 컸으나, 집안이 가난하여 그것들을 마음껏 쓰고 펼칠 수가 없었다고 합니다. 세상 밑바닥에 떨어져 이리저리 떠돌다가 끝내는 급한 의식을 해결하고자 성문을 지키는 낮은 관리[監門]로 주저앉게 되었습니다. 그 뒤 진왕(진승)과 무신군(항량) 등이 군사를 일으키자 곳곳에서 장수들이 일어나 세력을 다투었는데, 이 고양을 지나간 사람만도 수십 명이 넘었습니다. 그러나 그들은 모두 도량이 좁고 까다로운 예절을 좋아하며, 자기만 옳다고 여겨 남의 말에 귀 기울일 줄 몰랐습니다. 이에 역 선생은 그들을 찾아가지 않고 원대한 계책을 속 깊이 감추고 있었습니다. 그러다가 이제 패공께서 이리로 오셨다는 말을 듣고 마음을 바꾼 듯합니다. 어제 제가 고향 마을로 가니 저를 불러 말하기를 '패공께서는 거만하여 남을 잘 업신여기시지만, 천하를 위한 계책이 많고 또 뜻이 크신 분이시라고 들었네. 참으로 내가 따르며 섬기고 싶은 분이나 나를 그분에게 이끌어 줄 사람이 없으니 자네가 그 일을 좀 해 주게.'라고 하더군요. 그래서 제가 감히 패공을 찾아뵙고 아뢰는 것입니다."

"좋다. 그럼 그를 만나 보겠다. 그에게 객사로 들라 이르라."

마침내 패공이 역이기 만나 보기를 허락했다. 실은 그 무렵 들어 패공도 어렴풋하게나마 새로운 인재가 필요함을 느끼고 있었다. 이미 패공 주위에는 적지 않은 사람들이 몰려 있었으나, 떠나가 버린 장량을 빼면 그들은 한결같이 무장들이었다. 소하 같은 문관이 있기는 해도 한낱 도필리로 장부를 적고 돈과 곡식을 셈하는 데만 밝았다.

그런데 그 기장의 얘기를 듣고 보니, 역이기는 그들과 전혀 부류를 달리하는 인재 같았다. 장수로는 닭 한 마리 잡을 힘이 없고, 도필리로도 그리 유능할 것 같지 않았지만 곁에 두면 요긴하게 쓰일 듯했다.

'옛적 이윤(伊尹)이나 강상(姜尙)같이 큰 인물이기를 감히 바라지 않는다. 앉아서 천 리 밖을 헤아리고 세 치 혀로 만 명의 사람을 달랠 수 있는 재주까지는 못 되어도 좋다. 그 사람에게서 천하 형세를 바르게 살필 수 있는 안목만 얻어도 된다. 일의 먼저와 나중, 무거움과 가벼움만 가릴 수 있어도 지금의 이 막막한 심사는 한결 덜어질 것이다……'

패공 유방이 역이기를 만나 보려고 한 속마음은 대강 그랬다.

역이기가 객사로 찾아온 것은 마침 패공이 여자들에게 발을 씻기고 있을 때였다. 당시의 습속 탓도 있지만, 여자와 관련된 패공의 행실은 그리 단정하지 못했다.

패공은 젊은 시절 저잣거리를 휘젓고 다닐 때부터 벌써 호색(好色)한다는 평판을 얻었는데, 혼인 전에 조씨녀(曹氏女)와 사통하여 서장자(庶長子) 유비(劉肥)를 낳기도 했다. 나중에 관리가 되고 결혼을 한 뒤에도 패공의 호색은 변하지 않았다. 목이 잘릴 죄가 되지 않는다면 노소미추를 가리지 않고 여자를 마다하는 법이 없었다고 할 정도였다.

어떤 이는 패공의 그와 같은 호색을 그의 도가적(道家的) 기질과 연관 지어 설명하기도 한다. 일생 드러내 놓고 말하지는 않았지만, 뒷날 여러 가지 행적으로 미뤄 보면 패공은 다분히 도가의 가르침에 젖어 있는 사람이었고, 그 믿음도 무위자연(無爲自然)의 원리에 기울어져 있다. 그런데 그 무위자연이 속되게 해석되면 본능적 욕구에 충실하라는 가르침이 되고, 거기 따르는 것은 뒷날 유가(儒家)의 눈에는 방탕과 호색으로 비쳤을 것이다.

어쨌든 패공의 그와 같은 행실은 나중에 무리와 더불어 망산과 탕산 사이에 숨어 살 때나, 몸을 일으켜 패현을 차지하고 초나라 회왕의 장수가 된 뒤에도 고쳐지지 않았다. 군사를 이끌고 싸움터를 돌아다니면서도 패공은 여자 없이는 하룻밤도 지내지 못했다. 전란의 시기를 맞아 값싸고 흔해진 여자를 거둬들여 밤마다 자신의 군막으로 들이게 했다.

그날 패공의 발을 씻고 있던 여자들은 전날 밤 패공의 군막에 들어 함께 잠자리를 시중든 둘이었다. 패공은 다리를 벌리고 침상에 걸터앉아 두 여자에게 발을 씻기게 하면서 찾아온 역이기를 맞아들였다.

방 안으로 들어간 역이기는 두 손을 모아 읍(揖)을 할 뿐, 절을 하지 않고 뻐딱하게 물었다.

"그대[足下]는 진나라를 도와 제후들을 치려고 하시는 것이오? 아니면 제후들을 이끌고 진나라를 치려고 하시는 것이오?"

오랜 불우(不遇)와 소외를 겪는 동안에 많이 비뚤어지기는 했지만 역이기는 본질적으로 유가였다. 패공의 무례에 실망한 역이기가 그런 물음으로 서운함과 미련을 아울러 나타냈다. 그렇잖아도 역이기가 뻣뻣하게 구는 것을 마음에 들어하지 않던 패공이 그 물음에 벌컥 성을 내며 꾸짖었다.

"이 미친 더벅머리 선비 놈아! 천하가 진나라에게 고초를 받은 지 이미 오래거늘, 무슨 헛소리냐? 제후들이 서로 힘을 합쳐 진나라를 쳐 없애려 하는데, 네놈은 어찌 진나라를 도와 다른 제후들을 친다는 말을 입에 담느냐?"

하지만 역이기는 조금도 움츠러들지 않고 같이 꾸짖었다.

"그대야말로 제정신이오? 그런 꼴로 도대체 무슨 일을 하겠다는 거요? 그대가 참으로 백성들을 끌어모으고 군사들을 거둬들여 저 무도한 진나라를 쳐 없애려 한다면, 그렇게 거만하게 걸터앉아 나이 들고 식견 높은 이[長者]를 만나서는 아니 되오!"

그러자 알 수 없는 일이 벌어졌다. 패공이 갑자기 발 씻기를 멈추고 일어나면서 역이기에게 공손하게 말했다.

"선생께서는 잠시만 기다려 주십시오. 먼저 의관을 갖추고 나와 선생께 사죄드리겠습니다."

그러고는 안으로 들어가더니 옷을 갈아입고 관을 받쳐 쓴 뒤 다시 나왔다. 역이기를 윗자리에 모셔 앉힌 패공은 사람이 달라진 것처럼 머리를 수그리며 간곡하게 말했다.

"조금 전에는 제가 눈이 있어도 어른을 알아보지 못했고, 귀가 있어도 우레와 같은 가르침을 듣지 못했습니다. 이제 눈과 귀를 씻고 나왔으니 어리석다 버리지 마시고 깨우쳐 주십시오. 제가 어찌해야 저 무도한 진나라를 쳐 없앨 수 있겠습니까?"

이후 중국의 모든 황제에게 이상이 된 유방의 덕목이 처음으로 정치화하는 순간이었다. 용인술(用人術)이라면 너무도 절묘한 이 용인술 때문에 뒷날 역이기는 산 채로 끓는 기름 가마에 튀겨지면서도 원망 없이 죽어 간다. 그날 고양의 객사에서도 역이기는 이미 감격으로 제정신이 아니었다.

"역시 세상은 헛된 이름을 전하지 않는구나! 공은 과연 도량이 넓고 너그러운 분이십니다. 어쩌면 잘못을 빌어야 할 쪽은 이 늙은이가 아닌지 모르겠습니다."

조금 전에 품었던 서운함과 실망은 깨끗이 잊은 듯, 도리어 그렇게 사죄했다. 그런 다음 학문과 재주를 다해 패공의 물음에 답하는데, 대개는 합종(合縱)과 연횡(連橫)의 이치로 천하의 일을 풀어 나갔다. 한나절이나 공손하게 역이기의 말을 들은 패공은 몹시 기뻐했다. 역이기에게 좋은 음식을 대접하게 한 뒤에 다시 배우는 아이처럼 물었다.

"그렇다면 저는 이제 어떤 계책을 써야 합니까?"

그러자 역이기가 두 눈을 번쩍이며 말했다.

"공께서는 떠도는 백성들을 불러 모으고 어지럽게 흩어진 군사들을 거둬들여 3만 대군을 일컬으시나, 실상 거느리신 것은 정병(精兵) 만 명을 채우지 못합니다. 그런데도 그 보잘것없는 군세를 몰아 강한 진나라로 바로 치고 들려 하시니, 이는 벌거벗고 호랑이 아가리로 뛰어드는 것이나 다름없습니다."

"그렇다고 여기 이렇게 한없이 머물러 있을 수도 없는 노릇 아 닙니까?"

"이곳에서 서쪽으로 가다 보면 백 리도 안 돼 진류가 나옵니 다. 천하의 요충으로 크고 작은 길이 사방으로 열려 있는 곳인데, 그 성안에는 많은 식량이 쌓여 있습니다. 먼저 진류성을 차지하 면 함곡관으로 가는 넉넉한 밑천을 장만할 수 있을 것입니다."

"천하의 요충이요, 수십만 석 군량을 쌓아 둔 곳이라면 방비도 엄할 터, 창읍성도 떨어뜨리지 못한 이 군세로 어떻게 진류성을 차지할 수 있겠습니까?"

패공이 자신 없어 하며 물었다. 역이기가 상기된 얼굴로 목소 리를 높였다.

"그럴수록 차지할 수 있도록 해야지요. 마침 이 늙은이가 진류 현령을 잘 알고 있으니 내가 먼저 사자로 가서 그를 한번 달래 항복을 받아 보겠습니다. 패공께서는 진류 현령이 내 말을 듣지 않거든 허장성세(虛張聲勢)로 크게 군사를 일으켜 성을 들이치십 시오."

"그리되면 선생께서 위태롭게 되지 않겠습니까?"

"진류는 내 고향이라 미쁜 벗들도 많고 나를 따르는 젊은이들 도 적지 않습니다. 설혹 현령이 내 말을 들어주지 않는다 해도 이 한목숨 지키기는 어렵지 않을 것입니다. 패공께서는 오늘 밤 가만히 군사를 움직여 진류성 부근에 숨겨 두셨다가 내일 아침 이 되어도 내게서 소식이 없으면 바로 밀고 드십시오. 그러면 내 가 패공의 군세를 업고 다시 한번 현령을 달래 보고, 정히 아니

되면 성안에서 호응해 힘으로 빼앗도록 하겠습니다."

그 말과 함께 몸을 일으킨 역이기는 말 한 필을 얻어 타고 진류로 갔다.


성안으로 들어간 역이기가 진류 현령을 찾아가자, 젊은 시절부터 가깝게 지내 온 현령이 물색 모르고 반겼다. 조용한 후원으로 술상을 차려 오게 해 오랜만에 찾아온 벗을 대접했다. 몇 순배 술잔이 돈 뒤에 역이기가 목소리를 가다듬어 말했다.

"옛말에 좋은 새는 나무를 가려 둥지를 틀고, 어진 사람은 주인을 가려 섬긴다 하였네. 자네는 여러 해 진나라의 벼슬살이를 했으나, 이제 주인을 가려 섬길 때가 된 듯하이. 패공 유방은 초회왕의 명을 받아 5만 대군을 이끌고 함양을 정벌하러 가는 장수일세. 탕현에서 출발하여 대쪽을 가르는 듯한 기세로 밀고 들어오고 있으니, 머지않아 이곳에도 이를 것이네. 서쪽으로 가는 지리와 여기 쌓여 있는 수십만 석 군량을 얻기 위해 반드시 이 진류성을 칠 것인즉, 거록의 싸움에서 크게 져서 기가 꺾일 대로 꺾인 진나라 군사 몇 천뿐인 자네가 무슨 수로 그 대군을 당해 내겠나? 성이 떨어지면 돌과 옥이 함께 타듯 모두 죽게 될 것이니, 그보다는 차라리 항복하여 나와 함께 패공을 섬겨 보는 게 어떻겠나?"

하지만 수십 년 높고 낮은 벼슬을 살아오는 동안에 누구보다도 진나라 법의 무서움을 잘 아는 현령은 얼른 마음을 정하지 못했다. 잠시 생각에 잠겼다가 무겁게 고개를 가로저으며 말했다.

"내 이미 진나라의 녹을 먹은 지 오래라 결코 그리할 수는 없네. 힘껏 지키다가 일이 글러지면 성벽을 베고 죽을 뿐, 어찌 한 고을의 수장(戍將)이 되어 싸워 보지도 않고 적도에게 항복한단 말인가? 우리 진나라 법으로는 오히려 항복을 권한 자네에게도 무거운 죄를 물어 마땅하네. 하지만 그동안의 정리 때문에 차마 그럴 수 없어 자네의 그 말을 듣지 않은 것으로 할 터이니 더 길게 말하지 말고 객관으로 물러가게. 가서 조용히 쉬다가 날이 새는 대로 진류성을 떠나도록 하게!"

그렇게 잘라 말한 현령은 역이기에게 한 번 더 말 붙여 볼 틈도 주지 않고 총총히 안채로 들어가 버렸다.

다음 날이 되었다. 날이 밝아도 성안에서 아무런 기별이 없자 패공은 대군을 풀어 진류성을 에워싸게 했다. 밤사이 인근의 유민들까지 모두 긁어모아 군사로 꾸미게 하고, 그 사이사이를 풍읍과 패현의 호걸들이 이끄는 정병들로 이어 군세를 위장하니, 성안에서 보기에는 엄청난 대군이 에워싼 듯했다.

놀란 현위의 전갈을 받고 문루에 오른 진류 현령도 그런 유방의 군세를 보고는 기가 질렸다. 어찌할 바를 몰라 멍하니 성벽 아래를 내려다보고 있는데, 다시 역이기가 나타나 권했다.

"이제 그만 마음을 돌리게. 권하는 술을 마다하면 벌주를 마시게 되는 법이네. 거기다가 이 진류는 내게도 고향 같은 땅이 아닌가. 네 성문 중에 둘은 이미 성안의 뜻 있는 이들과 나를 따르는 젊은이들 손에 들어갔을 것이니 성을 지키려 해도 뜻과 같지는 못할 것이네."

그 말에 현령도 마침내 마음을 바꾸어 먹었다. 한참이나 말없이 생각에 잠겼다가 긴 한숨과 함께 역이기에게 말했다.

"이제 진의 날도 다했나 보이. 이 또한 하늘의 뜻이라면 무고한 백성들의 목숨이라도 보전해 주어야 하지 않겠는가."

그러고는 군민들을 달래 패공의 군사들에게 맞서지 못하게 하고 네 성문을 활짝 열어 항복했다.

화살 하나 허비하지 않고 진류성을 차지하게 된 패공은 몹시 기뻤다. 수십만 석 곡식에 말과 병장기를 제대로 갖춘 군사까지 수천 명을 더 얻게 되니 그것만으로도 군세가 두 배는 불은 듯하였다. 거기다가 소문을 들은 근처의 유민들이 그 기세에 기대려 모여들어 패공의 세력은 다시 몇 배로 부풀어 올랐다.

패공은 그 모두가 역이기의 공이라 여겼다. 역이기에게 두텁게 상을 내리고, '땅을 넓혀 준 어른'이란 뜻으로 광야군(廣野郡)이라 높여 부르게 했다. 광야군 역이기가 그런 후대에 화답하듯 다시 한 사람 뛰어난 인물을 불러들여 패공을 기쁘게 했다.

"제 아우 상(商)이 제법 장재가 있어 부릴 만합니다. 지금 무리 수천 명을 거느리고 여기저기 떠돌고 있는데 제가 불러 패공을 모시게 하겠습니다."

뒷날 제후가 되고 한(漢)나라의 우승상에까지 오른 역이기의 아우 역상(酈商)은 그 형과 달리 일찍부터 장수로 이름을 얻었다. 힘이 남다르고 담대한 데다 재략까지 갖춰 인근의 젊은 사람들이 많이 따랐다. 진승이 봉기하자 그도 따르는 젊은이들을 데리고 이곳저곳을 노략질하며 진나라에 저항했는데, 그 무렵에는 무리 4천 명을 거느리고 기(岐) 땅에 머물고 있었다.

　패공도 역상의 이름을 들은 적이 있어 역이기를 재촉하다시피 해 그를 불러오게 했다. 역이기는 그날로 사람을 보내 아우 역상을 진류로 불러들였다. 패공이 역상을 보니 들은 대로 훌륭한 장수감이었다. 이에 역상을 장군으로 삼고 그가 데리고 온 4천 명에 진류의 군사들을 보태 거느리게 하니, 패공에게도 풍과 패 땅의 사람이 아닌 장수가 하나둘씩 늘어 가게 되었다.

　진류에서 잠시 군사를 쉬게 한 패공은 3월에 들기 바쁘게 서쪽으로 밀고 들어 개봉을 쳤다. 진류성을 뺏은 기세에다 새로 얻은 역상을 내세워 힘껏 성을 쳤으나 싸움은 패공의 뜻과 같지 못했다. 지난번 창읍에서 그랬던 것처럼 여러 날의 힘든 싸움 끝에 군사만 상하고 물러나야 했다.

　하는 수 없이 개봉을 버려두고 서쪽으로 길을 재촉하던 패공은 다시 진나라 장수 양웅(楊熊)을 만나게 되었다. 패공은 양웅과 백마에서 한바탕 싸웠으나 쉽게 승부를 가르지 못하여 다시 여러 날을 서로 밀고 밀리었다. 그러다가 곡우 동쪽에 이르러서야 패공은 비로소 양웅의 군사를 크게 쳐부술 수 있었다.

　양웅은 남은 군사를 이끌고 형양으로 달아났다. 하지만 뒤늦게야 관동의 일이 심상치 않음을 알아차린 이세황제는 그를 본보기로 삼아 무너진 진나라의 군령을 세워 보려 했다. 사자를 보내 싸움에 진 죄를 묻고 양웅의 목을 베었다.

　그사이 4월이 되고 여름 더위가 몰려왔다. 패공은 양웅을 이긴 기세를 몰아 영천 쪽으로 군사를 내었다. 영천군의 치소(治所)인 영양성은 옛날부터 군사적인 요충이라 싸움이 쉽지 않았으나, 이번에는 오래 날을 끌지 않고 떨어뜨릴 수가 있었다.

영천군은 옛 한(韓)나라 땅이었다. 시황제가 한나라를 쳐 없앤 뒤에 영천군을 만들어 진나라의 서른여섯 군 중의 하나로 끼워 넣어 버렸으나 한나라의 유신들은 오래도록 옛 나라를 잊지 않았다. 그러다가 진승이 봉기한 뒤 다시 한나라를 되세우려고 일어났는데 그 중심이 횡양군 성(成)을 한왕(韓王)으로 받들고 있는 장량(張良)이었다.

패공은 영양성을 얻자 문득 전해에 헤어진 장량을 떠올렸다. 오다가다 만났고 함께한 시간도 길지 않았으나 헤어진 뒤로 하루도 잊지 않은 사람이었다. 그때 조상 대대로 모신 한나라를 다시 일으키려는 장량의 뜻이 워낙 간절하고, 또 까마득히 우러러보던 항량이 이미 허락한 일이라 패공은 어쩔 수 없이 장량을 떠나보내야 했다.

하지만 그 뒤 패공은 연줄만 닿으면 장량의 일을 수소문하고 그의 성패(成敗)를 자신의 일처럼 여겼다. 장량이 한왕 성을 도와 진나라 군사를 무찌르고 옛 한나라 성을 여남은 개나 되찾았다는 말을 들었을 때는 군막 안에서 작은 잔치를 벌여 그 일을 기뻐했다. 그러다가 장량이 다시 진나라의 반격을 받아 일껏 얻었던 땅을 모두 다시 잃고, 몇 천 명의 군사와 함께 이리저리 쫓기며 떠돌고 있다는 소문이 들려올 때는 걱정으로 밤잠을 이루지 못했다.

영양성을 차지한 날도 마찬가지였다. 날이 저문 뒤에 장수들과 술잔을 나누던 패공이 문득 잔을 내려놓으며 어두운 표정으로 말했다.

"이 땅은 자방(子房, 장량의 자)의 고국이다. 한왕과 함께 고단한 형세로 떠돈다는 말을 들었는데 지금 그가 어디 있는지 아는 사람은 없는가?"

하지만 방금 힘든 싸움을 한 끝이라 아무도 장량이 있는 곳을 알지 못했다. 모두 대답이 없자 패공의 심사를 잘 헤아리는 노관이 나서서 말했다.

"이제 겨우 한나라 땅 남쪽에 들어선 참이라 아직 장자방 선생의 자취를 수소문해 볼 겨를이 없었습니다. 내일 날이 밝는 대로 사람을 풀어 수소문해 보겠습니다."

그러더니 정말로 다음 날 정오가 되기도 전에 패공을 찾아와 말했다.

"지금 장자방 선생은 환원산에 자리 잡고 계시다고 합니다. 작은 군사로 진나라의 대군을 당해 낼 길 없어 그곳의 험한 지세에 의지하고 있는데, 불시에 군사를 몰고 나와 치고 빠지는 수법으로 진군을 괴롭히고 있는 듯합니다. 이번에 우리가 어렵지 않게 영양성을 얻은 것도 장자방 선생 덕분이란 말이 있습니다. 가까운 성들이 위급하면 원군이 될 수 있는 진나라 군사들을 모두 환원산에 끌어들여 그곳에 묶어 두었기 때문이란 것입니다."

그 말을 들은 패공은 더욱 장량이 그리워졌다. 오래 생각하는 법도 없이 노관에게 명했다.

"그렇다면 한왕과 자방을 이리로 불러들이라. 이제 우리가 영양성을 차지했으니, 이곳을 근거로 삼아 서로 힘을 합치면 한나라의 옛 성들을 되찾기는 어렵지 않을 것이다."

"그렇다면 함양으로 가는 일은 어떻게 하시겠습니까?"

노관이 걱정스레 물었다. 패공이 애써 속마음을 감추며 그럴듯한 구실을 댔다.

"근거도 없는 외로운 군사로 함양으로 쳐들어가 본들 무슨 공을 이루겠느냐? 이렇게 되면 잠시 길을 미루는 수밖에 없다. 먼저 한나라의 옛 땅을 되찾아 뒤를 든든히 한 뒤에 함양을 치는 것이 오히려 순서일 것이다."

그리고 장량을 부르기를 재촉했다. 이에 노관은 하는 수 없이 날랜 군사 몇 명을 뽑아 함께 환원산으로 떠날 채비를 했다. 하지만 그들이 미처 떠나기도 전에 성벽 위 망루를 지키던 교위 하나가 급히 달려와 알렸다.

"서북쪽에서 한 떼의 인마가 달려오고 있습니다."

그 말에 놀란 패공이 여러 장수들을 데리고 서북쪽 성벽 위로 달려가 보니 정말로 부옇게 먼지가 일며 적지 않은 인마가 다가오고 있었다.

"그리 큰 군사는 아닌 듯합니다. 제가 한 갈래 군사를 이끌고 나가 맞이해 보겠습니다."

패공 곁에서 함께 내려다보고 있던 번쾌가 싸움을 자청하고 나섰다. 그때 눈 밝은 주발이 말했다.

"가만, 조금만 기다려 보시오. 아무래도 싸우러 오는 군사들 같지가 않소. 좀 더 살펴본 뒤에 군사를 내도 늦지 않을 것이오."

"서북쪽이라면 진나라에서 오는 길목인데, 호분령은 어찌 그리 보는가?"

패공이 주발을 돌아보며 물었다. 주발이 여전히 다가오고 있는 군사들에게서 눈을 떼지 않으며 느릿느릿 대꾸했다.

"만약 싸우러 오는 군사들이라면 지금쯤은 닫기를 멈추고 진세를 가다듬어야 할 것인데 저들은 그렇지가 않습니다. 보졸들이 따라붙기를 기다리지 않고 기치를 앞세운 기병만 먼저 달려오는 품이 마치 성문을 열어 주기를 청하러 오는 우군 선두 같습니다."

그때 더욱 눈 밝은 군사 하나가 앞세운 깃발을 알아보고 소리 쳤다.

"오는 것은 한나라 군사들입니다. 한왕(韓王)과 신도(申徒, 한나 라 관명. 대신) 장량의 깃발이 보입니다."

그 말에 패공은 펄쩍 뛰듯 기뻐하며 성루 가로 달려 나가 눈을 부릅뜨고 다가오는 기마를 살펴보았다. 오래잖아 패공도 기치에 쓰인 글씨를 읽을 수 있었다. 이어 기마대의 선두에서 호리호리한 몸에 무거운 듯 전포를 걸친 장량의 모습이 보였다. 그 곁에 말 머리를 나란히 하고 서 있는 한왕 성도 알아볼 수 있을 듯했다.

장량을 알아본 패공이 급히 좌우를 돌아보며 외쳤다.

"어서 성문을 열어라! 성문을 열어 장자방과 한왕을 맞아들 여라!"

그러고는 한달음에 성문까지 내려가 장량을 맞아들인 패공은 오래 떨어져 있다 만난 옛 벗을 만난 듯 반가워 어찌할 줄 몰라 했다. 두 손을 잡고 어루만지다 소매를 끌고 안으로 들면서 장량을 바라보는 패공의 눈가에는 알 수 없는 물기까지 어렸다. 평소 눈앞에 사람이 없는 듯 거침이 없어 거만하게 보이는 데다, 사사로운 정을 잘 드러내지 않는 패공으로서는 별난 일이 아닐 수 없었다.

별나기는 장량도 마찬가지였다. 패공의 구장(廐將)이었던 적은 있지만, 그때는 이미 한나라의 신도(申徒)로 한왕(韓王)을 섬겨 온 지 한 해가 가까웠다. 그런데도 자신의 주군은 아직도 패공인 것처럼 우러르고 받들었다.

"그때 그리 무심히 떠나보낸 뒤로 내 오랫동안 자방의 일을 근심하였소. 모든 일이 여의치 못한 것 같아 마음 아파했는데 그래, 갑자기 무슨 일이시오? 환원산에서 여기까지 가까운 길도 아닌데 어떻게 이리 오시게 되었소?"

주객이 자리를 잡고 앉기 바쁘게 패공이 장량에게 물었다. 한왕 성이 장량과 나란히 앉아 있었으나 패공에게는 없는 사람이나 마찬가지였다. 장량이 조금 민망한 눈길로 한왕을 돌아본 뒤 대답했다.

"환원산은 진나라의 대군을 피해 숨기는 좋은 곳이지만, 세력을 길러 한나라의 옛 땅을 되찾기에는 너무 외지고 험한 곳이었습니다. 그곳에서 하루하루 목숨을 부지하며 부질없이 애만 태우다가 패공께서 이리 오셨다 하기에 밤을 틈타 달려왔습니다. 패공께서는 관중으로 들어가기 전에 먼저 한나라 땅부터 온전히 회복하여 든든한 근거로 삼으시는 게 어떻겠습니까? 이곳 한나라 땅은 형양, 성고 부근의 곡창지대가 있을 뿐만 아니라, 사람 많고 물자 넉넉한 성들이 촘촘히 늘어서 있습니다. 패공께서 그 땅을 되찾아 우리 대왕께 맡기시면 우리 대왕께서도 힘을 다해 패공의 뒤를 받쳐 드릴 것입니다."

마치 패공의 속을 훤히 들여다보고 온 듯한 말이었다. 자기들끼리는 미리 맞춰 둔 의논이 있었던지 한왕 성도 조심스레 끼어들었다.

"만약 그렇게만 된다면 우리 한나라는 결코 패공의 은혜를 잊지 않을 것이며, 이 몸은 개나 말의 수고로움[犬馬之勞]도 마다하지 않겠습니다."

그런 한왕의 말에는 옛 땅을 되찾으려고 일어섰다가 강한 적군에게 쫓기며 고달픈 한 해를 보내야 했던 망국 왕족의 처량함이 배어 있었다.

그렇지 않아도 같은 뜻으로 그들에게 사람을 보내려던 패공이었다. 그런데 오히려 그쪽에서 먼저 와서 청해 오니 기쁘지 않을 수 없었다. 하지만 타고난 치자(治者)로서의 감각이 되살아났는지, 패공이 갑자기 신중한 낯빛으로 깊은 생각에 잠긴 듯하더니 한참 만에야 크게 고개를 끄덕였다.

"좋소이다. 자방의 헤아림이 그러하다면 내 기꺼이 따르겠소. 함곡관으로 쳐들어가기 전에 먼저 한나라 땅부터 평정하도록 합시다!"

그렇게 호쾌하게 대답하고 크게 잔치를 열어 장량과 한왕을 대접하게 했다.

다음 날부터 패공 유방의 한나라 땅 공략이 시작되었다. 진류와 영천을 차지하면서 부풀어 난 군사에 한왕이 이끌고 온 3천 명을 보태 패공은 어느새 3만 대군을 일컫는 군세를 거느리게 되었다. 장수들도 풍읍, 패현의 여러 맹장들과 역이기, 역상 형제를 비롯한 새로운 인재들에다 다시 장량의 지략과 경험이 더해지니, 그 무렵의 어떤 군대보다 층이 두터웠다. 그 둘이 어우러져 무서운 기세로 휩쓸고 나가자 한동안은 아무것도 거칠 게 없었다.

# 관중으로

영양을 나선 패공 유방의 군사들은 보름도 안 돼 양성, 양적을 비롯해 크고 작은 성 여남은 개를 떨어뜨리고 옛 한(韓)나라 땅 태반을 휩쓸었다. 그런데 대군이 형양을 지나 성고에 이르렀을 때였다. 한나라 땅 가운데서도 가장 넉넉한 곡창지대를 손에 넣어 흐뭇해하고 있는 패공에게 갑자기 놀라운 소식이 들어왔다.

"조나라의 별장 사마앙(司馬卬)이 하수를 건너 함곡관으로 들어가려 하고 있습니다."

역이기가 여기저기 풀어놓은 사람들에게서 그와 같은 전갈이 오자 패공은 갑자기 다급해졌다. 함곡관으로 들어가면 바로 관중이다. 그런데 관중은 이미 초나라 회왕의 공언 때문에 천하 야심가들의 공공연한 전리품이 되어 있었다.

"회왕께서는 누구든 먼저 관중으로 쳐들어가 그 땅을 차지하는 제후를 관중왕(關中王)으로 세울 것이라 하셨소. 비록 서쪽 길로는 우리만을 보내셨으나, 크게 보면 조나라의 별장도 곧 우리 초나라의 별장일 수 있소. 따라서 사마앙이 먼저 관중을 차지하면 회왕께서도 어쩔 수 없이 그를 관중왕으로 세우셔야 할 것이오. 그런데도 우리는 팽성을 떠난 지 반년이 넘도록 이리저리 흘러 다니기만 하다가 이제는 한나라 땅을 맴돌며 곡식이나 거두고 있으니 이제 이 일을 어쩌면 좋겠소?"

패공이 걱정스러운 얼굴로 좌우를 돌아보며 그렇게 물었다. 장량이 대답 대신 방금 그 소식을 가지고 달려온 군사에게 물었다.

"사마앙의 군세는 얼마나 된다고 하더냐?"

"중군이 5만이요, 후군 10만이 뒤따라 이를 것이라고 하나, 실제 사마앙이 이끈 전군은 3만이라 합니다. 그나마도 행군을 본 농부들에 따르면, 군사라기보다는 갈 곳 없어 뒤따르는 유민들이 더 많은 듯했다는 것입니다."

그 말로 미루어 볼 때 다행히도 사마앙의 세력은 그리 크지 않은 듯했다. 군사를 일으킨 사람들이면 누구나 열 배, 스무 배로 형세를 부풀리어 말하던 시절이었다. 패공도 제대로 된 군사 몇천 명이면 5만 대군이라 우겨 왔고, 3만이 겨우 차는 그때는 10만 대군이라고 소문을 내고 있었다. 그것도 항우가 이끄는 30만 후군이 곧 뒤따를 것이라는 허풍과 함께였다.

패공은 당장이라도 군사를 이끌고 달려가 사마앙을 막고 싶었다. 그러나 사마앙도 포악한 진나라에 맞서 일어난 조나라의 별장이라 차마 그 뜻을 입 밖에 내지 못했다. 그때 장량이 패공을 대신하듯 입을 열었다.

"지금 당장 군사를 내어 사마앙을 막아야겠습니다. 부근에서 대군이 하수를 건널 수 있는 나루라면 평음 아래 있는 하진일 것이니 그리로 가서 기다리시지요."

"하지만 조나라의 별장이라면 다 같이 진나라에 맞서는 의군의 장수가 아니오? 어찌 대의를 같이하는 우군을 칠 수가 있소?"

패공이 반가운 마음을 숨기고 능청스레 물었다. 장량이 다시 패공이 대고 싶은 핑계를 찾아 주었다.

"사마앙을 치는 것이 아니라 패공의 휘하에 거두시라는 것입니다. 큰소리를 치고 있어도 지금 사마앙의 군사는 몇 천에 지나지 않습니다. 설령 하수를 건넌다 해도 함곡관을 넘지는 못할 것입니다. 공연히 수풀을 건드려 뱀을 놀라게 하듯, 터무니없는 군사로 진군의 경계심만 일깨워 놓게 해서는 안 됩니다. 그리되면 패공께서 나아가시기만 어려워질 게 불 보듯 뻔합니다. 차라리 사마앙의 군사를 패공의 휘하에 거두어 두셨다가 나중에 함곡관에 드실 때 한 갈래 별군으로 쓰시는 게 낫겠습니다."

그렇게 되면 더 주저할 일이 없었다. 패공은 그 밤으로 군사를 거두어 평음으로 옮겨 갔다.

소문이 너무 빨랐던 것인지, 아니면 그쪽에서 알고 피한 것인지, 패공이 평음에 자리 잡고 기다린 지 사흘이 되도록 사마앙의 군사는 나타나지 않았다. 이에 패공은 군사를 남하시켜 하진 남쪽에서 하수 나루를 끊고 기다렸다. 하지만 기다리는 사마앙 대신 뜻밖에도 급한 소식이 먼저 왔다.

"진나라가 낙양에 대군을 모으고 있다고 합니다. 양웅을 목 벤 이세황제가 마음먹고 대군을 보내 영천군 일대부터 평정해 나오려는 것 같습니다. 장수들도 함양에서 새로 뽑아 보내 그 기세가 여간 날카롭지 않다는 소문입니다."

소식을 전하는 군사의 말투는 다급했으나, 장량이 돌아온 뒤의 잇따른 승리에 우쭐해 있던 패공은 별 생각 없이 그 말을 받았다.

"그렇다면 여기서 사마앙을 기다릴 것이 아니라 오히려 우리 쪽에서 먼저 낙양으로 밀고 드는 게 어떻겠소? 적이 힘을 모으기 전에 들이치면 지금의 우리 군사만으로도 넉넉히 이길 수 있을 것이오. 그래서 낙양성만 떨어뜨리면 거기서부터 함곡관까지는 힘들이지 않고 갈 수 있소."

번쾌와 주발을 비롯한 장수들도 모두 그런 패공의 말을 반겼다. 이리저리 전장을 옮겨 다니며 지루하게 싸우는 것보다 곧장 함양으로 쳐들어가 결판을 내는 쪽이 단순하고 간명한 것을 좋아하는 그들의 마음에 더 들었기 때문이었다.

나이 때문일까? 공을 서두는 경향이 있는 역이기도 그런 장수들을 말리지 않았다. 그러나 장량만은 달랐다. 홀로 가만히 생각에 잠겼다가 조심스레 말했다.

"함곡관은 진나라의 대문 같은 곳이라 그 전면에는 진의 군세가 아직 두텁게 깔려 있을 것입니다. 용케 낙양성을 떨어뜨린다 해도 우리 군사만으로는 함곡관을 깨뜨릴 수 없습니다. 한나라의 남은 성읍을 더 차지하여 군사를 늘리고 물자를 쌓은 뒤에 천천히 서쪽으로 길을 잡는 것이 어떻겠습니까?"

그 말에 패공은 잠시 주춤했으나 워낙 세상일을 좋게만 보는데다 느긋하게 타고난 성품이었다. 게다가 이미 뱉은 말도 있어 전에 없이 고집을 부렸다.

"그렇지만 뜻 아니한 때에 치고 들어 길고 짧은 것을 대보는 것도 나쁘지는 않을 것이오. 자방 선생, 그냥 한번 밀고 나가 봅시다."

그러면서 장량에게 희미한 웃음을 보냈다. 무책임해 보이지만 그래도 그 웃음의 임자가 뜻하는 바를 쉽게 거역하지 못하게 하는 무게가 실려 있었다. 거기다가 다시 만난 뒤로 스무날이 되도록 자신의 말을 들어주지 않은 적이 없던 패공이라 장량도 굳이 제 뜻만을 우길 수는 없었다. 이에 논의는 오래가지 않아 끝나고, 패공의 군사는 낙양으로 밀고 들게 되었다.

패공 유방은 적군에게 전력을 집중할 틈을 주지 않기 위하여 밤길을 재촉해 군사를 몰아갔다. 그런데 아직 낙양성이 보이지도 않는 낙수 남쪽 벌판에 이르렀을 때였다. 희붐한 새벽안개 속에서 솟아나듯 한 떼의 인마가 뛰쳐나와 패공의 군사를 덮쳐 왔다. 기치나 복색으로 보아 진나라 군사들 같았다. 그리 대군은 아니었으나 패공의 전군을 어지럽히기에는 넉넉한 머릿수요, 기세였다.

그동안의 승세를 타고 마음이 풀어져 있던 패공의 군사들은 그 뜻 아니한 급습을 버텨 내지 못했다. 얼결에 맞받아치기는 했으나 날카로운 적의 기세를 견뎌 내지 못한 선두가 뭉그러지자,

뒤따라가던 부대는 제대로 싸워 보지도 않고 무너졌다. 관영과 주발이 후군을 이끌고 맹렬하게 맞서 주지 않았더라면 낭패를 당해도 크게 당할 뻔했다.

어이없이 한 싸움을 내준 패공은 날이 밝기를 기다려 다시 한 번 싸움을 걸어 보았다. 20리나 쫓겨 가 겨우 수습한 군사를 낙양 동쪽 벌판으로 되몰아 보았으나 승패는 여전히 패공의 뜻과 같지 못했다. 그사이 진세까지 벌이고 기다리던 진군이 매섭게 받아치는 바람에 또 한 번 적지 아니 군사만 꺾이고 말았다.

"이게 어찌 된 일이오? 적의 장수가 누구며 적병은 얼마나 되는지도 모르면서 하루아침에 두 번이나 싸움에 졌으니 참으로 기막힌 일이오."

이번에는 30리나 쫓긴 뒤에야 겨우 군사를 멈춘 패공이 탄식하듯 말했다. 아침 내내 후군에 남아 멀리서 말없이 싸움을 살피고만 있던 장량이 가만히 대답했다.

"이게 바로 손자(孫子)가 말한 바, '적을 알고 나를 알면 백 번 싸워도 위태롭지 않다[知彼知己 百戰不殆].'라는 것입니다. 적장도 모르고 적세도 모르면서 어찌 싸워 이기기를 바랄 수 있겠습니까?"

"그럼, 자방이 헤아리기에는 일이 어떻게 된 것 같소?"

"아마도 진군은 소문보다 빨리 이곳 낙양 쪽으로 전력을 끌어모은 것 같습니다. 그것은 진나라가 수비를 함곡관에 집중하기로 정했다는 뜻이기도 합니다."

"내가 보기에도 그런 것 같소. 그렇다면 우리는 어떻게 해야 하오?"

"이미 말씀드렸듯이, 원래도 함곡관은 관중의 대문 같아 진나라가 굳게 지키는 곳이었는데, 이제 다시 마음먹고 군사를 집중하였으니 그리로 관중에 들어가기는 어렵게 되었습니다. 애써 낙양에 모인 진나라 대군을 쳐부순다 해도, 다시 함곡관에 이를 때까지 두텁게 펼쳐진 적진을 피로 씻으며 지나가야 할 것이기 때문입니다. 그러고도 아직 함곡관의 천험(天險)이 남아 있으니, 무슨 수로 관중을 차지하고 진나라를 쳐 없앨 수 있겠습니까? 잠시 안전한 곳으로 물러나 세력을 기르면서 달리 길을 찾아보는 것이 좋겠습니다."

전날 밤까지만 해도 싸우는 쪽을 은근히 바랐던 장수들도 그때는 모두 풀이 죽어 있었다. 아무도 장량의 그와 같은 말에 맞서려 하지 않았다. 패공도 장량의 말을 듣지 않았다 낭패를 본 터라 더는 고집을 부리지 못했다.

"물러난다면 어디로 물러나는 것이 좋겠소?"

한참 만에 패공이 쓰게 입맛을 다시며 물었다. 그러자 장량이 미리 생각해 둔 게 있는 듯 대답했다.

"멀지 않은 환원산으로 물러나 적병의 급한 추격을 따돌린 뒤에 양성으로 돌아가면 어떻겠습니까? 양성에서 잠시 쉬며 형세를 살피며 기다리다 보면 다시 군사를 움직여 볼 만한 때가 올 것입니다."

환원산은 궁색하게 몰리던 장량과 한왕 성(成)이 한동안 의지했던 곳이라 장량이 그 지리에 밝았다. 또 양성은 한 번 떨어뜨려 본 적이 있을 뿐만 아니라 아직은 패공의 세력 아래 있는 성이나 다름없었다.

"양성이라면 형양과 성고의 곡창에서 멀지 않을 뿐만 아니라, 옛 한나라의 중심이라 아직 남아 있는 백성들에게 크게 의지할 수 있을 것입니다. 그렇게 하시지요."

그사이 패공의 부장처럼 된 한왕 성도 곁에서 장량을 거들었다. 다른 장수들도 군말이 없어 패공은 장량의 말을 따르기로 했다.

패공은 먼저 환원산으로 군사를 물려 승세를 타고 추격해 오는 진군을 뿌리치고, 그곳에 조금 남아 있던 한왕 성과 장량의 세력을 마저 거둬들였다. 그리고 다시 길을 동쪽으로 잡아 아직은 패공의 세력 아래 있는 양성으로 돌아갔다.

양성에서 며칠 쉬는 사이에 장량은 사람을 사방에 풀어 주변 형세를 살피게 했다. 오래잖아 서남쪽을 살피러 보낸 세작들이 쓸 만한 전갈을 보내 왔다.

"남양은 땅이 넓고 기름지나 머물러 사는 이가 적어 비어 있는 것이나 다름없습니다. 남양 태수 여의(呂齮)가 지키고 있는데, 많지 않은 병사를 여기저기 흩어 놓아 날랜 기병 3천이면 그들이 모이기 전에 쓸어버릴 수 있습니다. 어서 군사를 내어 남양을 거두어들이도록 하십시오."

장량이 그 말을 패공에게 전하자 패공은 그날로 관영에게 기병 3천을 주며 남양군을 거둬들이게 했다.

관영이 남양 땅을 무인지경 휩쓸듯 하니, 놀란 군수 여의가 군사를 있는 대로 긁어모아 주현 동쪽에서 관영을 맞았다. 하지만 장수로서 여의는 관영의 적수가 되지 못했다. 관영이 전군을 휘몰아 치열하게 부딪쳐 오자 여의가 이끈 진나라 군사들은 제대로 싸워 보지도 못하고 허물어졌다.

좌우의 부장들이 힘껏 싸워 겨우 목숨을 건진 여의는 가까운 완성으로 쫓겨 들었다. 뒤따라온 관영은 성을 물샐틈없이 에워싼 뒤에야 패공에게 이긴 소식을 보냈다.

낙양 동쪽 싸움에서 두 번이나 거듭 지는 바람에 시무룩해 있던 패공은 그 소식에 다시 기가 살아났다. 곧 양성에 있는 군사를 모조리 긁어모아 완성으로 달려가려 했다. 역이기가 그런 패공을 가만히 찾아보고 말했다.

"이곳 양성은 말할 것도 없거니와 양적, 형양 등도 그냥 버려서는 아니 될 귀한 땅입니다. 전에 스스로 원한 대로 한왕 성에게 이 땅을 맡겨 필요할 때는 언제든 우리와 호응할 수 있도록 하는 게 좋지 않겠습니까?"

"잘 깨우쳐 주셨습니다. 마땅히 그래야지요. 한왕에게 부장 몇 명과 약간의 군사를 남겨 주어 이 땅을 지키게 하겠습니다."

패공은 그렇게 대답하고 한왕 성을 불러들였다. 군사 5천 명과 칠대부보다 높은 작위의 장수 일곱 명을 한왕에게 남겨 주며 양적에 자리 잡고 양성과 형양, 성고를 아울러 장악하게 했다. 그때 남겨진 군사들은 대개 옛 한나라 백성들이었고, 장수들도 한왕이 원래 데리고 온 이들이 태반이었다. 그러나 장량만은 패공을 따라 서쪽으로 가게 되었다.

이틀 뒤 패공이 전군 3만 명을 이끌고 완성에 이르니 관영은 아직도 성을 에워싸고 있었다. 이끌고 있는 게 기병인 데다 머릿수도 많지 않아 성을 들이치지 못하고 다만 남양 군수 여의와 그 군사들을 성안에 가둬 놓고 있을 뿐이었다.

이미 관영에게 지고 성안으로 쫓겨 든 적이라고 얕본 패공이 그날로 공성을 서둘렀다. 하지만 완성의 성벽은 높고 두터웠으며, 안에서 지키는 여의와 그 군사들도 힘을 다해 맞섰다. 거기다가 성안 백성들까지 여의를 편들어 굳게 지키니, 며칠을 두고 들이쳐도 패공의 군사들만 상할 뿐 성은 꿈적도 않았다.

일이 뜻대로 되지 않자 공연히 다급해진 패공이 다시 서둘기 시작했다.

"이 되잖은 성 하나에 한없이 발목이 잡혀 있을 수는 없소. 차라리 완성을 버려두고 바로 서쪽으로 쳐들어갑시다. 함곡관을 깨고 함양만 둘러엎으면 그걸로 천하의 형세는 정해지는 것이오. 이까짓 남양의 성 하나이겠소!"

닷새가 되어도 완성이 떨어지지 않자 장수들을 군막에 부른 패공이 그렇게 말했다. 장량이 펄쩍 뛰듯 나서서 말렸다.

"패공께서는 급히 함곡관에 들르려 하시지만 이는 결코 서둘 일이 아닙니다. 지난번에 겪으셨듯이 아직 진나라 군사는 많고 그들이 의지하고 있는 지세는 험준하기 짝이 없습니다. 만약 지금 완성을 떨어뜨리지 않고 나아가셨다가는 등과 배로 적을 맞게 되기 십상입니다. 뒤에서 완성에 남아 있던 적군이 공격하고 앞에서는 강한 진군이 막아선다면 이보다 더 위태로운 일이 어디 있겠습니까?"

"그럼 언제까지 이곳에 발이 묶여 있어야 한단 말이오?"

패공이 답답한 듯 물었다. 지난번 낙양 싸움 때의 낭패 때문에 삼가고는 있어도 급한 마음을 숨기지는 못했다. 장량이 미미하게 웃으며 말했다.

"이왕에 에움을 풀고 떠나려 하셨으니, 그걸 계책으로 써 보는 게 어떻겠습니까?"

"그게 무슨 말씀이오?"

"패공께서 말씀하신 대로 에움을 풀고 군사를 물렸다가 밤중에 가만히 다른 길로 되돌아와 저들의 얼을 빼놓는 것입니다. 깃발을 바꾸고 복색을 달리한 뒤 허장성세(虛張聲勢)로 세 겹, 네 겹 완성을 다시 에워싸고 북소리와 함성으로 겁을 주십시오. 그러잖아도 이 며칠 힘든 싸움으로 지쳐 있는 성안 군민들이라, 새벽잠에서 깨어나 다시 그 광경을 보고 그 소리를 듣게 되면 결코 오래 배겨 내지는 못할 것입니다."

패공이 들어 보니 지나치게 섬세한 데는 있지만 써 볼 만한 계책 같았다. 이에 장량이 일러 준 대로 따랐다.

다음 날 새벽이었다. 패공의 군사들이 물러나자 겨우 마음 놓고 잠이 들었던 남양 태수 여의는 성 밖에서 나는 북소리, 고함소리에 놀라 깨어났다. 한달음에 성벽 위로 달려가 보니 전날과는 깃발과 복색을 달리하는 군사들이 다시 성을 에워싸고 있었다. 세 겹, 네 겹으로 에워싼 게 세력은 오히려 전날보다 몇 배나 커 보였다.

얼마 전에는 주현 동쪽에서 관영에게 기병전(騎兵戰)으로 호되게 당한 데다, 다시 그 닷새를 농성전(籠城戰)에 시달릴 대로 시달린 여의였다. 겨우 한시름 놓았다 싶었는데 밤사이에 전날보다 훨씬 더 머릿수 많고 기세 좋은 적병에게 에워싸이고 보니 눈앞이 캄캄했다.

"도적의 무리는 점점 사납고 거세어지는데, 원군은 오지 않고 곡식과 말먹이는 다 되어 가는구나. 이제는 틀렸다. 내 차라리 스스로 목숨을 끊어 욕을 면하는 편이 옳겠다!"

그러면서 여의가 차고 있던 칼을 뽑아 자신의 목을 찌르려 하였다. 곁에 있던 사인 진회(陳恢)가 칼을 뺏어 던지며 여의를 말렸다.

"죽기에는 아직 이릅니다. 태수께서는 진정하시고 먼저 제 말을 들어 보십시오. 제가 보니 기치와 복색이 달라졌으나, 지금 성을 에워싼 군사는 여전히 패공 유방의 군사들입니다. 듣기로 패공 유방은 사람됨이 너그럽고 어진 데다 품은 뜻이 커서 함부로 사람을 죽이지 않는다고 합니다. 초나라 회왕도 그를 장자로 보아 포악한 항우를 제쳐 놓고 그에게 특히 진나라 정벌을 맡겼다는 소문입니다. 따라서 먼저 저를 보내 패공 유방을 달래 볼 수 있게 해 주십시오. 태수께서 욕됨을 면하고 군민을 보존할 수 있는 길을 찾아보겠습니다. 스스로 목숨을 끊는 일은 그 뒤라도 늦지 않습니다."

여의도 그 말을 옳게 여겨 잠시 죽기를 미루었다. 진회의 뛰어난 식견과 언변에 한 가닥 희망을 걸고 패공에게 보내 보기로 했다.

여의로부터 약간의 예물과 신표(信標)를 받은 진회는 가만히 성벽을 넘은 뒤에 패공의 진채를 찾아갔다.

　"나는 남양 태수가 보낸 사자이니, 패공을 만나게 해 주시오. 여기 예물과 신표가 있소!"

　진회가 소리치며 진채로 다가가니 군사들이 그를 살피고 뒤진 후 패공에게로 끌고 갔다.

　패공 유방은 완성에서 사자가 나왔다는 말에 은근히 들떠 있었다. 사자가 나왔다면 열에 아홉은 항복을 빌러 온 것일 터였다. 패공은 그동안 많은 곳에서 싸워 이기고 항복도 여러 번 받아 보았다. 그러나 천하 서른여섯 군 가운데 하나를 다스리던 진나라 태수에게서 항복을 받아 보기는 또 처음이었다. 이런 종류의 인간들은 어떻게 대해야 하나 나름으로 궁리하고 있는데 사자라고 하는 자가 이끌려 왔다.

　나라나 제후들 사이의 격조 높은 의례를 잘 모르는 패공으로서는 항복을 빌러 온 사자는 마땅히 엎드려 떨며 너그러운 처분을 빌 줄로만 알았다. 그런데 나타난 사자를 보니 전혀 상상 밖이었다. 생김이나 몸집은 보잘것없어도 처신은 오히려 항복을 받으러 온 사람처럼 당당하였다.

　"적군에게 에워싸인 성안의 장수가 할 일은 끝까지 싸우다 성벽을 베개 삼아 죽거나, 스스로를 묶어 항복하고 목숨을 비는 것뿐이다. 그런데 남양 태수는 어찌하여 그 둘을 다 마다하고 너를 보냈느냐? 네 함부로 미끄러운 세 치 혀를 놀려 나를 달래려 들다가는 그 혀가 입안에 성하게 남아 있지 못할 것이다!"

패공이 짐짓 엄한 얼굴로 그렇게 사자를 접주어 보았다. 그러나 사자는 조금도 움츠러드는 기색이 없었다. 오히려 빙긋 웃음까지 띠며 느긋하게 말을 받았다.

"성벽을 사이하고 창칼을 맞대었다 해서 장수에게 남는 길이 죽거나 항복하는 것뿐이라면 그 얼마나 살벌한 세상이겠습니까? 강한 자와 약한 자, 이긴 자와 진 자가 함께 살며 복록을 누리는 길도 얼마든지 있습니다."

패공은 그때 벌써 사자가 범상치 않음을 알아보았으나 그래도 한 번 더 떠보는 기분으로 을러댔다.

"네놈은 못 뚫을 방패가 없는 날카로운 창[矛]과 어떤 창도 뚫지 못하는 든든한 방패[循]를 한꺼번에 팔고 있는 장사치라도 되는 것이냐? 창이 보다 날카로우면 방패가 뚫릴 것이요, 방패가 보다 든든하면 창이 뚫지 못할 터, 도대체 둘 다 이기는 싸움이 어디 있단 말이냐? 거듭 되잖은 소리를 하다가는 네 머리가 목 위에 남아나지 못할 것이다."

그래도 사자는 전혀 기죽는 기색 없이 받았다.

"패공 유방은 너그럽고 어진 장자라 하더니, 아무래도 소문이 헛된 것이었던가 봅니다. 어찌 사람의 말을 들어 보지도 않고 목숨으로 윽박지르기부터 먼저 하십니까?"

그러고는 잠시 뜸을 들였다가 목소리를 가다듬어 물었다.

"제가 듣기로, 족하(足下, 옛날 상대를 조금 높여 이르는 말. 그대, 귀하 정도)께서 팽성(彭城)에 계실 때 초나라 회왕은 여럿에게 드러

244

내 놓고 말하기를, 먼저 함양으로 들어가는 사람을 관중왕으로 세우겠다고 하였다는데, 그게 사실입니까?"

"사실이다. 그런 적이 있다."

"그렇다면 족하께서는 어찌하여 이 완성을 에워싸고 헛되이 군사와 물자를 축내며 시일을 끌고 있습니까? 완성은 진나라 서른여섯 군 가운데서도 큰 군에 드는 남양의 도성으로서, 가까이 수십 개의 성이 연이어져 있는 데다 백성들이 많고 쌓아 둔 곡식도 넉넉합니다. 게다가 성안의 군민들은 항복하면 반드시 죽게 될 것이라 여겨, 모두 성벽 위에 올라 목숨을 걸고 성을 지키고 있습니다. 그런데도 족하께서는 벌써 며칠째 급하게 이 성을 들이쳤으니, 틀림없이 휘하의 군사들이 많이 죽거나 다쳤겠지요. 하지만 완성을 그대로 두고 떠나시면 그때는 이 완성의 군사들이 족하를 뒤쫓으며 등 뒤를 칠 것이라, 이래저래 진퇴양난에 빠져 있을 것입니다. 계속 이곳에 잡혀 있다가는 먼저 함양으로 들어가 관중왕이 될 기회를 잃을 것이요, 함부로 버려두고 떠났다가는 완성의 강한 군사가 뒤쫓아 와 앞뒤로 적을 맞게 되는 수가 있기 때문입니다."

거기까지 들은 패공은 속으로 뜨끔했다. 사자가 자신의 처지를 눈으로 본 듯 훤히 꿰고 있었기 때문이다. 그런 패공의 속마음을 읽은 것일까? 잠시 말을 멈추었던 사자가 간곡한 목소리로 말을 맺었다.

"이제 진정으로 족하를 위해 계책을 올립니다. 족하께서는 이쯤에서 장자(長子)의 풍도를 드러내시어 양쪽이 모두 이기고 얻게

되는 길을 찾으십시오. 너그럽고 어진 마음으로 남양 태수의 항복
을 받아들여 그를 후(侯)에 봉하시고, 그대로 이곳에 머무르면서
이번에는 족하를 위해 이 남양 땅을 지키게 하십시오. 그렇게 뒤
를 든든히 하고 남양의 갑졸(甲卒)까지 대군에 더한 다음 서쪽으
로 밀고 드시면, 함양까지 가는 데 아무런 어려움이 없을 것입니
다. 아직 떨어지지 않은 진나라 성읍의 수장(戍將)들도 이 소문을
들으면 다투어 성문을 열고 족하를 기다릴 터이니, 쇠로 된 성벽
에 끓는 물을 두른 성인들 족하께서 걱정할 게 무에 있겠습니까?"

거기까지 듣자 패공은 갑자기 앞이 환해지는 느낌이 들었다.
그러나 얼른 속을 드러내지 않고 사자를 바라보며 물었다.

"네 말은 잘 들었다. 그런데 너는 누구이며 어떤 일을 하고 있
는 자인가?"

"저는 남양 태수의 사인으로 이름은 진회(陳恢)라고 합니다."

그제야 진회가 공손하게 자신의 이름을 밝혔다. 한동안 진회를
바라보던 패공이 껄껄 웃으며 말했다.

"너 같은 사인을 두었으니 남양 태수도 예사내기가 아니겠구
나. 좋다. 네 얼굴을 보아 여의를 거두어 후로 세워 주겠다."

패공은 그렇게 말하고 장량과 역이기에게 물어 남양 태수 여
의를 은후(殷侯)에 봉하게 했다. 그리고 완성에 그대로 남아 남양
을 다스리게 하는 한편, 진회는 천호후(千戶侯)로 삼아 패공 곁에
두고 부리기로 했다.

며칠 완성에 머물면서 군사를 쉬게 한 패공은 진회의 말대로
남양군의 갑졸 몇 천 명까지 보태 세력을 키운 뒤 다시 서쪽으로

길을 잡았다. 함곡관이 북쪽에 있는데도 서쪽으로 길을 잡은 것은 장량 때문이었다. 패공이 군사가 불어난 걸 기뻐하며 무턱대고 북쪽으로 가려 하자 장량이 말했다.

"아시다시피 함곡관은 이미 진나라 군사들이 수비력을 집중하고 있는 곳이라 깨뜨리기 어렵게 되었습니다. 차라리 서쪽으로 가서 단수(丹水) 북쪽의 무관(武關)을 통해 관중으로 드는 것이 나을 듯합니다. 진나라가 함곡관에만 힘을 쏟아 부은 탓에 무관은 지킴이 허술할 뿐만 아니라, 우리 한나라의 서북쪽에 닿아 있어 한나라 사람들은 모두 그리로 드는 지리에 밝습니다. 제가 알기로 먼저 단수에 이른 뒤에 단천(丹川) 계곡을 따라가면 사흘 안에 무관에 이를 수 있습니다."

이에 패공은 장량의 말을 받아들여 군사를 단수 쪽으로 나아가게 했다. 정말로 남양 태수 여의가 항복을 하고도 오히려 후(侯)에 봉해졌다는 소문을 들어서인지 길목에 있는 성마다 스스로 성문을 열고 항복해 왔다.


화살 한 가치 허비하지 않고 진나라 성을 여러 개 얻은 패공은 항복한 장수들을 너그럽게 다독인 뒤 길을 재촉해 단수에 이르렀다. 고무후(高武侯) 척새(戚鰓)란 떠돌이 장수가 병사 수천 명과 함께 항복해 왔다. 패공이 또한 기뻐하며 장수로 받아들이자 척새가 슬그머니 일러 주었다.

"여기서 멀지 않은 서릉이란 곳에 패현 사람 왕릉(王陵)이 무리 1만여 명과 더불어 자리 잡고 있습니다. 제대로 된 군사만도 6천에서 7천 명을 헤아리는 터라, 휘하에 거두시면 패공께 크게 힘이 되실 것입니다. 같은 패현 사람이니 한번 찾아가 달래 보시지요."

왕릉이란 이름을 듣자 패공은 반가우면서도 한편으로는 가슴 한구석이 묵직해졌다.

왕릉은 함께 만나 잠시 허허거리며 정담이나 나누는 반가운 사람일 수도 있지만 항복을 받아 부장으로 삼기에는 버거운 사람이었다. 패공과 같은 땅에서 나고 자란 그는 책을 읽어 아는 것이 많고 홀어머니를 지극한 효성으로 모셔 일찍부터 사람들의 믿음을 샀다. 거기다가 의리 있고 용력이 남달랐으며, 건달들을 휘어잡고 부릴 줄도 알아 패현을 떠날 때까지는 그 뒷골목을 주무르다시피 했다. 나이도 패공보다 두엇 많아 젊은 시절 저잣거리를 떠돌 때는 패공도 그를 형님으로 모셨다.

3년 전 패공이 사상 정장으로 일꾼들을 데리고 함양으로 떠나던 날 아침 왕릉은 따로 패공을 불러 작별하면서 은근한 정을 나눈 적이 있었다. 하지만 그랬다고 해서 쉽게 머리를 수그리고 패공 밑으로 들어올 사람은 결코 아니었다. 거기다가 왕릉의 한 팔이 되어 따라다니던 옹치(雍齒)까지 떠오르자 패공은 절로 이맛살이 찌푸려졌다. 패공이 왕릉의 이름을 듣자 반가우면서도 가슴 한구석이 묵직해진 것은 바로 그런 옛 기억 때문이었다.

"왕릉이 우리 밑에 들려고 하겠습니까?"

패공과 마찬가지로 왕릉을 잘 아는 노관이 곁에 있다가 머리를 갸웃거리며 중얼거렸다. 그때 장량이 노관을 바라보며 물었다.

"왕릉을 잘 아십니까?"

248

"예전에 패현 저잣거리를 남모르게 휘어잡고 있던 사람입니다. 곧 죽어도 남의 밑에 들지 않으려는 옹치란 놈을 수하로 휘어잡아 대협 소리까지 들어 가며 패현과 풍읍 뒷골목을 주물렀지요. 그러다가 3년 전 외가(外家) 곳인 남양으로 떠나 시원섭섭했는데, 그새 여기서 또 그렇게 세력을 키웠군요."

노관이 별로 달갑잖은 기분을 드러내며 대답했다. 장량이 노관의 감정에 아랑곳없이 이어서 물었다.

"두 분과는 어떤 사이셨습니까?"

"패공이나 저보다 나이가 두어 살 많아 저잣거리에서 만나면 우리 모두 인사치레로 형님이라 불렀습니다. 그런데 사람이 자존 망대한 데가 있어 곧잘 저를 졸개처럼 부리곤 했지요."

노관이 다시 떨떠름한 얼굴로 대답하자 장량은 더 듣지 않아도 알겠다는 듯 빙긋 웃었다.

"출세하여 고향 사람을 만나기 어려운 것은 옛 기억 때문입니다. 어렸을 적 고향에서 저지른 온갖 어리석고 못난 짓을 다 알고 있을 뿐만 아니라, 열에 아홉 그때와 이제의 처지가 엇바뀌어 있어 반갑기보다 거북할 때가 많겠지요. 하지만 또한 가장 인정에 호소하기 좋은 것이 고향 사람입니다."

장량은 그렇게 말한 뒤 패공에게 권했다.

"왕릉을 찾아보시지요. 그만한 무리를 거느렸다면 어차피 그냥 지나칠 수는 없습니다. 휘하에 거두지는 못하더라도 맞서려 드는 것은 막아야지요. 전군을 이끌고 가서 은근히 우리의 세력을 보여 주는 한편 소박한 인정으로 달래면 굳이 맞서려 들지는 않을 것입니다."

이에 패공은 자신 없는 대로 군사를 서릉으로 돌렸다.


그때 왕릉은 무리 1만여 명과 더불어 서릉의 한 야산에 진을
치고 있었다. 갑자기 패공이 이끈 3만 대군이 이르자 긴장한 왕
릉이 갑옷투구를 여미고 말에 올라 달려 나왔다. 왕릉을 뒤따르
는 백여 기에도 제법 장수 티가 나는 자들이 섞여 있었다.

하지만 왕릉의 기세가 자못 씩씩하다 해도 마주 오는 패공과
는 견줄 바가 아니었다. 그러잖아도 멀쑥한 허우대에 번쩍이는
갑옷을 걸치고 붉은 술을 늘어뜨린 투구를 얹으니 패현 저잣거
리의 건달 유계(劉季)의 모습은 눈을 씻고 봐도 찾을 수 없었다.
그 곁에 갑옷투구를 갖추고 늘어선 장수만도 서른 명이 넘었고,
그 뒤를 에워싼 기사(騎士)와 기병(騎兵)은 수천 명을 헤아렸다.

"멈추시오! 앞에 오는 군사는 어느 누구의 군사며 어디서 와
어디로 가는 것이오?"

고삐를 당겨 말을 세운 왕릉이 그렇게 기죽지 않고 소리쳐 물
었다.

앞서 말을 달려오던 패공 유방이 투구를 벗어 들며 큰 소리로
왕릉의 말을 받았다.

"형님은 벌써 이 아우를 잊으셨습니까? 풍읍 중양리의 유계입
니다. 지난번 패현에서 헤어질 때 인생하처불상봉(人生何處不相
逢)을 말했더니, 여기서 이렇게 뵙게 되는군요."

그러자 왕릉의 얼굴이 언뜻 복잡한 표정으로 일그러졌다. 그러

나 이내 비굴하지 않으려고 애쓰며 환한 웃음으로 받았다.

"누군가 했더니 유 형이었구려. 무안후(武安侯)에 탕군장(碭郡長)이 되어 위세를 떨친다는 소리는 나도 진작부터 들었소. 지금쯤은 함곡관을 지나 함양으로 쳐들어가고 있는 줄 알았는데 여기는 어쩐 일이오?"

패공 유방은 그런 왕릉의 표정에서 처음 자신이 패공으로 추대되었을 때 옹치가 짓던 표정과 닮은 것이 있어 자신도 모르게 울컥했다. 이어 환하게 웃기는 해도 어딘가 도도하고 오기에 찬 듯한 왕릉의 말투 역시 패공의 속을 긁는 데가 있었다. 하지만 패공은 오히려 얼굴 가득 웃음을 지으며 넉살을 떨었다.

"저도 형님께서 의(義)를 짚고 일어나시어 천하를 위해 애쓰신다는 말은 들었습니다. 하지만 신룡 같은 형님의 자취를 쫓을 길이 없어 매양 궁금하더니, 이제 보니 여기 이렇게 웅거(雄據)하고 계셨군요."

그렇게 왕릉을 치켜세워 놓고 다시 목소리를 가다듬어 말을 이었다.

"형님 말씀대로, 저는 우리 대왕(회왕)의 명을 받아 관중으로 가는 중입니다만 원체 세력이 미약하고 등 뒤 또한 불안해 잠시 길을 돌고 있습니다. 군사와 물자를 풍족하게 만드는 한편 등 뒤에 강한 적을 남겨 두지 않기 위해 한(韓)나라 옛 땅부터 회복하고 있는데, 며칠 전에는 남양 태수 여의가 완성을 들고 항복해 와서 적지 않은 보탬이 되었습니다. 하지만 그래도 아우는 아직 관중으로 쳐들어가기에는 힘이 턱없이 모자라 인근의 성읍을 돌며 뜻있는 이들의 호응을 비는 중입니다. 형님께서도 이 못난 아우와 함께 관중으로 드시어 무도한 진나라를 쳐 없애는 데 힘을 보태 주지 않으시겠습니까?"

패공의 말투는 공손하기 그지없지만 내용은 은근히 투항을 권하고 있었다. 이어 패공을 따라온 고무후 척새가 거들었다.

"양후(襄侯, 왕릉의 당시 봉호)께서는 이 척 아무개를 알아보시겠소? 이미 들어 알고 계시는 바처럼 패공은 초왕(楚王)께서 직접 부월(斧鉞)을 내리시며 진나라 정벌을 명한 상장군이시오. 이제 저는 아무 이룬 바 없이 고단하게 떠돌던 무리와 함께 패공께 투항함으로써 일찍이 품었던 뜻을 앞당겨 이뤄 보고자 하오. 양후께서도 애써 기른 세력을 이런 구석진 곳에 묶어 두지 말고, 저와 함께 패공을 도와 진나라가 망하는 날을 앞당겨 보지 않으시겠소?"

그 말에 왕릉의 얼굴이 다시 복잡한 표정으로 일그러졌다. 하지만 뒷날 천하의 주인이 된 한(漢)나라에서 우승상(右丞相)에 안국후(安國侯)로 떠받들어질 사람이요, 방금도 만 명이 넘는 무리를 이끌고 있는 우두머리답게 왕릉은 자신의 마음을 다스릴 줄 알았다. 옛정보다는 아니꼬움과 부러움으로 뒤틀려 오는 속을 억누르며 먼저 척새의 말에 대꾸했다.

"고무후의 깨우침은 고맙기 짝이 없소이다만, 내 형편이 그리하도록 따라 주지 않는구려. 여기 내가 이끌고 있는 이 사람들은 겉보기에는 1만 군세를 자랑하나, 기실은 전란을 만나 고단하게 떠도는 유민들에 지나지 않소. 싸울 만한 젊은이는 몇 천 명도 안 되고, 그나마 병장기는 절반에게도 돌아가지 못하는 게 여기 있는 우리의 실정이오. 거기다가 돌보아야 할 부녀자와 노약자가 장정보다 훨씬 더 많으니 이를 어찌 세력이라 일컬을 수 있겠소? 당장은 누구를 도와 큰일을 하기는커녕 하루하루 이들을 보살피고 거두기도 힘에 부칠 지경이외다."

그래 놓고는 패공을 돌아보며 한층 공손한 어조로 말했다.

"한때는 형, 아우야 하며 지냈으나 시절이 엄중하니 사람과 사람 사이의 일을 사사로운 정으로만 가릴 수는 없게 되었소. 고무후의 말씀대로 패공께서는 천하의 여망을 짊어지고 진나라를 쳐 없애러 가는 정서군(征西軍)의 총수시오. 같은 대의로 몸을 일으킨 나로서는 마땅히 패공의 명을 받들어야 할 것이나, 거느린 게 워낙 보잘것없는 머릿수에 까마귀 떼처럼 어지러운 군사라 명을 받들려 해도 감히 그럴 수가 없소이다. 패공의 대군이 나아가는데 도움은 주지 못하고 오히려 짐이 될까 두려우니, 나는 이대로 여기 남아 성원(聲援)이나 드리는 편이 나을 것 같소. 뒷날 힘이 닿으면 그때는 개나 말의 수고로움이라도 마다 않고 패공을 받들겠소이다."

말은 이미 패공의 세력 아래로 든 것처럼 공손하였으나 속뜻은 분명하게 패공 밑에 들기를 거절하고 있었다. 패공도 그 뜻을 잘 알아들었다. 그래도 옹치처럼 맞서려 들지 않은 걸 다행으로 여기고 그쯤에서 좋게 마무리하고 싶었다.

"형님께서 이 유 아무개를 그리 크게 보아주시니 몸 둘 바를 모르겠습니다. 형님의 형편이 정히 그러하시다면 뜻대로 하십시오. 이곳에 남아 무리를 다독이며 저의 뒤를 보아주신다면 그 또

한 마음 든든한 일이 아니겠습니까?"

그렇게 왕릉의 말뿐인 귀부(歸附)를 선선히 받아들였다. 남의 밑에 들기를 싫어하는 왕릉을 억지로 굴복시키려 하다가 옹치에게서 당한 욕을 되풀이하고 싶지는 않아서였다. 그리고 서둘러 작별하려다가 문득 왕릉의 별난 효심을 떠올리고 한마디 슬쩍 덧붙였다.

"더군다나 효성이 지극하신 형님이라 홀로 계신 어머님을 두고 멀리 떠나기도 쉽지 않으실 터이니……. 그런데 자당께서는 옥체 강녕하신지요? 이 아우가 찾아뵙고 문후나 드렸으면 합니다만."

어머니 얘기를 꺼내자 소문난 효자답게 왕릉의 표정이 알아보게 풀어졌다.

"유 형께서 이 불효자의 어머님까지 헤아려 주신 것만으로도 감격이오. 이제 대명을 받들어 멸진(滅秦)의 장도에 오르셨는데 어찌 한시라도 사사로운 일로 지체하게 할 수 있겠소? 더구나 어머님께서는 남양에 계시니 길마저 가깝지 않소이다. 유 형의 진정은 제가 대신 전해 올릴 터이니, 유 형께서는 정서군 상장군으로서 당금의 천하사(天下事)에나 매진하여 주시오."

그러면서 두 손까지 저어 사양했다. 하지만 그런 왕릉의 목소리에는 벌써 이전의 야릇한 뒤틀림이 조금도 남아 있지 않았다.

"하지만 사람을 시켜 어머님께 작은 정성을 올리는 것은 마다하지 마십시오. 형님의 어머님은 곧 제 어머님이십니다. 마침 남양은 항복한 여의가 그대로 다스리고 있으니, 날랜 말로 하룻길이면 어머님께 정성을 올리고 돌아올 수 있을 것입니다."

틈을 본 패공은 그렇게 말하고 내친김에 한 번 더 왕릉에게 공을 들였다. 노관을 시켜 남양에 있는 왕릉의 어머니를 찾아보고 후한 예물을 올리게 한 뒤에야 서릉을 떠났다.

왕릉이 진정으로 귀부하여 패공 밑에 들게 되는 것은 그로부터 한 해 뒤가 된다. 그러나 『사기』와 『자치통감』은 왕릉이 패공에게 신속(臣屬)한 시기를 그때 곧 패공이 관중에 들기 전으로 적어 두었고, 『한서』는 그 뒤 패공이 파촉에서 중원으로 다시 나올 때라고 적고 있다. 왕릉이 형식적으로 패공에게 머리를 숙여준 때와 실질적으로 패공에게 신속한 때를 각기 달리 적어 그리된 듯하다.


고무후 척새에 이어 당장의 실속은 없으나마 양후 왕릉까지 거두어들인 패공은 다시 동쪽으로 군사를 옮겨 호양을 쳤다. 그리고 왕릉에게서 아무것도 얻지 못한 것을 벌충이라도 하듯 호양성을 털어 군사와 물자를 보탠 다음 다시 서쪽으로 길을 잡았다. 그때 파군 오예(吳芮)의 별장 매현(梅銷)이 나타나 다시 패공의 세력을 늘려 주었다.

파군(番君) 오예는 원래 진나라 파양현 현령이었는데, 그 땅 사람들의 인심을 사 일찍부터 파군이라고 불리며 우러름을 받았다. 진승이 반란을 일으키자 그도 인심을 업고 일어나니 사방에서 사람들이 몰려들어 금세 큰 세력을 이루었다. 경포(黥布)도 그중의 하나로, 파군은 특히 그를 기이하게 여겨 사위로 삼았다.

그 뒤 파군은 주로 옛 월나라 사람들을 이끌고 파양호 인근에 자리 잡았는데, 매현은 바로 그의 장수였다. 이미 섬기는 주군이 따로 있는 매현이라 투항까지 하지는 않았지만, 패공을 도와 진나라 군사들이 지키는 성읍을 치는 데는 기꺼이 힘을 보태 주었다. 게다가 근거지가 남양에서 멀지 않고, 오래전부터 부근을 오락가락한 터라 매현의 군사들은 그곳의 지리와 인심에도 밝았다. 싸움을 거들뿐더러 정탐과 길잡이까지 해 주니 패공에게 크게 도움이 되었다.

석현은 남양군의 여러 현 가운데 하나로 완성과 단수 사이에 있는 현이었다. 성이 굳고 지키는 군사가 적지 않았으나 패공과 매현의 군사들이 힘을 합쳐 들이치니 오래 배겨 내지 못했다. 사흘도 안 돼 성을 지키던 진군은 서쪽으로 달아나고 성은 패공의 손에 들어왔다.

역현은 석현 동쪽으로 남양 가까운 곳에 있는데, 원래 패공이 호양에서 무관으로 길을 잡을 때 그냥 지나쳐 온 성이었다. 그러나 석현에서 달아난 진군이 그리로 합쳐 적지 않은 세력을 이루니 그냥 둘 수 없었다. 패공은 무관으로 가는 길을 잠시 미루고 역현을 들이쳐서 항복을 받았다.

"이제 나는 무관을 지나 관중으로 들어가려 하오. 장군도 나와 함께 관중으로 들어가 함양을 치고 진나라의 숨통을 끊어 놓지 않겠소?"

석현과 역현을 치는 동안에 매현에게 은근히 반한 패공이 군사를 무관 쪽으로 돌리며 슬쩍 물어보았다. 그러나 매현은 무겁게 고개를 저었다.

"제게는 모시는 주군이 따로 계시니 우선은 파양으로 돌아가 주군의 명을 받들어야겠습니다. 뒷날 인연이 닿으면 그때 다시 패공의 명을 받들도록 하겠습니다."

그러면서 이끄는 군사와 함께 파군 오예가 기다리는 파양으로 돌아가려 했다. 역이기가 다시 말렸다.

"파군이 몸을 일으킨 것도 천하를 위해서이니 그 뜻이 우리 패공과 크게 다르지 않을 것이오. 따라서 패공의 뜻을 받듦이 곧 파군의 뜻을 따르는 것이 될 수도 있소이다."

"장군이 우리 패공을 따라 공을 세우면 그것은 곧 파군의 공이 될 수도 있소이다. 파군은 곧 파양에 가만히 앉아서 입관의 공을 나눠 받게 될 것이니, 장군이 그리한다면 그 또한 주군을 섬기는 도리가 아니겠소?"

장량도 옆에서 역이기를 거들었다. 그제야 매현도 한참을 말없이 생각하더니 마침내 마음을 바꿔 먹었다.

"그럼 이 길이 파군을 위하는 길이라 믿고 패공을 따르도록 하겠습니다."

그러고는 사람을 파양으로 보내 일의 앞뒤를 오예에게 알리게 한 뒤 거느린 장졸들과 함께 패공을 따라나섰다.

뒷날을 보면 역이기와 장량의 말은 거의 그대로 들어맞았다. 오래잖아 항우를 따라 관중으로 들어간 오예는 나중에 항우로부터 형산왕(衡山王)을 받게 되는데, 그것은 그의 별장 매현이 세운 공 때문이었다. 또 항우가 죽은 뒤에는 한(漢)나라로부터 장사왕

(長沙王)을 받게 되는데, 그 또한 매현이 패공을 따라 입관하여
세운 공 덕분이었다.

옛 한나라 땅을 거의 평정하고 세력을 몇 배로 부풀린 뒤에야
패공은 마침내 무관(武關)으로 향했다. 무관은 남쪽에서 관중으
로 들어가는 거의 하나뿐인 길목이었다. 비록 군사는 10만 대군
을 일컬을 만큼 불어나고, 그 뒤를 댈 곡식과 물자도 넉넉하였지
만, 그래도 무관이 가까워 오자 패공은 걱정스럽기 짝이 없었다.

그동안 싸운 곳은 어쨌거나 진나라 바깥에 있는 땅이었다. 그
런데 이제 패공의 군사는 그 진나라의 가슴팍이라 할 수도 있는
관중으로 찔러 들어가고 있었다. 아무리 진나라가 어지럽다 해도
가슴팍을 찔러 오는 칼날을 그대로 맞고 앉아 있을 리는 없었다.
적어도 입구가 되는 네 관만은 힘을 다해 막을 것 같았다.

"너무 걱정하지 마십시오. 시황제가 천하를 서른여섯 개의 군
으로 나누고 조정에서 바로 내려보낸 벼슬아치가 다스리도록 바
꾸어 놓은 게 오히려 우리 앞길을 열어 줄 것입니다. 대저 군현
제(郡縣制)란 천하가 안정되고 유능한 황제가 법과 제도를 틀어
잡고 있을 때는 잘 이루어지지만, 그렇지 않으면 봉건제보다 더
쉽게 무너집니다. 땅을 나눠 받은 왕과 제후는 자신을 위해 그
땅과 백성을 지키지만, 군현에 내려와 있는 벼슬아치는 녹봉을
내려 줄 조정이 망하면 그것으로 다스리는 땅과의 관계도 끝나
기 때문입니다."

패공의 속을 헤아린 장량이 걱정을 덜어 주려 했으나, 무관으
로 장졸들을 몰아가는 패공의 마음은 무겁기만 했다.

# 사슴이 말이 되다

패공이 등을 떼밀리듯 군사들과 함께 무관으로 가고 있을 때, 항우는 아직도 장하(漳河) 남쪽에 머물면서 극원에 있는 장함과 대치하고 있었다. 거록(鋸鹿)의 싸움으로부터 넉 달째로 접어들 무렵이었다.

항우가 이끄는 초나라 군사들은 진나라 장수 왕리(王離)의 대군을 쳐부수고 거록을 구했으나, 그동안에 치른 대가 또한 만만치 않았다. 아홉 번의 피 튀기는 싸움에 적지 않은 군사가 상하고 장하를 건널 때 군량과 물자를 넉넉히 가져오지 않아 그쪽으로도 괴로움을 겪고 있었다. 하지만 그래도 항우의 군사들에게는 진나라에서도 알아주는 세 장수를 죽이거나 사로잡고 20만 대군을 흩어 버린 기세가 있었다. 틈만 보이면 군사를 내어 장함이 거느린 진군(秦軍)에게 싸움을 걸었다.

그때 장함에게는 아직 20만이 넘는 대군이 있었다. 중원(中原)에 흩어져 있던 진나라 군사들을 긁어모은 데다 함양에서 새로 뽑아 보낸 군사들을 합쳐 왕리가 거록에서 잃은 군사를 채워 넣은 까닭이었다. 따라서 군세로는 아직 항우를 압도할 만했으나, 신중한 장함은 도전이 있을 때마다 군사를 물려 항우와의 싸움을 피해 버렸다. 방금 싸움에 크게 이겨 날카롭고 사납기 짝이 없는 초군(楚軍)의 기세를 두려워한 까닭이었다.

그 바람에 이렇다 할 싸움도 없이 몇 달째 날짜만 끌고 있는데, 그 소식이 이세황제의 귀에 들어갔다. 조고가 그토록 공들여 황제의 눈과 귀를 가로막고 있는데도 한 자락 빈틈이 있어, 장함이 밀리고 있다는 말만 앞뒤 없이 전해진 것이었다. 달리 더는 들은 게 없어 실제로 관동이 어떻게 돌아가는지 잘 알지도 못하면서, 이세는 화부터 먼저 냈다.

"장함이 어째서 싸워 보지도 않고 거듭 물러난단 말이냐? 혹시 다른 뜻을 품고 도적들과 내통하고 있는 것은 아니냐?"

그러면서 사자를 보내 장함을 엄하게 꾸짖었다.

난데없이 함양에서 사자가 와서 황제의 꾸짖음을 전하니, 소부(少府)로 궁중에서 일한 적이 있는 장함은 덜컥 겁이 났다. 이세의 죽 끓는 듯한 변덕과 조고의 간교하고 잔혹함을 잘 알고 있었기 때문이었다. 거기다가 장함은 패공 유방과의 싸움에 져서 밀리던 양웅(楊熊)이 이세가 보낸 사자에게 죽임을 당했다는 풍문도 듣고 있었다. 그대로 가만히 있다가는 어떤 누명을 쓰고 죽게 될지 모른다는 불안에 두렵고 다급해졌다. 이에 장함은 하룻밤을 궁리 끝에 조고와 이세황제에게 사람을 보내 자신의 처지를 밝히기로 마음먹었다.

그때 장함에게는 특히 믿고 부리는 사람이 둘 있었다. 장사 사마흔(司馬欣)과 도위 동예(董翳)였다. 둘 모두 이세황제가 나중에 따로 보내 장함을 돕게 한 자들이었으나, 그때는 말 그대로 장함의 가슴이나 배 같은 사람[心腹]이 되어 있었다. 장함은 둘 중에서 말솜씨가 좋고 눈치가 빠른 사마흔을 불러 가만히 일렀다.

"아무래도 사마 장사가 함양을 한번 다녀와야겠네. 가서 조(趙) 승상을 먼저 만나 보고 황제를 알현할 수 있도록 주선해 달라고 청하게. 그래서 황제 폐하를 뵈옵게 되거든 이곳 형편을 소상히 말씀드리고 내가 다른 뜻이 있어 싸움을 피하는 게 아님을 아뢰어 주게. 그리고 시일을 넉넉히 주시면, 반드시 항우를 사로잡아 목을 베고 그를 따라 날뛰는 관동의 도적들을 모조리 쓸어 천하를 평온케 하리라고 약조해 드려도 좋네."

사마흔은 현리(縣吏)에서 몸을 일으켜 함양 조정의 장사에까지 이른 자로, 세상 돌아가는 물정에 밝고 아래위로 발이 넓었다. 일찍이 역양현의 옥연(獄掾, 옥관)으로 일할 때 항량이 잡혀 와 갇힌 적이 있었다. 사마흔은 항량의 사람됨이 범상치 않음을 알아보고 함부로 다루지 않았다. 옥에 갇힌 사람을 손님 받은 듯 돌보면서 놓아줄 길만 찾았다.

그런데 다시 기현의 옥연으로 있는 오래된 벗 조구(趙咎)가 글을 보내 항량을 구해 주라고 당부해 왔다. 이에 사마흔은 현령에게 적지 않은 뇌물을 써서 항량을 풀어 주게 한 뒤 자기 집으로 데려가 여러 날을 잘 대접했다. 그때 항우가 숙부를 찾아와 사마흔은 그들 숙질(叔姪)을 잘 알았다. 사마흔은 둘 모두 언젠가는 그 이름이 세상에 크게 떨쳐 울릴 사람들로 보고, 그들을 구해 준 걸 은근히 자랑으로 삼았다.

하지만 이세황제의 명을 받고 장함을 도와 싸우게 되면서부터 사마흔은 영 마음이 편치 않았다. 오랜 세월 마음으로 교유해 온 항량, 항우 숙질의 군사와 싸워야 하기 때문이었다. 그러다가 항량이 정도 싸움에서 장함에게 죽고 말았다는 소식을 듣자 사마흔의 가슴에는 천근 바위 덩어리라도 얹힌 듯하였다. 기억속에 남아 있는 항우의 범상치 않은 기세에 밤마다 가위눌리듯 하고 있던 차에, 다시 거록에서 왕리의 대군이 항우에게 무너졌다는 소식이 들어왔다.

사마흔이 더욱 착잡한 심경으로 싸움의 양상을 지켜보고 있는데, 이번에는 난데없이 황제의 사자가 와서 꾸짖었다. 문득 나아갈 수도 물러날 수도 없는 어려운 지경에 빠져들고 있는 느낌이 들어 사마흔도 거기서 벗어날 방도를 찾느라 머리를 쥐어짰다. 그러는데 갑자기 장함이 불러 황제를 뵙고 오라는 명을 내렸다.

그때는 사마흔도 장함과 마찬가지로 먼저 황제의 변덕부터 다독여야 한다고 여길 때였다. 한마디 되묻는 법도 없이 장함의 군막을 나왔다. 그리고 길 떠날 채비를 마치기 바쁘게 좋은 말을 골라 타고 함양으로 달려갔다.

사람 하나 딸리지 않고 밤낮으로 말을 달린 사마흔이 황궁의 함양에 이르러 보니, 떠난 지 채 두 해가 차지 않았는데도 모든 게 많이 달라져 있었다. 아방궁이 다 지어진 것 말고도 궁궐들은 전보다 더 번쩍거리고 거리는 더 훤해진 느낌이었다. 그러나 궁궐을 드나들고 거리를 지나는 사람들은 또 달랐다. 잔뜩 웅크리고 눈치만 흘깃거리는데, 그나마도 나다니기를 꺼려 수레 두 대가 마주쳐 갈 수 있도록 닦은 함양의 큰길들이 더욱 휑해 보였다.

사마문(司馬門, 황궁의 외문) 밖에 말을 맨 사마흔은 장함이 준 글을 승상 조고에게 올리게 하고 근처 객사에서 묵으며 답을 기다렸다. 그런데 어찌 된 일인지 조고는 사흘이 되도록 만나 주지 않을뿐더러 아무런 회신조차 없었다. 그제야 이상한 느낌이 든 사마흔은 궁궐 안 사정에 밝은 옛 벗을 가만히 찾아가 자신의 처지를 말하고 물었다.

"자네는 조 승상이 왜 나를 만나 주지 않는다고 생각하는가? 혹 조 승상에게 내가 보낸 전갈이 들어가지 않은 것은 아닐까?"

"그건 아닐 걸세. 밖에서 들어오는 소식은 누구보다 빨리 그 간악한 환관 놈에게 들어가게 되어 있네. 자칫하면 목이 날아가는 판에 누가 감히 조고에게 들어갈 전갈을 깔아뭉개거나 늑장을 부린단 말인가?"

옛 벗은 조고를 아주 미워하는지 그를 승상이라 부르지도 않고 그렇게 일러 주었다.

"그럼 어찌하여 사흘이 되도록 아무런 회신이 없는 것인가?"

"아마도 조고는 자네를 어떻게 처리하나 하고 잔머리를 굴리고 있을 것일세. 아니, 내 짐작이 맞다면 자네는 지금 몹시 위태로운 지경에 빠져 있을 것이네."

"그건 또 무슨 소린가? 내가 위태로운 지경에 빠져 있다니? 그럼 조고가 나를 해치기라도 한단 말인가? 도대체 조고가 무엇 때문에 싸움터에 있는 대장군의 심부름으로 먼 길을 달려온 나를 해친단 말인가?"

사마흔이 갑자기 으스스해 물었다. 옛 벗이 한층 어둡고 걱정스러운 얼굴로 대답했다.

"내가 알기로, 지금 조고는 천하 사방에서 들어오는 모든 소식을 혼자 움켜쥐고 이세황제께는 오직 전해도 좋을 것만 전하고 있네. 따라서 주색에 취해 있는 이세는 세상 돌아가는 일을 거의 알지 못하네. 지난번 양웅이 패공 유방에게 진 것이나, 이번에 장함 장군이 항우와 싸움을 피하는 걸 알게 된 것은 어쩌다 빈틈이 생겨 그 일만 황제 폐하의 귀에 잘못 들어간 탓일 걸세. 이세황제는 아직도 거록 싸움이나 왕리의 20만 대군이 산산조각이 나버린 일을 전혀 모르고 있음이 분명하네. 그런데 이제 자네를 만나게 되면 황제도 그 모든 것을 다 알게 될 것 아닌가? 그리하여 황제가 제정신을 차리고 직접 천하를 다스리겠다고 나서면 조고에게는 그보다 더한 낭패가 없을 것이네. 지금 휘두르고 있는 권세가 빛을 잃게 될 뿐만 아니라, 자칫하면 황제를 속인 죄로 목숨까지 위태로워질 테니 말일세. 그러니 조고가 어찌 자네를 황제에게 데리고 갈 수 있겠나? 그보다는 자네를 죽여 입을 막아버릴 궁리나 하기 십상이겠지."

친구는 그렇게 말해 놓고 갑자기 목소리까지 다급해져 재촉했다.

"그러고 보니 지금 이렇게 한가롭게 떠들고 있을 때가 아닌 듯 하이. 자네는 되도록 빨리 이곳에서 벗어나야 하네. 지금 사마문으로 되돌아가지 말고 따로 좋은 말을 구해 몰래 함양성을 빠져나가도록 하게. 관동으로 돌아갈 때도 올 때 거쳤던 관문이나 길을 되짚어가서는 안 되네. 뒤쫓는 자들도 그걸 알고 있을 터이니, 길을 돌더라도 다른 성읍을 거치거나 샛길로 달아나도록 하게."

그 말을 듣자 사마흔도 마음이 다급해졌다. 그 길로 옛 벗과 헤어진 사마흔은 가진 금은을 다 털어 새로 말 한 필을 구한 뒤 함양을 벗어났다. 그리고 올 때와는 다른 길로 밤낮 없이 달려 장함에게로 돌아갔다.

한편 조고는 사마문을 지키는 군사로부터 진작부터 장함이 사마흔에게 주어 보낸 글을 받아 읽었으나, 어떻게 해야 할지 얼른 결정할 수가 없었다. 사흘이나 잔머리를 굴리다가 겨우 생각을 굳혔다.

'사마흔을 황제에게 데려가는 날이면 황제가 태산같이 믿고 있는 장함마저 항우에게 참패하여 대군을 잃은 것이 들통나게 된다. 그래서 놀란 황제가 직접 정사(政事)를 돌보겠다고 나서기라도 하는 날이면 내가 설 곳은 없어진다. 차라리 사마흔을 죽여 입을 막고, 전보다 더 철저하게 황제와 바깥세상 사이를 갈라놓는 수밖에 없다. 장함은 그 뒤에 다시 그럴듯한 죄목을 붙여 목을 베면 된다.'

그렇게 마음을 정한 조고는 함양령(咸陽令)인 사위 염락(閻樂)

을 불러 말했다.

"지금 바로 사마문 객사로 사람을 보내 관동에서 장함의 심부름을 왔다는 사마흔이란 자를 찾아오너라. 남의 눈에 띄지 않게 조용히 데려와야 한다."

그런데 명을 받고 나간 염락이 오래잖아 조고를 찾아와 뜻밖의 말을 했다.

"사마흔이란 자는 아침나절에 나가 아직 돌아오지 않았다고 합니다. 그런데 사마흔이 함양 성문을 빠져나가는 것을 본 사람이 있다고 해서 물어보았더니 벌써 한 식경 전에 동문을 나갔다고 하는군요."

이에 놀란 조고가 다시 잔머리를 굴린 끝에 명을 내렸다.

"얼른 사람을 풀어 사마흔을 쫓아라! 관동에서 함양으로 오는 길에 있는 길목과 나루[關津]며 고을[城邑]의 관원들에게 공문을 내려, 먼저 그자가 지나온 길을 알아내라. 그리고 그렇게 알아낸 길로 날랜 군사를 보내 뒤쫓게 하되, 그자를 굳이 살려 데려올 까닭은 없다. 사로잡은 그 자리에서 목을 베어라!"

하지만 열흘이 지나도 사마흔의 목은 조고의 손에 들어오지 않았다.

그때 사마흔은 조고의 명으로 뒤쫓아 오는 군사를 어렵게 따돌리고 극원에 이르렀다. 지친 말을 몰아 곧바로 장함의 군중으로 달려간 사마흔은 장함과 얼굴을 마주하기 바쁘게 말했다.

"함양의 일은 글러도 아주 글러 버린 듯합니다. 조정의 크고 작은 일은 모두 승상 조고가 궁궐 안에서 마음대로 주무르고 있었는데, 그 아래에는 도무지 일을 제대로 할 만한 벼슬아치가 남아 있지 않았습니다. 이제 우리는 어렵게 싸움에서 이겨도 조고의 시기를 받아 살아날 길이 없고, 이기지 못하면 또 이기지 못한 대로 죽음을 면할 수가 없을 것입니다. 바라건대 장군께서는 부디 깊이 헤아리시어 계책을 고르십시오."

그 말에 장함은 눈앞이 캄캄했다. 그 며칠 어찌할 바를 몰라 하며 머리를 쥐어짜고 있는데, 다시 조나라 대장군이었던 진여(陳餘)가 글을 보내와 장함에게 권하였다.

……백기(白起)는 진나라의 장수가 되어 남으로 초나라의 도읍 언영(鄢郢)을 함락했고, 북으로 조나라 마복군(馬服君, 조나라 장수 조괄)을 이기고 항복한 군사 40만 명을 땅에 묻었습니다. 그 밖에도 성을 쳐서 떨어뜨리고 땅을 빼앗은 것이 이루 다 헤아릴 수 없을 만큼 많았지마는 끝내는 죄를 받고 죽었습니다. 또 몽염(蒙恬)은 진나라의 장수로서 융인(戎人)을 쫓아내고 유중 땅 수천 리를 개척하였으나 마침내는 양주에서 끔찍한 죽임을 당했으니 이 무슨 까닭입니까? 짐작컨대 그들의 공이 너무 많아서 진나라가 봉록으로 그 공을 모두 갚을 수가 없기 때문에 법을 구실로 그들을 죽인 것입니다.

이제 장군께서 진나라의 장수가 된 지 3년, 잃은 병사가 10만 명을 넘지마는 진나라에 맞서 일어나는 제후들은 갈수록 늘어 가고 있습니다. 거기다가 저 조고는 평소 아첨만을 일삼아 온 간특한 자입니다. 이제 일이 다급해진 데다 또 이세황제가 그동안에 속인 죄를 물어 자신을 죽일까 두려워, 자신의 죄를 전가할 곳만 찾고 있습니다. 법을 빌미 삼아 장군을 죽임으로써 자신에게 돌아올 책망을 딴 곳으로 돌리고, 다른 사람을 보내 장군을 대신하게 함으로써 자신이 입을 화(禍)에서 벗어나려고 하는 것입니다.

보기에 장군께서는 함양을 떠나 밖에서 머문 지가 오래되니, 조정과 틈이 크게 벌어져 있을 것입니다. 공이 있다고 해도 죽임을 당할 것이요, 공이 없으면 더욱 죽음을 면하기 어렵습니다. 또 하늘이 진나라를 멸망시키려 한다는 것은 어리석은 자나 슬기로운 자나 모두가 알고 있는 일입니다. 그런데 이제 장군께서는 안으로 황제에게 바로 알릴 수가 없고, 밖으로는 망국의 장수로서 홀로 남았으면서도, 끝내 버텨 보려 하시니 이 어찌 슬픈 일이 아니겠습니까.

감히 묻자오니, 장군께서는 어찌하여 병사들을 돌려세워 제후들과 손을 잡으려 하지 않으십니까? 제후들과 함께 진나라를 치기로 맹약하고 그 땅을 나눠 가지신 뒤, 남쪽을 향해 앉아[南面] 스스로 왕이 되려고 하시지 않습니까? 그렇게 하시는 것과 몸은 허리를 자르는 도끼 아래 엎드리게 되고, 처자는 형리에게 죽임을 당하는 것 중에 어느 것이 낫다고 보십니까?……

진여가 보낸 글은 대강 그랬다. 하수 가에서 고기잡이와 사냥으로 한가롭게 지내는 사람의 글 같지 않게 세상을 눈 밝게 보고 깊이 헤아려 써 보낸 글로, 자못 사람의 심사를 건드리는 데가 있었다.

진여가 하수 가로 물러나 살게 된 것은 반생을 아비와 자식처럼 지내며 생사를 같이해 온 장이(張耳)와의 불화 때문이었다. 항우의 분전 덕분에 조왕 헐(歇)과 더불어 거록성에서 무사히 풀려나게 된 날, 승상 장이는 성 밖에 나가 있다가 항우와 함께 들어온 대장군 진여를 만나자마자 원망 가득한 얼굴로 캐물었다.

"우리 대왕과 내가 위급해져 대장군에게 구원을 요청하러 보낸 장염과 진택은 어디 있소?"

"장염과 진택이 반드시 죽기로 싸워야 한다면서 하도 나를 꾸짖기에, 그들에게 군사 5천을 내주고 먼저 싸워 보게 하였습니다. 그랬더니 과연 내가 걱정한 대로 되어 버렸습니다. 그들은 강한 진나라 군사와 무리하게 싸움을 벌이다가 모조리 도륙을 당하고 말았습니다."

장이가 무턱대고 원망부터 하자 진여도 성이 나서 그렇게 삐딱하게 받았다. 장이가 드러내 놓고 의심쩍어 하는 눈길로 다시 물었다.

"대장군의 말을 얼른 믿을 수가 없구려. 군사 5천이 따라갔다면 개중에는 살아남은 자도 있을 터, 그들 가운데 하나를 불러 대장군의 말을 뒷받침하게 하실 수 있겠소?"

"그 5천 군사도 모조리 죽임을 당해 단 한 명도 빠져나오지 못했습니다."

더욱 성이 난 진여가 그렇게 짧게 받았다. 그래도 장이는 믿어 주지 않고 은근히 넘겨짚기까지 했다.

"그것 참 희한한 일이구려. 어찌 그럴 수가 있겠소? 혹시 대장군이 그 두 사람을 죽여 귀찮게 졸라 대는 입을 막아 버린 것은 아니오?"

"승상께서야말로 어찌 이럴 수가 있습니까? 몇 달이나 성안에 갇혀 고생스러웠을 줄은 알지만, 이렇게 나를 깊이 원망하고 계실 줄은 몰랐습니다. 좋습니다. 그만두지요. 공께서는 제가 장군 노릇 그만두는 것을 그리 아쉽게 여길 줄 아십니까?"

마침내 더 참지 못한 진여가 장군의 인수(印綬)를 풀어 장이에게 내밀며 소리쳤다. 그제야 장이도 놀라 몰아세우기를 멈추고 얼버무렸다.

"그럴 리야 있겠소? 장염과 진택의 죽음이 하도 애달파 캐물었을 뿐, 딴 뜻은 없으니 인수는 거두시오."

그러나 화가 풀리지 않은 진여는 인수를 그대로 풀어놓고 밖으로 나갔다. 갑자기 난감해진 장이가 어쩔 줄 몰라 하고 있는데, 빈객 가운데 한 사람이 가만히 다가와 소곤거렸다.

"듣기로, '하늘이 주는 것을 받지 않으면 도리어 꾸지람을 받게 된다[天與不取 反受其咎].'고 하였습니다. 지금 진여 장군께서 공께 장군의 인수를 바쳤는데도 받지 아니하시는 것은 하늘의 뜻을 거역하는 것으로 결코 상서롭지 못합니다. 어서 그 인수를 거두십시오."

하늘의 뜻을 핑계로 한 나라의 실권을 둘이 나누어 가질 수 없음을 슬며시 깨우쳐 주는 셈이었다. 장이도 그 말을 알아들었다.

목을 베어 주어도 아깝지 않을 사이[刎頸之交]라던 세간의 칭송이 무색하게 장이는 그 빈객이 시키는 대로 했다. 진여가 풀어 둔 인수를 자신이 차고, 그가 거느리던 군사들까지 거둬들이기로 마음먹었다.

얼마 뒤 되돌아온 진여는 장이의 그런 변심이 놀랍고도 분했다. 가슴 깊이 장이를 원망하며 자리를 걷어차고 나와 버렸고, 장이는 기다렸다는 듯 진여가 거느렸던 군사들을 모두 제 밑으로 거둬들여 버렸다.

그 뒤 진여는 특히 그를 따르는 무리 수백 명을 데리고 하수 가에 자리 잡았다. 그리고 고기잡이와 사냥으로 한가롭게 지냈으나 세상일을 잊은 것은 아니었다. 오히려 더 눈 밝게 세상 돌아가는 걸 살피다가 문득 장함에게 그런 글을 보내온 것이었다.

하지만 의심이 많은 장함은 진여의 글을 받고도 얼른 마음을 정하지 못했다. 먼저 군후(軍侯)인 시성(始成)을 가만히 항우에게 보내 마음 놓고 항복해도 좋을 만한 약조부터 받아 내려 들었다.

그런데 장함의 그와 같은 뜻이 제대로 전해지기도 전에 항우가 먼저 움직였다. 항우는 포장군(蒲將軍)을 시켜 밤중에 군사를 이끌고 몰래 길을 돌아 삼호(三戶) 나루를 건너게 했다. 항우를 피해 다니다 장하 남쪽에 자리 잡게 된 진군(秦軍)의 한 갈래를 급습하기 위함이었다.

그러잖아도 기세가 잔뜩 움츠러들어 있던 진군은 포장군의 갑작스러운 공격을 견뎌 내지 못했다. 싸움다운 싸움 한번 해 보지 못하고 그대로 무너져 달아났다. 그 소식을 듣고 힘이 솟은 항우가 전군을 휘몰고 뒤쫓아 가 진나라 대군을 오수(汙水) 가에서 또 한 번 크게 쳐부수었다.

그렇게 되자 장함도 다급해졌다. 더 재고 따질 겨를이 없이 사람을 항우에게 보내 항복의 맹약(盟約)을 맺으려 했다. 장함이 보낸 사자를 만나 본 항우가 장수와 막빈들을 모아 놓고 의논했다.

"오늘 장함이 사람을 보내 항복의 약조를 받으러 왔소. 그동안 우리 군사는 잘 싸웠고 기세도 여전히 날카롭소. 하지만 군량과 물자가 뒤를 받쳐 주지 못하니 오래잖아 대군이 굶주리고 헐벗게 될 지경이오. 항복한 군사들을 모두 살려 줄 뿐만 아니라, 저와 몇몇 장수들을 장군으로 써 달라고 청하는 게 마음에 거슬리나, 나는 이제 장함의 항복을 받아들이려 하오. 궁한 적을 급하게 몰다가는 되레 물리게 되는 법, 여러분의 의견은 어떠시오?"

항우는 그렇게 물었으나 실은 내심의 결정을 통고하고 있을 뿐이었다. 싸움의 승패를 오직 항우 한 사람의 능력과 자질에 기대고 있다시피 하고 있는 장수와 막빈들로서도 달리 방도가 있을 리 없었다. 모두 입을 모아 대답했다.

"좋습니다. 상장군의 뜻을 따르겠습니다!"

이에 항우는 사자를 장함에게 돌려보내며 원수(洹水) 남쪽에 있는 은허(殷墟)에서 만나기로 약조하였다.

은허는 옛적에 은나라 반경제(盤庚帝)가 도읍으로 삼았던 북총 (北冢)을 이른다. 업성(鄴城, 북경 부근) 남쪽 30리쯤 되는 곳인데, 그때는 옛 도읍의 터만 남아 있었다.

약조한 날 항우가 장졸들과 더불어 은허에 이르니 장함이

20만 진군과 함께 은허 벌판에 미리 와서 기다리고 있었다. 군사들은 모두 병장기와 깃발을 땅바닥에 뉘어 놓은 채 두 손을 늘어뜨리고 서 있었으며, 투구를 벗고 산발한 장함은 스스로를 결박하고 항우 앞에 무릎을 꿇었다.

적에게는 더할 수 없이 무자비했지만 항복하여 무릎을 꿇는 자에게는 너그러울 수도 있는 항우였다. 거기다가 기개 있는 장수를 사랑하고 아낄 줄 아는 다감함도 있었다. 어제까지는 힘겹게 싸웠던 적이지만 눈앞에 무릎을 꿇고 있는 장함을 보니, 무쇠 같은 항우에게도 승패의 비정함과 무상함이 가슴 저리도록 절실하게 느껴졌다.

"일어나시오, 장군. 참으로 잘 싸우셨소. 진 것은 장군이 아니라 무도한 진나라요. 장군은 이미 하늘이 버린 나라의 군사들을 거느리고 지난 3년 잘도 버티셨소이다."

항우가 그렇게 말하자 장함이 눈물을 주르르 쏟으며 받았다.

"간악한 환관 놈이 어리석은 이세황제를 속여 천하를 어지럽히니, 하늘이 진나라로부터 명수(命數)를 거두신 지 이미 오래됐습니다. 그런데도 어리석고 미련한 이 장(章) 아무개가 천명을 어기고 장군의 위엄을 이토록 거슬러 온 것은 버마재비가 수레바퀴에 맞서려 드는 것이나 다름이 없었을 것입니다. 그럼에도 이제 싸움에 진 못난 장수를 이렇게 따뜻이 거두어 주시니 실로 몸 둘 곳을 모르겠습니다. 다만 바라는 바는 졸오(卒伍)에 서서라도 장군을 따라 함양으로 들어가 간악한 조고의 목을 베는 것입니다."

장함은 이어 불길이 이는 듯한 눈길로 함양 쪽을 바라보다가 이까지 갈아 가며 조고의 갖가지 죄상을 늘어놓았다. 장함을 묶은 끈을 풀어 주고 윗자리에 끌어다 앉힌 항우가 위로하듯 말하였다.

"진나라에서 으뜸가는 명장을 어찌 졸오에 세울 수 있겠소? 장군을 장차 옹왕(雍王)으로 세울 것이니 우선은 우리 진채에 머물며 진나라 군사를 그대로 이끌어 주시오."

그렇게 장함을 높이 써 주었다. 항우의 너그러움뿐만 아니라, 그새 왕을 마음대로 세울 수 있을 만큼 크고 높아진 그의 위상을 짐작케 하는 일이었다. 항우는 또 장함을 따라 항복한 장사 사마흔을 상장군으로 높여 제후군의 앞장을 서게 하고, 도위 동예는 장군으로 삼아 곁에 두고 썼다. 20만이 넘는 진나라 군사도 당장은 털끝 하나 다치지 못하게 했다.

진(秦) 제국의 마지막 기둥이었던 대장군 장함의 항복을 받아내고 그가 이끌던 20만 대군을 부로(浮虜)로 삼자 항우의 이름은 또 한번 천하에 떨쳐 울렸다. 이제 항우는 한낱 초나라 회왕의 상장군이 아니라, 진나라에 맞서 일어난 모든 제후의 우두머리인 종장(縱長, 합종 연합국의 총대장)으로서 우러름을 받게 되었다.

한편 사마흔을 놓쳐 버린 조고는 그날부터 은근히 이세황제가 천하대란의 실상을 알게 되는 게 걱정되기 시작했다. 자신의 손발 같은 사람들로 황제를 물샐틈없이 에워싸게 했다고 믿었는데, 거기에 빈틈이 생겨 좋지 않은 바깥소식이 황제의 귀로 새어 들어갔기 때문이었다. 황제가 정신을 차려 정사를 친히 돌보게 되면 그동안 황제를 속여 온 자신이 위태롭게 될 것은 불 보듯 뻔했다.

'그럴 수는 없다. 누가 저를 황제로 만들었는데……. 가만히 앉아서 당하기보다는 차라리 못난 호해를 끌어내리고 내가 황제 자리에 오르는 편이 낫겠다.'

걱정 끝에 그렇게 모반을 마음먹은 조고는 그해 8월 기해일(己亥日)을 골라 거사하기로 작정했다. 하지만 막상 일을 벌이려고 보니 조정의 여러 대신들이 자신을 따라 주지 않을 것이 걱정되었다. 이에 조고는 자신의 권세가 어느 정도인지를 알아보기 위해 슬며시 이세황제와 겨루어 보기로 했다. 어느 날 이세가 여러 신하들과 더불어 궁중 안을 거닐고 있을 때였다. 그림자처럼 이세 곁에 붙어 있던 조고가 마침 뜰 안에 저만치 뛰놀고 있는 사슴을 가리키며 큰 소리로 말했다.

"폐하, 저기 말이 있습니다."

"승상이 잘못 보신 것 같소. 사슴을 말이라고 하시는구려."

조고가 가리키는 곳을 살펴본 이세황제가 어이없다는 듯 웃으며 그렇게 대꾸했다. 조고가 시치미를 뚝 떼고 우겼다.

"폐하, 그렇지 않습니다. 저것은 틀림없이 말입니다."

그 말에 이세가 여전히 웃음을 거두지 않고 곁에 있는 신하에게 물었다.

"경의 눈에는 저게 사슴이오? 말이오?"

그런데 그 대답이 뜻밖이었다. 조고의 권세를 두려워하는 그 신하는 조고의 눈치를 힐끔거리면서 대답했다.

"승상의 말씀대로 말인 것 같습니다."

그러자 의아해진 황제가 곁에 있는 신하들에게 차례로 물어보았다. 어떤 신하들은 황제의 명을 지엄하게 여겨 사슴이라고 바로 말하기도 하고, 어떤 사람은 조고에게 아첨해 말이라고도 했다. 그리고 더러는 어느 쪽도 편들지 못해 가만히 입을 다물고 있기도 했다.

황제는 속으로 괴이쩍게 여기면서도 따지는 게 귀찮아서 그일을 우스개로 넘겨 버렸다. 하지만 조고는 그렇지가 않았다. 뜻밖에도 많은 신하가 이세를 편들어 사슴이라고 말하자 그를 내쫓고 자신이 황제 자리에 오르는 게 아직은 무리임을 깨달았다. 모반을 뒷날로 미루는 대신 사슴을 사슴이라고 바로 말한 사람들을 모두 기억해 두었다가 하나하나 표독스레 앙갚음했다. 일생 익힌 법률을 올가미로 삼아 그들을 옥에 가두고 매질하거나, 심지어는 죽음으로까지 내몰았다.

그렇게 되자 조정의 신하들은 모두 조고를 전보다 더욱 두려워하게 되었다. 하나같이 조고에게 빌붙으며 감히 그의 권세에 맞서려 들지 않았다. 그리하여 함곡관 동쪽이 온통 뒤집히는데도 조고는 계속하여 황제를 속일 수 있었다.

"관동의 도적들은 보잘것없는 난민들에 지나지 않습니다. 아무일 없을 것입니다."

그와 같은 조고의 말만 되풀이해서 황제의 귀에 들어갔을 뿐, 아무도 관동의 실상을 바로 말해 주지 않았다.

하지만 장함이 항우에게 항복하게 되면서 사정은 달라졌다. 의

지할 데가 없어진 관동 여러 관진과 성읍의 수장들이 잇따라 함
양에 위급을 고하며 원군을 요청했다. 완연히 옛 육국으로 되살
아난 조, 연, 제, 초, 위, 한나라가 항우를 종장으로 앞세우고 밀고
들어오는데 함곡관도 멀지 않았다는 말까지 들렸다. 황제의 권위
까지 가리는 조고의 힘으로도 쏟아져 들어오는 흉보를 다 막아
내기는 어려웠다.

그런데 다시 조고를 두렵게 하는 일이 생겼다. 옛적의 육국 가
운데서도 가장 허약했던 한나라 쪽으로 나 있는 관이라 조금 등
한히 여겼던 무관(武關) 쪽이 시끄러워졌기 때문이다.

"초(楚)의 별장으로 저희끼리 패공이라 일컫는 유방이란 자가
있습니다. 처음부터 항우와는 따로 서진(西進)하여 함곡관으로
오고 있었는데, 홀연 길을 바꾸어 옛 한나라 땅을 휩쓸더니 이제
무관으로 밀고 들려고 합니다."

사방에 풀어놓은 자들로부터 그와 같은 말을 듣자 조고는 가
슴이 철렁했다. 동쪽의 일만으로도 걱정이 태산인데 이제는 남쪽
까지 돌아봐야 했다. 그런데 며칠 안 돼 아우 조성(趙成)이 낯선
사람 하나를 데리고 가만히 조고를 보러 왔다.

"저 사람은 누구냐? 무슨 일로 이 깊은 금중(禁中)까지 데려왔
느냐?"

조고가 묻자 조성이 어두운 얼굴로 대답했다.

"형님, 이제 이놈의 진나라가 오래 버티기는 틀려 버린 것 같
소. 저자는 지금 무관에 와 있다는 패공 유방이 형님에게 몰래
보낸 사자요. 수작을 들어 보니 무턱대고 목을 베기보다는 형님

을 만나 보게 해 주는 게 나을 것 같아 이리로 데려왔소."

조고도 그 말에 고개를 끄덕이며 패공이 보낸 사자를 가까이 불러 먼저 누구인지부터 물었다. 사자가 조고의 물음에 거침없이 대답했다

"저는 위나라에서 나고 자랐으며 이름은 영창(寧昌)이라 합니다. 젊어서부터 책 읽기를 게을리 하지 않았으나 어지러운 세상을 만나 여태껏 뜻을 펴 볼 길이 없었습니다. 그런데 다행히 무안후(武安侯) 탕군장(碭郡長)인 패공께서 저를 거두어 주시어 이렇게 사자의 소임을 맡고 승상을 뵈러 왔습니다."

"네놈이 참으로 겁도 없구나. 진나라를 거역하는 도적 떼에 들어간 것만으로도 이미 죽을 죄인데, 감히 도성까지 숨어들어 승상인 나와 내통까지 하려 들다니."

계집같이 높고 째지는 듯한 목소리지만 조고는 짐짓 겁을 줘 보았다. 그러나 영창이란 자는 눈도 깜짝하지 않았다.

"저는 내통하러 온 첩자가 아니라 대초(大楚) 정서대장군(征西大將軍)인 패공 유방의 뜻을 전하러 온 사자입니다. 패공께서 이르시기를, 승상께서는 부디 밝게 보시고 깊이 헤아려 달라 하시었습니다. 관동에서 장함 장군과 항 상장군께서 그리하셨듯이, 관중에서는 승상께서 우리 패공과 힘을 합쳐 천하의 일을 풀어 가시면 어떻겠습니까?"

그러고는 패공의 세력을 한껏 부풀려 떠벌린 뒤 되레 조고에게 겁을 주었다.

"자칫하면 승상께서는 나라를 기울게 한 간신으로 몰려 그 이

름은 죽백(竹帛)에 욕되게 올려지고, 몸은 머리와 어깨 아래가 따로 떨어져 물 선 구덩이에 뒹굴게 될 것입니다."

원래도 조고는 어려서 양물(陽物)을 떼어 낸 환관이라 남자다운 기상이 없었다. 거기다가 권력에 맛들이고 탐욕을 길러 가는 사이에, 젊은 날의 수양과 책 읽기로 겨우 시늉을 내던 자잘한 품격까지도 지켜 내지 못했다. 자신이 목 떨어진 시체가 되어 물 구덩이에 뒹구는 상상만으로도 벌써 온몸이 오싹했다. 겨우 자신을 억눌러 태연한 척하며 영창에게 몇 마디 더 묻고 궁궐 밖으로 내보냈다.

"가서 네 주인에게 일러라. 때가 되면 내 편에서 사람을 보낼 터이니 그때까지는 모든 일을 삼가고 또 삼가 행하라고."

다음 날 영창을 다시 궁궐 안으로 불러들인 조고는 적지 않은 금은을 쥐어 주며 말했다. 밤새 요리조리 헤아려 본 끝에 슬그머니 두 다리를 걸친 셈인데, 그럴수록 조고의 불안은 더 커졌다. 언제 이세황제가 그 모든 위급한 실정을 알고 자신에게 죄를 물을지 몰라 그날 이후로는 병을 핑계 대고 조회에조차 나가지 않았다.

그런데 며칠 지나기도 전에 다시 남쪽에서 급한 전갈이 왔다. 패공 유방의 대군이 기어이 무관을 깨뜨리고 관중으로 들어섰다는 내용이었다. 무관은 육국 가운데 가장 먼저 망한 옛 한(韓)나라 쪽으로 나 있어 지키는 군사가 그리 많지는 않았으나, 그래도 험한 지세에 힘입어 관중 남쪽을 굳건히 지켜 오던 관애(關隘)였다. 패공 유방이 5만 장졸을 모두 풀어 들이치자 사흘을 못 견디

고 떨어졌다는 것인데, 조고는 그 소식에 놀라고 두려워 더욱 어
찌해야 할지를 몰랐다.

그 무렵 이세황제는 이세황제대로 고약한 혼란에 빠져들고 있
었다. 이세황제는 조고가 사슴을 가리켜 말이라고 하던 일을 우
스개로 넘겼으나, 지나고 보니 갈수록 그 일이 마음에 걸렸다. 그
때 주변에 있었던 대신들을 기억해 내고 그들을 만날 때마다 그
일을 다시 물어보았다. 그런데 괴이쩍은 일은 날이 지날수록 조
고가 가리킨 것이 말이었다고 대답하는 사람이 늘어나는 점이
었다.

'실로 알 수 없는 일이로구나. 그때 궁궐 뜰 안에 노닐던 것은
틀림없이 사슴이었다. 그 자리에 있던 적지 않은 대신들도 틀림
없이 그게 사슴이라고 말했다. 그런데 그런 대신들은 갈수록 줄
어 이제는 사슴이라고 말하는 사람이 거의 없어졌구나. 이게 어
찌 된 일인가. 그렇다면 이 나이에 벌써 짐이 헛것을 본 것이란
말인가.'

이세황제가 주색과 잡희(雜戲)에 찌들어 온전하지 못한 머리로
자문하고 있는데, 다시 관동의 일이 불길한 수군거림으로 이세황
제의 파탄 난 정서를 더욱 뒤엉키게 했다. 위사(衛士)나 내시들이
저희끼리 둘러앉아 무언가를 수군거리다가도 자신이 다가가면
소스라쳐 입을 다무는 게 마치 끔찍한 역귀(疫鬼)라도 만난 듯했
다. 하지만 불러들여 물어보면 하나같이 아무 소리도 낸 적이 없
다고 우기는데, 피가 튀고 살이 찢어져도 말을 바꾸는 자가 없었

다. 모두 조고가 무서워 몸으로 때우고 있는 것이었지만, 이세로서는 그 또한 괴이쩍기 그지없는 일이었다.

'이제 짐의 귀에 헛소리까지 들리는가? 좋지 않다. 짐의 몸과 마음에 크게 탈이 났거나 못된 귀신이 조화를 부리고 있음에 틀림이 없다. 복자(卜者)에게 알아보아야겠구나……'

이윽고 스스로 그렇게 진단한 이세는 태복(太卜)을 불러 점을 쳐 보게 했다. 태복이 거북 껍질과 짐승 뼈를 구워 그 갈라진 금을 살피더니 숙연하게 말했다.

"폐하께서 봄가을로 교사(郊祀, 제왕이 도성 밖에서 지내는 제사)를 올리실 때 정성이 부족하셨던 탓인 듯합니다. 종묘의 신령한 귀신들을 모시면서 재계(齋戒)가 밝지 못해 이 지경이 되었으니, 이제부터는 덕을 쌓아 재계를 밝게 하셔야 합니다."

그러고는 이세에게 궁궐을 떠나 상림원(上林園)으로 옮겨 재계를 올리기를 권하였다.

재계를 올린다는 것은 제사를 지낼 사람이 몸과 마음을 깨끗이 하고 음식과 언행을 삼가며 부정을 멀리하는 것을 말한다. 이세황제는 당장의 여러 조짐들이 불길하여 태복의 말을 따랐으나, 이미 여러 해를 방탕하게 살아와 태복이 말한 것처럼 재계를 밝게 치를 수가 없었다. 궁궐을 떠나 상림원에 들어서도, 재계는 올리지 않고 줄 달린 화살로 새를 잡거나 짐승을 사냥하며 노는 일로 날을 보냈다.

하지만 황제가 상림원에 들자 밤낮으로 불안해하던 조고는 한시름을 놓았다. 가까이서 모시는 내시들 몇 외에는 황제에게

다가가 관중의 위급을 알려 줄 사람이 없어졌기 때문이다. 사위 염락에게 군사를 딸려 이세를 지키게 하는 척하면서, 곁에서 모시는 내시들을 겁주는 한편 이세의 움직임을 세밀히 살펴보게 했다.

그런데도 자신이 떨어진 처지를 알지 못하는 이세황제가 거기서 다시 모진 짓을 저질러 조고에게 호기(好期)를 주었다. 지나가던 사람이 길을 잘못 잡아 상림원으로 들어오자 이세가 들짐승 사냥하듯 활로 쏘아 죽인 일이 그랬다. 이세가 그래 놓고 시체조차 치우지 않자 염락이 조고를 찾아가 그 일을 가만히 알려 주었다. 듣고 난 조고가 묘수라도 깨우친 듯 눈을 반짝 치뜨더니 귓속말로 염락에게 일렀다.

"너는 이제 곧 궁궐을 나가 글 잘하는 사람을 시켜 엄중하게 탄핵하는 상주문을 지어 올리도록 하라. 누군지 모르지만 사람을 죽여 상림원으로 옮겨 둔 자가 있으니 그자를 잡아 엄벌에 처하라는 내용이면 된다. 되도록이면 급하게 서둘러 오늘 안으로 그 글이 승상부에 들어올 수 있게 하라."

그 말을 듣고 궁궐을 나간 염락은 곧 장인이 시키는 대로 했다. 글 잘하는 서생을 사서 엄중한 상주문 한 편을 닦게 한 뒤 해지기 전에 승상부로 올렸다. 그걸 받아 쥔 조고는 곧 상림원으로 달려갔다.

아무것도 모르는 이세황제가 오랜만에 보는 조고를 반갑게 맞았다. 이세황제 앞에 엎드린 조고는 염락이 올린 상주문을 공손하게 바치며 말했다.

"오늘 함양령 염락이 급한 글을 올렸는데, 제가 알아보니 폐하께서 관련되신 듯해 특히 이렇게 가지고 달려왔습니다. 통촉하시옵소서."

그리고 어리둥절해하던 이세황제가 다 읽기를 기다렸다가 가장 충성스러운 체 말했다.

"비록 천자라도 아무런 까닭 없이 무고한 사람을 죽일 수는 없습니다. 이는 하늘이 금하는 일이니, 그리하시면 귀신도 폐하의 제사를 받지 않을 것이며, 하늘은 크게 재앙을 내리실 것입니다. 만약 지금 상림원에 버려져 있는 시체가 폐하께서 무고한 사람을 까닭 없이 죽이신 것이라면 결코 이대로 계셔서는 아니 됩니다. 황궁에서 멀리 떨어진 한적한 곳으로 옮겨 가시어 반드시 하늘의 재앙을 물리칠 기도를 올리셔야 합니다."

조고가 그런 말과 함께 이세황제를 얼러 대다시피 하여 옮겨 앉게 한 곳은 망이궁(望夷宮)이었다. 조금 높고 외진 그곳에서 조용히 치성을 드리게 한다는 구실이었지만, 실은 때가 오면 손쓰기 좋은 곳에다 이세황제를 끌어다 놓은 셈이었다.

(4권에서 계속)

# 초한지 3

칼과 영광

**개정 신판 1쇄 발행** 2020년 11월  5일
**개정 신판 2쇄 발행** 2022년 11월 15일


**지은이** 이문열

**발행인** 양원석
**펴낸 곳** ㈜알에이치코리아
**주소** 서울시 금천구 가산디지털2로 53, 20층 (가산동, 한라시그마밸리)
**편집문의** 02-6443-8842    **도서문의** 02-6443-8800
**홈페이지** http://rhk.co.kr
**등록** 2004년 1월 15일 제2-3726호

copyright ⓒ 이문열

ISBN 978-89-255-8971-8 (04820)
        978-89-255-8974-9 (세트)